新しい
韓国の
文学

14

ワンダーボーイ

キム・ヨンス＝著

きむ ふな＝訳

もくじ

Japanese edition is published by arrangement with Munhakgongne Publishing Corp, Inc.
The 『ワンダーボーイ』 is published under the support of
The Korean Literature Translation Institute, Seoul

ワンダーボーイ

一九八四年、宇宙のすべての星が
運行を止めた瞬間を記憶しながら

十五歳になった年、僕は時間が止まることもあるってことを知った。時間が止まるというのがどういうことなのかを説明したなら、人は僕がおかしくなったと思っただろう。賢明にも僕は、そのことについては一言も触れなかった。止まっていた時間がふたたび流れ、ようやく目を覚ましたとき、僕は「スプーンが曲がったんです」と言ったらしい。その言葉は、集中治療室の担当看護師によって病室の外で待機している記者たちに伝えられ、翌日、各紙の社会面にそのまま掲載された。ある記事によると、僕は「昏睡状態に陥って一週間後に医学的には死亡判定」が下されたものの、「大統領閣下ご夫妻はじめ、全国民の切なる祈りによって、その十分後に息を吹き返す奇跡を見せた」ということだった。スプーンのことは記事の最後の方に載っていた。そこには「息を吹き返して、最初に発した言葉が〝スプーンが曲がったんです〟だった」とあり、「無意識に発せられたこの言葉から、故キム・キシク氏がいかに素晴らしい愛国心でもって容疑者の車に突進したかをうかがい知ることができる」と分析していた。

本当にそんなことを言ったかどうかは思い出せないけれど、なぜそんなことを言ったのかはわかる気がした。一九八四年、その年はナムジュン・パイクのビデオアート「グッド・モーニング・ミスター・オーウェル」で始まった。一月一日、ナムジュン・パイクは、ニューヨークとパリ、ソウルの放送局をつないだ衛星中継のショーを通して、地球が豆粒ほどに小さくなることだって可能だということを全世界二五〇〇万の視聴者に示してくれた。秋にはイスラエルの超能力者ユリ・ゲラーが韓国を訪れた。ＫＢＳは多くの観覧客が見守るなか、スプーンを曲げ、壊れた時計を直す彼のショーを放送した。二人は電波と念力でもって、僕たちの生きる世界がどんなに驚きに満ちたところなのかを示してくれた。そして、その次は僕の番だった。僕はすべての人が心を一つにして切に願えば、いかなる奇跡をも起こすことができるということを示したのだ。その記事に偽りは何一つなかった。本当に各界各層の全国民が心を一つにして、僕が息を吹き返すことだけを祈ったのだ。記事の見出しは「ワンダーボーイ、希望の目を覚ます」だった。それ以来、人は僕をワンダーボーイと呼ぶようになった。

　僕をワンダーボーイに仕立てあげたのはクォン大佐だった。目の前では誰もが「大佐」と呼んでいたが、陰では「モグラ」と呼ばれていたおやじ。軍人らしからぬ長髪で、いつも私服に身を包み、夜でもサングラスをかけている四十代半ばの恰幅《かっぷく》のいいおやじ。あるいは韓国社会をリードする少数エリートの一人で、二重顎《あご》みたく常に二つの顔を持つ二重人格者。昏睡状態から目を覚まし、初めて見たものがあんな顔だったから、その後の人生がどんなふうに展開するのか、僕には十分に見当がついた。クォン大佐は僕の額をなでながらやさしく慰めてくれたが、その低い声は僕の一番もろい心の根っこにまで食い込んできた。

「君《くん》は今や全国民の希望のマスコットとなっている。だから泣くんじゃない。涙が出そうになったら、動物園の猿のことを思い出すんだ。猿の前をたくさんの人が通り過ぎる。猿は木にぶらさがって人々が通り過ぎるのをただ眺めるだけだ。君はその猿だ。今、君に起きていることも、そんなふうに通り過ぎていく人々だと考えろ。すべては過ぎ去るだけだ。君が泣こうが笑おうが、その人たちには何の関係もない。こんな世の中で涙なんてものは、目に入ったゴミを洗い流す体液でしかない」

僕は目を覚ましたばかりで、さっぱり訳がわからなかった。ここはどこなのか、この人は誰なのか。僕は生きているのか死んでいるのか、猿はなぜ木にぶらさがっていて、人々はどこへ行くというのか。そしてなぜ僕の目からは涙が止まらないのか。

「希望のマスコットになったって、どういうことですか」

頭に包帯を巻き、鼻にチューブを入れ、パンパンに腫れ上がった目から涙を流しながら僕は尋ねた。

「要するに、ホドリ[*1]のようなものだ。一九八八年、ソウル・オリンピックのマスコット。いつもサンモ[*2]を回しながら笑ってただろう？　君もマスコットになったからには、ホドリを見習って涙など見せず、いつも笑ってなくてはならない。それでこそ、人々は君から希望をもらえるんだ。力があれば、誰も希望など欲しはしないさ。世の中にこうもたくさんの希望が必要なのは、力を持たない者があまりにも多いからだ。その力のない者たちがどんなことをやるかわかるか。君が息を吹き返すのを祈りながら、これまで国民が寄せた寄付金はなんと二億ウォンを越えている。君が大学を卒業するまで学費を援助すると言ってきたボイラー会社だってある。そしたら、学費だけでなく卒業後の就職まで保証すると言ってきたボイラー会社も出てくる始末だ。君にかける国民の希望がどんなに大きなものか、もう君にだってわかるだろう」

なぜボイラー会社だったんだろう。しかし、あのときは興味もなかった。その代わり僕は尋ねた。

「なぜ僕が死ぬのを放っておいてくれなかったんですか」

「ここは自由なわが祖国、大韓民国ではあるが、死にたいからと言ってそのまま死なせる自由までも保障するわけではない。感謝の手紙を出したいなら、青瓦台《チョンワデ》に送れ。大統領閣下は君の生死に格別な関心を寄せられた。毎晩九時のニュースでも、君に関することがトップニュースとして報道された。閣下はニュースの順番すら君にお譲りになったのだ。君が息を吹き返したと報告したところ、我が祖国が君を大いに活かすために奇跡が起きたのだとおっしゃった。俺はそのお言葉を心に深く刻んだのだ」

「こんなのも奇跡なんですか。祖国はこれまでどこにあって、今やこんな姿の僕をいったいどこで活かすというんですか。世の中良くなったみたいですね。九時のニュースで報道することがそんなにないなんて……」

薬のせいでまだ頭がはっきりしていなかった僕は好き勝手にしゃべった。

「君はわれわれ国民が心を一つにすれば、いかなる困難をも乗り越えられるのだということを、身をもって証明したんだ。君の身体は奇跡の証だ。この国が君を保護する」

「交通事故に遭ってようやく意識が戻ったことも、しかも父さんを亡くして一人だけ生き延びたことも、奇跡の証なんですか」

そう言い返す僕を、クォン大佐がじっと見つめた。

「君はおかしなことを言う」

目もとの表情が見えない黒いサングラスが恐ろしく、僕はまたぽろぽろ涙をこぼした。

「まだ誰も君だけが生き残ったと言ってないはずだ。どうして知ってるんだ？」

「言われなくても、父さんに何が起きたか僕にはわかるんです。僕にとって家族は父さんしかいないから」

「俺にも息子がいる……が、あいつは俺が死んでも、何も知らずにボール遊びなんかしてるだろう。君が気の毒な境遇になったことは認める。しかし、だからと言ってこんな待遇をしているわけではない。それは君の父親が安重根《アンジュングン》*3ほどの立派な働きをしたからだ。君は愛国者の素晴らしい息子だ。死に打ち勝って甦った希望のマスコットだ」

だとしたらサンモでも回さなければならないのに、首にはギプス。クォン大佐から父の話を聞いて、僕の胸は火がついたようになった。

「これから君の人生は大きく変わるだろう。どんなふうに変わろうとも、酔っぱらいの父親と暮らしていたときよりはるかに良くなることは確かだ。これまで想像すらできなかったこともすべてできるようになる。君にはその資格が十分にある。その代わり、俺を父親のように信頼し、言うことをきかねばならない。俺の言っていることがわかるか。俺はこれから君を自分の息子のように思うこととする」

クォン大佐の言葉が終わらないうちに、僕は大声を上げて泣きだした。今度はただ大人しく泣くのではなく、シーツを蹴飛ばし、腕と脚をじたばたさせて。鼻に差し込まれた酸素チューブを抜きとり、腕の点滴針の絆創膏を剥がした。クォン大佐が片手で僕の胸を押さえつけた。枕元にあるインターホンから「どうなさいました？」という声が聞こえてきた。クォン大佐が何か答えたが、それは僕の叫び声にかき消された。僕はぎゃあぎゃあ叫び続けた。

「わからない。僕には何もわからない。父さんはどこ？　何でも信じるから、すぐにでも言うことをきくから父さんを連れて来てよ。早く、父さんを連れて来て。なぜ僕を生かしたんだよ！　早く……」

そこまで言ったとき、クォン大佐が親指で僕の鳩尾《みぞおち》をぐっと押した。息が詰まり体の力が抜けた。一生懸命ドラムを叩いていたウサギのおもちゃが、背中から突然電池を取り外されたかのように。もう死ぬかと思ったが、依然として流れる涙が、そうではないことを教えてくれた。

正直に言うと、クォン大佐が病室に入ってきた瞬間、僕は父がどんなふうに死んだのか、わかってしまった。車が正面衝突し、父の胸はハンドルに押しつけられ、肋骨が黍殻《きびがら》のように折れたのだ。その破片の一つひとつが鋭い針となり、心臓や肺や胃腸などを突き破ってしまったのだ。バン、バン、バンと開場記念の花火が打ち上げられる夜、人で溢れ返った遊園地に一人、入院着姿のまま花火を見上げているような気分だった。とめどなく流れるその涙は、孤独の残《ざん》滓《し》だった。

*

僕が涙もろいのは父の息子だからだ。クォン大佐の言う通り、酒飲みだった父は酔っぱらうとよく涙を流した。自分の弱い姿を息子に見られたくなくて始めた酒だったことを考えると、おかしくて仕方がない。飲みはじめは、父だって世界で一番素敵な男に見えた。つまり焼酎を一本空けるぐらいまでは。酒が回って気分がよくなると、父は自分の願いを語りだした。僕も負けじと自分の願いを語り、いつしか代わるがわる願いを語り合うことが僕たちのお気に入りの遊びとなった。一億ウォンのオリンピック宝くじが当たること、OBベアーズに投手として入団すること、大宇《デウ》自動車のルマンに乗ってアジアを横断し、パリまで旅をすること、ナイキの靴をはいて千メートルを二分三〇秒で走ることなど。この遊びの肝は、絶対叶えられそうにないことを語ることだった。どんなに不可能に思えることでも何度も言い続けると、叶う可能性が少しずつ高くなっていくというのが父の持論だった。それも一理あって、次第に僕たちは願いを語るだけでなく、すでにその願いが叶ったかのように、一億ウォンで何を買うか、どうすればプロ選手のサインのように見えるのかといったことに頭を悩ませたりした。他人の目には、捕らぬ狸《たぬき》の皮算用に勤《いそ》しむ親子のように映っただろうけれど、気持ちだけは金持ち《プジャ》の親子《プジャ》だったと言うか。僕の願いごとのなかには、その年の五月に開場したソウル大公園に行ってイルカショーを見ることも含まれていた。けれども父に「それは反則だ。難しいことでもなんでもないから、願いごとにはならないぞ」と反論されるのではないかと思い、口には出さなかった。そうとも、僕はただイルカショーを見ることを願っていたわけではない。そのとき、僕の両側には母と父が座っていなければならない。それでこそ願いごとと言えるのだ。

母の話を持ち出すと、父はそんな人のことはすっかり忘れたと言わんばかりの顔で僕を見つめた。「俺がなぜ酒を飲みはじめたのか、知ってるか」。父のその深い胸の内が、どうやって僕にわかるというのか。「どうして」と尋ねると、父は「はっきりした理由があったが、忘れた」と答えるだけだった。一度だけ、思い出したと言ったことがある。僕が母さんはどんな人だったのかと尋ねたときだ。「そう言えば、ある人の顔を忘れるために飲みはじめたんだよ」

と。それが誰の顔なのかはすぐに察することができた。焼酎一本だけなら、将来、息子にどんなことでもしてあげられそうな格好いい男になる父が、新たに焼酎瓶のフタを開けるのは、いくら忘れようとしても忘れられない顔があるからだろう。直接は聞かなかったけれど、今にして思えばそんな気がする。さらに酒が回ると、父は世界で一番弱い男になった。僕がもっと幼かった頃、つまり小学三年生の頃までは、酔っぱらった父に抱きしめられると、僕も父にしがみつき一緒になって泣いた。悲しくて泣いたというよりは、泣いてみたら悲しくなったといったほうが正しい。僕にとって母は最初からいない存在だった。僕を産んだ後、死んでしまったらしい。写真一枚すら残っていない。それに、唯一母の顔を覚えているはずの父は、その顔を忘れるために毎日焼酎を飲んでいた。親戚の証言によれば、父はすっかり魂の抜けた廃人みたいになって、子どもを連れて故郷に現れたそうだ。僕は町内のおばさんたちの乳を飲んで育った。だから普段から母に会いたいと考えたことなどなかった。しかし酔っぱらった父のせいで気持ちが沈んだときは、決まって母のことを思い出した。僕にとって母を思うことは、沈んだ気持ちのようなものだったのかもしれない。母がいたら、僕に代わって父を抱きしめ、慰めてくれただろう。でも母がいたら、父がその顔を忘れるためにあれほど酒を飲むこともなかっただろう。

父がトイレに行った隙に、僕が瓶に残っていた焼酎を飲み干してぶっ倒れ、地球がどれほど速く自転するのかを身をもって知るまで、父はおよそ季節ごとに一度、三本日の焼酎瓶のフタを開けた。三本目の焼酎はジキル博士が作った秘薬のようなもので、やがて父はハイド氏に変身した。酔って乱暴になり、もうくたびれたと、これ以上生きていく力がないと、今すぐ死んでしまった方がお前の人生にとってもマシだろうと大声を張り上げることもあった。そこからさらに興奮が増すと、タンスから薬瓶を取り出した。父の親指ほどの大きさの瓶には、毒薬が入っていると聞かされていた。あのときは、なぜあんな恐ろしいものを持って生きなければならないのか理解できなかったが、今にして思えば、もしかしたら父はその薬のおかげで生きていられたのではないだろうかという気もする。その薬を飲めばすぐに死ねるから、逆説的に生きる苦しみに耐えられるまで耐えてみようと思えたんじゃないかと。

そうこうするうちに気を失うくらいに酔っぱらい、どうしようもないほど弱気になった父は、今がまさに決断の瞬間だと思い込んでしまうようだった。それがどんなばかげた考えなのか論す間もなく、手を動かせないように父を両腕ごと抱きしめ「父さん、死なないで!」と大声を上げたり、薬瓶を手にした父の前にひざまずき、両手を合わせて拝んだりした。僕たちが騒がしくしていると、大家のおじさんがぱっとドアを開け「うるさくてたまらん! さっさと猫いらずでも飲んで死んじまえ!」と罵声を浴びせた。そこまで酔ってしまったら、それは父親ではなく路地を這い回る犬のようなものだから近寄るなと忠告したのも、小学六年生だった僕に、お前の父さんの酒癖をすっぱりなくす妙案があると耳打ちしたのも大家のおじさんだった。彼のばかげた助言に従って、流し込んだ焼酎とお粗末な夕食を天井に向かって吐く僕を見て、父はようやく我に返った。それ以降、父は死んでしまうと脅すようになるまで飲むことはなくなり、たとえ飲んでも、世界で一番俺たちが孤独で寂しくて、かわいそうな親子だと嘆く程度になった。

事故で紙のようにぐちゃぐちゃになってしまったその青い一トントラックは、父の店でもあった。そこで父は季節の果物などを売っていた。一日中路上で商売をして、酔っぱらいしかいない夜の十時頃、父は露店の片づけを始めた。クォン大佐の言うその夜、僕は店じまいの時間を見計らって父のところに行き、売れ残ったリンゴや梨などを箱に戻すのを手伝った。気をつけないと果物に傷がつくので、思わずため息をついたら、果物にも耳があって全部聞こえるからと、父はため息一つつかせてくれなかった。慎重に運ぶので時間がかかり、二十分ほどでようやく片づけを終えた。

「鉛筆を持つだけで精一杯のはずの学生が、いったい何を持っているんだ?」

父がトラックのギアを入れながら聞いてきた。意味がわからなくて、父の顔を見つめた僕は、ようやく自分が手にしているスプーンを見た。

「ああ、これ? 今日、テレビにユリ・ゲラーという超能力者が出てたんだ。その人が〝曲がれ、曲がれ〃と言いながらスプーンのネックをこすったら、ぐにゃっと曲がったんだよ。念じるだけで曲げられるんだけど、そういうのを念力と言うんだって」

「テレビっていうのは嘘ばかり並べたてるんだ。何を見せられようと、絶対信じちゃダメだ。みんなトリックなんだから」

「一人や二人じゃなくて、あれだけの視聴者が見守っているのに、どうやって騙《だま》せるって言うの？　そんなんじゃなくて、精神を集中させると、指先からエネルギーが出るんだって。それにこうして手で無理矢理曲げようとしても、これがなかなか曲がらないんだよ」

そう言いながら手に力を込めると、スプーンが少し曲がった。もっと力を集中させればユリ・ゲラーがやったみたいに曲げられそうだった。

「俺の超能力もちょっと貸してやろうか？　ぽきっと折れるように」

父が言った。

「大事なのは手でそっとこすりながら念じるだけで曲げたということだよ。念じる！　彼はただ念じただけだよ。壊れた時計も念力で直してた。訓練すれば誰でもできるって言ってたけど、それって本当かな」

「訓練なんかしなくたって、金さえあれば何でもできるさ。超能力があるならオリンピック宝くじの当選番号でも当てればいいのに、スプーンなんか曲げてどうするんだ？」

父は市場通りを抜けて大通りに合流した。夜の道路は閑散としていた。

「お金さえあれば何でもできるっていうのも間違ってるよ。いくらお金があっても、どんなお金持ちでも過去に戻ることはできないでしょ？　僕は過去に戻りたいんだけど」

スプーンの柄《え》を左手に持ち、右の親指と人差し指でネックをこすりながら僕は言った。スプーンが笑いだしたりすることはないだろうな。

「せいぜい十五歳のヤツがワケありの男みたいに。いったいいつの過去なんだ？」

「僕が生まれる直前の世界。父さんは知りたくない？　僕はすごく気になるんだけど。そのとき、父さんはいったいどこで誰と何をしてたの？」

父がむせたように何度も咳払いをした。僕は気づかないふりをしてスプーンに精神を集中させた。曲がれ、曲がれ。

「ま、変わったことなどないよ。あのときも焼酎と戯《たわむ》れてたんだろう。家に帰ったら一杯やるか？」

「僕は酒を断《た》ちました」

「ちゃんと飲んだことがあってこそ、初めて断ったと言えるんだよ。あのときの酒は無効だ。吐かないで飲み続ける方法を教えてやるから、一杯やろうぜ」

「結構です。何か習うのもまっぴらごめんだし」

「覚えておけば、酒は一生大切な友だちになってくれるんだがな……」

父はゲラゲラ笑った。僕は顔を上げ、目をむいて父を見つめた。父の笑顔の後ろを流れる夜の街は、そう街灯が多くなく暗かった。しかし、流れゆく黒い建物の遠くに広がる、小高い山にある家々から漏れる明かりが、天の川のように輝いていた。一点一点、ときには一つの塊になって。その風景に照らされて、父はまるで天の川を横切る宇宙飛行士のように見えた。宇宙全体をカタカタ揺らすほど笑っている宇宙飛行士。

「ところで、さっきの記事のことなんだけど」

ふたたび下を向いてスプーンに集中しながら、僕は尋ねた。店の片づけを手伝いにきたとき、父はカーバイドの明かりでノートを照らしていた。それは、その日その日に起きた出来事を記録したり、新聞や雑誌から切り抜いた記事を貼ったりする教科書ほどの大きさのノートだった。一冊が終わって新しいノートを買うと、父はその表紙に漢字で「備忘録」と記した。どういう意味かと尋ねたら、どれだけ月日が経っても忘れてはならないことを書きとめるものだと答えた。その日、父は備忘録のなかから「〈ソウル大公園〉動物の流刑地　十一ヶ月の間にペンギンをはじめ二三七匹の動物が死ぬ」という見出しの記事を読んでくれた。

ソウル大公園にいる動物のうち二三七匹が、劣悪な環境とずさんな管理などにより死んだことが十五日に明らかになった。これはソウル大公園が外国から動物を輸入しはじめた昨年九月から現在までの十一ヶ月間での数だ。

なかでも代表的なのは、南極のジェンツーペンギンだ。珍種であるこのペンギンは、昨年十一月に五羽輸入されたが、五月一日の開園前にそのうち三羽が死んだのに続き、残り二羽も蒸し暑い気候に耐えられず死んだ。子どもたちに愛されていたオランウータンも、先月二十日、仲間同士で争っている最中に、一頭が檻《おり》の周りに掘られた小川に落ちて死んだ。

「その記事って何を忘れないために切り抜いたの？」

「昔、俺に〈オラン〉とはマレー語で人、〈ウータン〉は森という意味だと、つまりオランウータンは森の中の人間という意味だと教えてくれた人がいたんだ。その人のことを忘れないためだ」

父が答えた。

「じゃ、オランウータンのために切り抜いたんじゃないの？ ふうん、森の中の人たちは寂しがるだろうな。父さんにとってありがたい存在だったんだ、その人って」

「どうしてわかったんだ？」

「よくこの御恩は死んでも忘れません、なんて言うじゃない。父さんにとってすごくありがたい人だったから、忘れないようにするんでしょう？　ほかには何が書いてあるの？　その備忘録には」

「天国で起きそうなことだ」

「例えば？」

「例えば、うーん、何があったっけ。若いお嬢さんとあつーい恋愛をしてから死ぬこと？」

「天国で死ぬなんてありえないよ」

「死にたいときに死ねないのなら、天国って言えるか？」

「え、何？　今、僕と願いごとの対決でもするってこと？」

僕はスプーンをこすりながら言った。

「よし、お前の願いを言ってみろ」

「じゃあ、僕も若いお嬢さんとあっつーい恋愛をすること」

父が鼻で笑った。

「お嬢さんなら、どんなに若くてもお前よりは年上だぞ。それじゃ、お前の損だ。小学生はどうだ？」

「関係ないもん。どうせ父さんも僕も叶わないことを言ってるんだから」

「なぜそう思うんだ？　俺は独身だぞ。いくらでも叶えられるさ。ま、いいや。じゃ、さっきのお嬢さんとヨットに乗って太平洋を渡ること」

そう言って父は歌を口ずさみはじめた。

「うららかな春の日に　象おじさんが落ち葉に乗って　太平洋を渡るとき……」

僕は若いお嬢さんのことばかり言う父が憎らしくなった。

「日曜日にソウル大公園へイルカショーを見にいくこと！」

「クジラのお嬢さん　象おじさんに一目惚れして……」

「母さんと父さんと一緒に手をつないで」

父の歌声が止んだ。僕は口にしてしまったことをすぐに後悔した。言うんじゃなかったと思ったが、もう後の祭りだった。バツが悪くなった僕は、スプーンをこすることに集中した。指先がすり減るほどに。

「それは本当に叶わない願いだろうか……」

父がつぶやいた。そのときだった。人差し指の先に変な熱のようなものを感じた。スプーンのネックあたりがゆっくりと曲がりはじめた。僕は目を丸くした。それに気をとられていて、僕はその後に父が何と言ったのかを覚えていない。「お前の母さんはな……」と言ったような気もするし、「えっ、あの人は何で……」というようなことを言った気もする。とにかくはっきりと覚えているのは、本当に奇跡のようにスプーンが曲がりはじめたことだ。いざそんな瞬間が来ると、ついにスプーンを曲げることができたという感動よりも先に、全身にさっと鳥肌が立った。

「と、と、父さん……父さん！　父さん！」

目の前でスプーンのネックがぽきっと折れるのを見つめながら、僕は父を呼んだ。しかし、すでにすべてが遅かった。たった一度。生まれてからたった一度の、父に死んじゃだめだと言うチャンスを、僕は逃してしまった。僕が見た父の最後の顔は、宇宙飛行士のように夜の道の明かりに向かって進んでゆく、その横顔だった。

*

数日経って、僕は父と交わしたその願いごとをもう永遠に叶えることができないのだと認めるようになった。その数日の間、父親が死ぬその瞬間に、まぬけなことに念力などを信じていた自分が情けなくて仕方なかった。念力など何の役にも立たなかった。僕は孤児になった。クォン大佐がトラックから探し出してくれたスプーンのヘッド部分を、窓から遠くに放り投げてしまいたかった。しかし、どうしてもできなかった。それは父との最後の思い出が詰まった物だからだ。僕たちが乗っていたトラックと正面衝突した車には、武装したスパイが乗っていたとクォン大佐から聞かされた。ソウル郊外でボイラー工をしながら生活していた、そのおかしくてまぬけなスパイは、消音拳銃《サイレンサー》を持って町内の食堂に押し入り、そこの主人を射殺した後、ふたたび近くの美容院に侵入して女性従業員に向けて銃弾を三発放ち重体を負わせた。従業員の悲鳴を聞いた近所の靴屋の主人が駆けつけると、スパイは銃で威嚇《いかく》しながら首を締めようとしたが、靴屋の主人に脚を蹴飛ばされたため、後ろにひっくり返ってしまった。スパイはすぐに立ち上がると、路上を走っていたワゴンを止めて運転手を引きずり降ろし、車を奪って市内に向かって逃走した。

そこまで話すと、クォン大佐は僕の表情をうかがいながらサングラスを持ち上げた。そして難しくて理解できないところがあれば、遠慮なく質問するようにと言った。

「全部、理解できないです」

僕は遠慮なく答えた。

「そうか。君には理解できない出来事が、世の中では数えきれないほど起きている」

クォン大佐が言った。

「スパイだとしたら、なぜ平凡な食堂の主人と美容院の従業員を撃ったんですか」

「合同捜査本部の調査によれば、食堂の主人を殺害する任務を受けて北から派遣されたようだ。一般市民をもテロの対象にすること、それこそ北朝鮮がどれほど残酷で悪辣《あくらつ》なヤツらかをよく表している」

クォン大佐は僕の質問が気に入らないようだった。

「それなら食堂の主人を殺してさっさと逃げればいいのに、どうして近所の美容院に乗り込んで、従業員を撃ったんですか」

「君の担任はそんなことも教えなかったのか！　そもそもスパイというのは凶悪で残酷だから、人の命をハエの命よりも軽く見なすんだ。我々はあいつらを撲滅しなければならない」

「ところで、どうして靴屋の主人は撃たないで、首を締めたんでしょう？」

遠慮なく僕は続けた。

「必ずしも銃で殺す必要はない。スパイは殺人マシーンだから全身が凶器だ。ビニール袋一つあれば、誰にも気づかれることなく人を殺せるヤツらだ」

「じゃ、首まで絞めたのにどうして殺すことができず、逆に脚を蹴っ飛ばされたんですか」

イライラしてきたのか、クォン大佐が声を荒げた。

「人を殺すのに理屈など要らない。それは理屈を超える行為だ。人を殺すことなら、誰よりもこの俺がよく知っている。俺の話をよく聞け。君は孤児になった。それがどういうことか、わかっているか？　笑うときは世間も君と一緒に笑うだろうが、泣くときは君一人だ。君はこの二つのうち一つを選択しなければならない。世間と一緒に笑うか、それとも一人で泣くか。

さあ、もう一度だけ言っておこう。そのスパイが美容院に入って従業員を殺そうとし、靴屋の首を締めて蹴飛ばされたとき、ちょうど近くを走っていた君のお父さんはその凄惨な場面を目撃した。君のお父さんは愛国心と民族愛の精神で……」

父が何かを愛したとすれば、それはオランウータンかなんかだろう。国家と民族だなんて、まさか。僕はようやく、父がスパイを捕まえたことで自分がワンダーボーイになったことに気づいた。

「ちょっと待ってください」

僕はクォン大佐の話を遮った。

「僕たちはそんなもの見てません。家に帰る途中だっただけです」

「そのとき君は下を向いていたと言った。君には何が起きていたのかわからなかった。君が何も見てないからと言って、君のお父さんもその現場を目撃してないとは言えない。調査の結果、君のお父さんは徴兵中に観測兵だったことがわかった。人より視野が広かったと思われる。それに靴屋の主人をはじめ、目撃者の誰もが、君のお父さんのトラックが正面から走ってくるワゴン車にまっすぐ突っ込んでいったとすでに証言している。よく考えてみろ。君は見たのか？　君のお父さんが亡くなる瞬間を目撃したのか？」

僕はクォン大佐を見つめた。記憶を呼び覚まそうとしたが、あのときはそれがすべてだった。

若いお嬢さんと熱い恋愛をしてみること。その気になればいくらでも実現可能なその願いが、絶対叶わないと言っていた父。僕は父にすごく会いたくなった。この世を去る父に、挨拶どころかその顔すら見ていなかったのだ。くそったれのスプーン。

「よく思い出せません。ただ暗い道を走っていました」

「時間はいくらでもあるから、ゆっくり考えればいい。君のお父さんは明らかに何かを見た。ただ、君に選択できるのは一つしかないことを頭に刻んでおけ。みんなと一緒に笑うか、それとも一人で泣くか。よろしい、今日はここまでしておこう。ゆっくり休んで、俺が言ったことをじっくり考えてみるように。それと、君はもう孤児であることを忘れないように」

そうだ、僕は孤児になった。これからは自分の運命は自分で決めなければならない。

「一つお願いがあります」

背を向けるクォン大佐を呼び止めた。

「何だ？」

「僕は生まれつき貧血持ちです。いつも飲んでいる薬が家にあるので、それを持ってきてくれませんか」

「地雷畑で首をくくる木を探すような話だな。ここは病院だ、何の薬を家から持ってくると言うんだ？」

「その薬じゃなければだめなんです」

クォン大佐は怪訝《けげん》そうな目で僕を見つめた。地雷畑云々《うんぬん》という言葉には、僕も相当驚いたけれど。

「教科書とノートも必要です。そうだ、探せば六月に授業で書いた〈反共作文〉も家にあると思います。その作文も何かに使える気がします」

「一理ある。君が書いた反共作文を記者たちに見せるのも、君のお父さんの偉業を説明するのに格好の資料になるだろう。わかった。薬はどこにあるんだ？」

僕はタンスの中の、毒薬が入っている箱の位置を説明した。僕の説明を手帳にメモすると、クォン大佐はもう帰らねばとドアの方に歩いていった。二、三歩あるいたところで、クォン大佐が急に足を止めて僕の方を振り返った。

「ところでその話」

クォン大佐が僕をギロリとにらんだ。胸がドキドキした。

「反共作文。実にいいアイデアだ」

＊1【ホドリ】一九八八年、ソウルで開催された夏季オリンピックの公式マスコット。虎がモチーフ。

＊2【サンモ】帽子の先についている長い紙のリボン。

＊3【安重根】一八七九〜一九一〇年。一九〇九年十月、初代韓国統監府統監だった伊藤博文を暗殺した独立運動家。

これから僕の行動を論理的に説明するので、よく聞いてくださいまず、次のページの写真を見て、答えを当ててみてください。

この宇宙にはどれくらいたくさんの星があるのでしょうか。

正解は次のとおりです。宇宙には僕たちが属している銀河と同じくらいの大きさの銀河が一千億個もあると、天文学者たちは言っています。これを数字で表すと、1と、その後に11個の0を書きます。それぞれの銀河にはまた一千億個の星があるそうです。これも同じような数字になります。1、そして11個の0。だから、この二つの数字をかけると、宇宙に存在する星の数になります。つまりこの宇宙には1、その後ろに22個の0がつく数の星が存在することになるのです。

一千億個の星がある一千億個の銀河が
僕たちの頭上に輝いている光景を想像してみてください。

それでは、これらの星を一つひとつ数えてみましょう。
おそらく少し忍耐が必要でしょう。

一秒に一つずつ数えたとしても
317兆9799億1983万7646年かかるだろうから。

それでもこれは、太陽ぐらいの大きさの星だけを数えた数字だそうです。太陽系で言えば、水星・金星・地球・火星・木星・土星・天王星・海王星の8つの惑星と240個もある衛星は除いたということです。こうした星までも含めたら、どれくらいの数字になるのかは誰にもわかりません。だから、宇宙に存在する星を一つひとつ数えた人は誰もいないはずです。ガリレオも、ニュートンも、アインシュタインも。人の一生を70年とすれば、大きな星だけ数えたとしても、4兆5299億7028万3395回生まれ変わらなければなりません。当然、誰もそんなに生まれ変わることなどできません。4兆5299億7028万3395回どころか、僕たちはただの一度も生まれ変わることができないのです。

しかしそれは、計算上での話です。誰にでも一度は、そのすべての星を数えることができるチャンスが訪れるから。たった一度だけ、この宇宙に存在するすべての星が動きを止める瞬間が訪れるからです。そのとき、星は動きを止めてじっと僕たちを見下ろします。

想像してみてください。

あんなにたくさんの星が僕たちを見下ろす姿を。

10000000000000000000000個の星が。

10000000000000000000000個よりもっと多い数の星が。

一つ残らず全部。

それはなんて素敵な出来事でしょう。星がそんなふうに立ち止まり、静かにキラキラと光を降り注いでくれるとしたら。この宇宙の一角にある、地球という薄青《うすあお》の一点に向かって。その小さな星で、長くてせいぜい百年ほど生きてきたであろう一人の人間に向かって。だから42年しか生きられなかったとすれば、それはあまりに《ヘドヘド》もひどい話です。

父がこの地球上で人間として存在した時間は、たったの42年。
しかも僕の父として存在した期間は14年。
それは
あまりにも《ヘドヘド》、
ひどい話です。

日も《ヘド》日も《ヘド》
月も《タルド》月も《タルド》。
星も《ビョルド》星も《ビョルド》。

父が生きた42年というのは、あまりにも短い時間です。星の数と比べると、それはないのに等しいほどです。だけど、想像してみてください。その光を分割して注ぐことができたとすれば、父は生涯、1秒ごとに7兆5499億5047万2323５個の星の光に注がれて生きたことになります。だったら、それは本当にすごい1秒です。そんなにすごい1秒だということをわかっていたら、父は泣いたりしなかったでしょう。焼酎を飲むこともなかっただろうし、薬瓶を持って死んでやると息子に大声で叫ぶこともなかったはずです。父の人生の1秒がそんなにたくさんの光で溢れていたことを知っていたなら。

だけど、宇宙のすべての星が動きを止めていっせいに光を注ぐ瞬間は、たった一度しかありません。

生まれてからたった一度。

僕たちが死ぬとき。

そんなふうに。

僕たちは子どもとして生まれ、光として死ぬのです。

永遠に光として死ぬのです。

だとすれば、それは本当に素敵なことだと思います。

そう思わない、父さん？

深い夜、僕のそばにはいつも父の光が

父の薬瓶に入っていた毒薬は甘すぎるほど甘かった。あんなアメの入った薬瓶を振りかざしながら、たった十歳の息子に向かって死んでやると脅していたとは。薬瓶に残っていた錠剤を全部飲み込み思いきり寝て、すっきりした状態で目が覚めると、裏切られたという気持ちがむくむくと込み上げてきた。しかし裏切られ感は、クォン大佐の方がもっと大きかったようだ。薬瓶の錠剤を全部飲んだことを知ったクォン大佐は、東崇洞《トンスンドン》の大学病院にいた僕を国軍病院のVIP病棟の個室へ移送させ、二十四時間監視できるように看護兵までつけた。その看護兵というのは時間を速く進ませる方法を研究している人だった。除隊が彼の人生最大の目標だったから。実に一年もの研究の末、彼は何も考えずに過ごせばいいんだという結論に至ったそうだ。だから彼と一緒にいるときは静かに過ごすことができたし、おかげで人々の余計な雑念という騒音から離れ、僕は平穏を取り戻すことができた。

そうこうしている間に、病室の窓から見える景福宮《キョンボックン》の背の高い木からは、微かな風に乗って木の葉が一つ二つと落ちてきて、まもなく十一月が無表情にやって来るだろう。僕は困難ではあるものの自力で歩けるまでに回復してきた。しかしクォン大佐は、僕が起き上がってよろよろと歩く練習をしようとすると、**見せる人がいるから!**まだ早いから車椅子に座っていろと声を上げた。しかし、いつまでもじっとしてはいられなかったので、クォン大佐が帰ると、看護兵に手を貸してもらいながら少しずつ部屋の中を歩いた。そういうとき、看護兵は本当に何も考えないでしゃべっているんだろうなというぐらい、どうでもいい話を僕に聞かせてくれた。1＋1＝？　田んぼ。そんなくだらない、なぞなぞのようなものだ。「〝未婚の娘が身ごもるにも理由はある〟と言うけど、火曜ドラマ〈田園日記〉に出てくるあのタレントの女、本当によくしゃべるよな」といった的外れなことわざの引用。新兵訓練所に入る前から、時間を速める方法だけを研究していたと言っていたが、彼の話を聞いていると、空しいほど時間が矢のように過ぎた。

ある日、クォン大佐に連れられて街のデパートに出かけた。つかつかと売り場の間を抜けていくクォン大佐の後をあたふたと車椅子を押しながら追いかけていた看護兵から、翌日、僕が青瓦台に行くことになったと耳打ちされた。

「時は金なりって言うから、あそこに行ったら時計をもらえるんだろうな、チクショウ、いいな時計。鳳凰《ほうおう》が描かれた腕時計だぞ。PXに持っていけば、黄桃の缶詰と交換できるんだけどな」

「もし時計をもらったらあげるよ」

僕は言った。

「いや。四捨五入《ササオイップ》にしよう。もし二個もらったら一個くれよ」

「ササオイップって、どういう意味？」

しまった、子どもの前でオイップ《女を買う》なんて言ったよ。

「それって悪い言葉？」

「とにかく人前では使うな」

看護兵と僕はこんな会話に慣れていった。事故の後、人の考えが読めるようになったと彼に打ち明けたら、「〝青山は悠久なのに、人傑はいずこに〟ってことだな。昨年は空中浮遊できるっていうヤツが入ってきたこともあったぞ。華川《ファチョン》からヘリコプターに乗せられてきたんだけど、だったら自力で空中浮遊してくればいいのに、なんでヘリコプターなんかに乗ってくるんだよ。だけど、ここにいるヤツらはみんな、頭にクソしか詰まってないのに。X線で便所を撮るわけじゃあるまいし、そいつらの頭の中を覗いてどうするんだ？」と、何ともないような反応だった。もっとも看護兵の言葉は間違いではなかった。兵士たちがいつも考えていることなんて、実にくだらないことか悪口ばかりだった。ヘヨン、あの女、なんで何日も返事をよこさないんだ？　心変わりしてたら、ナイフを持って脱営してやるとか炊事場の釜に猫いらずをばら撒いてやるからな。このくそったれめ、みんな死ね、みんな死んじまえといったようなこと。はぁ……そういうときは頭に電源装置でもついていたらいいのにと、僕は思った。

翌日、僕は黒い乗用車に乗って青瓦台に行った。大統領なのだから結構遠い、山奥の要塞《ようさい》に囲まれたところにでも住んでいるのかと思ったら、車で十分もかからない場所だった。せっかく新しい服と新しい靴で行ったのに、車椅子にずっと座っていたら体がむずむずしてきた。車から降り、建物の入口までは自分の足で歩いていった。その後は看護兵が引いてきた車椅子に座った。クォン大佐は看護兵に待機を命じて、自ら僕の車椅子を押した。建物の中に入ると広いホールが現れた。天井の真ん中にはとてつもなく大きいシャンデリアが、その両側にもそれよりは小さいがやはり大きいとしか言いようのないシャンデリアが二つ吊るされていた。入口奥に見える、大きな茶色の鳳凰模様のレリーフが彫られた壁の前には演壇があって、その演壇の下から入口にかけて、白いテーブルクロスがかけられた円卓が整然と配置されていた。両側の柱の脇にはテレビカメラが設置され、円卓を囲んで座ったまま口も開けられずにいる学生たちと引率の教師を撮影していた。僕は檀上の後ろの垂れ幕を見て、ようやく「学生の日」の記念行事が開かれることに気づいた。クォン大佐は進行係の案内に従って、僕たちの名前が書かれた席まで車椅子を押して行った。

「君は今日、模範学生として表彰されることになった。大統領閣下が直接君に表彰状を授与される。気を引き締めて、しっかり受け答えせねばならない。絶対に俺に話すときのようにふざけたことを言うんじゃないぞ。もう少ししたら警護室から大統領役の人が出てきて予行演習をするだろうが、そのときは車椅子に座ったまま表彰状を受けとればいい。だが、大統領閣下が直接表彰状をお渡しになるときは車椅子から立ち上がるんだ。わかったか？」

クォン大佐が僕の方に身をかがめて低い声で言った。僕は首を縦に振った。

「よろしい。では緊張をほどいてゆったり待とう」

クォン大佐はテーブルに置いてあった水を一気に飲んだ。クォン大佐が言ったとおり二十分後、予行演習が始まった。僕と一緒に模範学生として表彰される学生は全部で七人だった。なかには僕のように車椅子に座っている子もいた。僕たちは、大統領閣下に直視されるからといって視線を逸らしたりうつむいたりしては絶対ダメだとか、おそらくないとは思うが、もし質問されたら自分の考えをきちんと筋道を立てて、わかりやすく話すようにと注意を受けた。進行役のサングラスの男が「きちんと話す」と繰り返し、大きな声で復唱するように命じた。僕たちは「きちんと話す」と大声で返した。この予行演習だけで、学生たちは完全に凍りついていた。予行演習が終わると、ふたたび自分の席に戻らされたが、SPの無線機の音がときおり聞こえるだけで、室内は針が落ちる音すら聞こえるほどに静まり返っていた。もちろん外部から聞こえるのがそうだったという意味で、僕の頭の中には無数のつぶやきが聞こえてきた。**首がくすぐったい　罰を受けてるわけでもないのに　菱形に円柱を立てれば、その頂角が……　殺人魔！　なかなかキツいお勤めだな　殺人魔！**　僕は振り向いて後方の学生たちを見つめた。誰の声なのかわからなかった。クォン大佐がぽんと僕を真っすぐ座れ！っっついた。いよいよ「大統領閣下が入場されます」というアナウンスとともに、スピーカーから「大統領賛歌」が厳かに流れた。あああ　大韓　大韓わが大統領　永遠に輝け　永遠に輝け。車椅子に座っている学生を除いて全員が立ち上がり、張り裂けんばかりに拍手をした。それが二、三分続いた後、ようやく目つきの鋭い大統領が現れ、手を振りながら席についた。いざ壇上に上がった大統領の額は、これでもかというぐらい光っていた。式典は檀上の横に貼ってある順序に沿って進められた。大学生たちにとても嫌われているその大統領は、十一年ぶりに復活した学生の日の意義について、とりとめのない言葉を並べたてた。退屈な式が続く間、いったい「殺人魔」と考え続けている人が誰なのか、僕は気になって仕方がなかった。しかし、目の前にサングラスの男が立っているため、後ろを振り向くことはできなかった。

しばらくして表彰状の授与の段になり、僕を含む七人の学生が一列になって壇上にのぼった。僕は顔を上げて大統領の顔を真っすぐ見つめた。殺人魔！　ふたたびその声が聞こえた。そしてある心が感じられた。その心の持ち主は、こん棒で頭をかち割られ、弾丸で腹部が破裂し、竹槍でわき腹が裂けた死体の間で、ある男が身じろぎもできずに横たわっている場面を思い出していた。瞬間、僕は圧倒的な悲しみに飲み込まれてしまった。僕は父のことを思った。そして、もはや父の声を聞くことができないことを。僕の目からつーっと一筋の涙がこぼれ落ちた。大統領はそんなことには気づかず、僕の番になると、クォン大佐に親しげに語りかけた。

「どうしてたかね？　元気だったかね？」

「はい、そうです。閣下」

クォン大佐が気を付けの姿勢で答えてから、休めの姿勢に戻った。

「この子がワンダーボーイか？」

「はい、そうです。閣下」

「しかし……この子、なんで泣いてるんじゃ？」

「こいつ！　閣下にお目にかかれて何で泣くんだ？　笑え、笑うんだ！感激したようです」

「そうか？　いくら感激したとしても、大の男がこんなに涙もろくては。そうそう、体の調子はどうじゃ」

大統領が僕に尋ねた。僕は悲しみのなかにいた。そのときホール内に、ある音が響きはじめた。鉄の棒が互いに共鳴し合っているようなその音は、低く太く続いた。大統領とクォン大佐を除いて、誰もが顔をしかめた。

「はい、そうです。閣下」

「何が〝そうです〟なんだ？」

クォン大佐が答える前に、大統領がふたたび尋ねた。クォン大佐は休めと気を付けを繰り返し、まるで一人踊っているかのようだった。

「はい、そうです。閣下。まだ脚は使えませんが、他はほとんど回復しました」

「それはよかった。では、君は座ったまま受け取りなさい」

その瞬間、音はますます強くなり、それに耐えられなくなった学生と教師が一人、二人と泣きだした。大統領が近づくと、クォン大佐が僕の背中を今だぞこぶしで立ち上がれ、こいつ！つっついた。僕はようやく気づいて、車椅子からすっくと立ち上がった。大統領と隣にいた進行係が驚いて後ずさりした。

「これは、どういうことじゃ？　脚が使えないと言ったろう？」

「はい、そうです。閣下。いったいどういうことか、私にもさっぱりわかりません。さっきまでは歩くこともできなかったのに、こんなにすっと立ち上がるとは……玉体《ぎょくたい》の健勝な気が、この子を立ち上がらせたのではないでしょうか！」

クォン大佐は涙ながらに話した。まるでそれが合図であるかのように、突然僕の隣に立っている子たちも涙を流しはじめた。SPも、壇の下の円卓に座っている学生や教師も、さらに大きな声で泣いた。カメラマンたちは涙を流しながらも、この不測の事態を逃すことなく撮影した。たった一人、大統領だけが訳がわからないというような顔で、中腰で立ち上がった僕を見つめていた。大統領が僕に、自分の方へ歩いてくるように指示した。もちろん僕は何の問題もなく歩いていった。すると、円卓に座っていた参加者たちが拍手を始めた。何かおかしなことになっていた。大統領から決して視線を逸らしてはならないと注意されていたが、僕はこの一連の出来事に呆れたあまり、イエス様が五つのパンと二匹の魚で五千人を食べさせたという奇跡を目にしたユダヤの高利貸しのように、ぽかんと口を開けて涙を流すふりをするこいつ、やったぞクォン大佐をにらみつけた。早く大統領閣下の方を見るんだ。普段、クォン大佐の声は低くて太いが、僕の脳細胞をつつくそのキツツキのような声はどこから発せられたものだろう。ところで他のヤツらはいったいなぜ泣いてるんだ？

式が終了し、僕はクォン大佐が腰かけた車椅子を押しながら、「殺人魔」と考えていたのは誰なのかが気になって学生たちを見回したが、当然それはわからなかった。僕の車椅子に座っているクォン大佐はいたく気分がよさそうだった。クォン大佐の夢は中央情報部の部長になることだった。学生の日を迎え、市内のあちこちで街頭デモが行われたその日、青瓦台で起きたワンダーボーイの新たな奇跡は、その夢の実現を速めるきっかけになるだろう。僕は車椅子を乱暴に押した。

「大人はみんな同じ。嘘ばかりで、インチキばかり」

僕は息巻いた。

「言葉に気をつけろ。ここはまだ青瓦台だ。俺の言ったことを常に覚えておけ。君だって一人で泣きたくないだろう？　みんなで一緒に笑った方がいいだろう？」

「僕みたいなバカが他にいるでしょうか。嘘をつくことなんか朝飯前の大人たちに騙されてはまた騙されて」

「そうだ、俺も飯が食いたいな。ここを出たら、民間飯を奢ってやろう」

「父さんも僕を騙したし」

僕は車椅子を押しながら、ヤケクソになって言った。

「君のお父さんが何を騙したと言うんだ?」

車椅子から立ち上がったクォン大佐に聞かれたが、僕は答えなかった。

「ああ、あの貧血薬のことか?」

クォン大佐が僕の表情を探った。

「あれを飲んでいたら、君はその場で死んでいただろう。君の家の大家が、あいつ——つまり君の立派なお父さんのことだが、とにかくあいつはもう死んじまったのに、そんな毒薬なんか持って行ってどうするんだと問い詰めなかったら、副官も俺もうっかり騙されて、君に渡してしまうところだった。奴は俺が出会った大家の中で一番口が悪い。とにかく、君が飲んだのは砂糖で作った甘い、偽物の薬だったということだ。まぁ、アメみたいなもんだな。味はどうだったかな? うまかったことを願う。君が死ぬのを黙って傍観していないこと、それも俺の仕事だ。国家に恩返しすることがまだたくさん残っていることを君は肝に銘じなければならない」

薬瓶には本当に青酸カリが入っていたことを知ってから、僕はふたたび父の夢を見るようになった。夢はいつも似ていた。父と僕が露店を片づけ、トラックに乗って暗い通りを走っていく。僕たちの前には、ぎっしりと散りばめられた明かりが星のように輝いている。まるで天の川を横切って旅をする宇宙飛行士のように、父はトラックを走らせる。そうこうしているうちにスプーンがぽきっと折れて、明かりがいっせいに止まって僕たちを照らす。その瞬間、すべてのものが動きを止める。まもなくワゴン車と衝突することを知っている僕は、手を伸ばして父を引き寄せようとするが、体がまったく動かない。その頃から僕はうなされるようになった。父さん、父さん。父さん、死なないで。父さん。そう言おうとしても口から声が出てこなかった。手を伸ばそうとしても体が言うことを聞かなかった。そしてパッと目を開けると、その闇の中に僕は一人で横たわっていた。体は汗びっしょりで、羽虫の死骸のようなおぞましい罪悪感が僕の周囲に落ちていた。もう僕の願いはただ一つ。一度だけでいいから父の手を握ること。そして父にさよならを言うことだ。

一九八四年の冬は、唯一の話し相手だった看護兵が僕のそばを離れることから始まった。彼は十二月中旬に除隊する予定だった。最後の休暇に出かける前、別れを告げにきた看護兵に、僕は毎日見る夢の話をした。彼は、その夢は父を永遠に送るための心の手続きだと言った。

「僕たちは皆、一度は初めて出会い、一度は永遠に別れることになっているから。お前がずっとお父さんのことを思っていたら、お父さんはお前のそばから永遠に離れられなくなってしまうよ」

看護兵はこれまでとは別人みたいだった。

「いつものように話してよ。急に変だよ」

僕は言った。

「そろそろ社会に適応するため、僕もしっかりしなきゃな。お前のお父さんが行ったところは、この世よりはるかにいい楽園だろう。僕たちが除隊すれば行くところと似ているかな。けどな、お前がずっとお父さんのことを思い続けていると、お父さんはさっさといい世界に行くことができなくて、うん、何だろう、万年兵長としてここに居座る気持ちになるだろう」

「そんな。また、めちゃくちゃなことを言って。お兄さんこそ軍隊に居座ることになるよ」

僕は冗談っぽく看護兵の胸に向かってこぶしを伸ばした。ボールをチャッチするかのように、看護兵が両手で僕のげんこつを捉えた。看護兵の戯《ざ》れ言《ごと》が僕の心を慰めてくれた。そうだな、わかったよ。僕のせいで父さんがこの世界から除隊できなくなるのは嫌だな。行きたいと何度も言ってたよね、そこへ。そんなまぬけな考えにピリオドを打つように涙が落ちそうになったので、僕は慌てて話題を変えた。クォン大佐が保安司令部から予備役に編入した後、中央情報部へ行くことになったと看護兵に言ったら、彼はしばらく考えに犬のクソも薬に使うときがあると言うけど、まったくクソの臭いのすることばかりやるなふけっているかと思いきや、こう言った。

「〝他人の餅は大きく見える〟と言うけど、クォン大佐のクソは本当に太いんだな！」

「しかし、薬《やく》として役に立つこともあるんじゃないかな」

「焦らす《ヤク》のに使うかな。僕はクォン大佐と二度と会わない方がいいな。叶わない恋をしたわけでもないのに、なんでそんな気がするんだろう。とにかく再会することになったら、二人とも相当辛いだろうな」

いつのまにか後ろ髪が少し伸びていた看護兵が言った。

「クォン大佐は中央情報部に入るために、お前を吸えるだけ吸い尽くしたから、お前もかまととぶっていると、冷や飯を食うことになるぞ。ここに居られたのもクォン大佐の後ろ盾があったからで、クォン大佐が軍服を脱げば、お前も入院服を脱がなければならないだろう。ここを出て、もし行くところがなかったら僕を訪ねてこい。三月から大学に戻るから、僕の大学に来て、世界一ＦＢを投げるのがうまいヤツを探しだすんだ」

「ＦＢって何？」

「Fire Bottle. 火炎瓶だ。必ず来るんだぞ」

看護兵が大学生だということが僕にはまったく信じられなかった。彼が僕をじっと**「書堂の犬三年にして風月を詠む」**[*1]**と言うが、僕も大学に戻ればもう三年だ**見つめた。

「〝食えない柿をつついてみる〟[*2]話じゃないんだよ、こいつ」

「わかったよ。本当に行くところがなかったらそうするよ。ところで、それってこんなとき使うことわざではないんじゃない？」

「そうだっけ？　軍隊飯で腹を満たしたつもりが、なぜ頭がクソで満たされたのか僕にもわからない」

「ちょっと待って」

僕はベッドの横にある小さな鉄製の机の引き出しを開けた。看護兵が怪訝な目で僕を見つめた。

「これ、除隊のプレゼント」

鳳凰紋と大統領の名前が刻まれた青瓦台訪問記念の腕時計を看護兵に差し出した。

「涙が出るな」

看護兵がほろ苦く笑った。

「新兵のとき、こんな時計があったらＰＸでエビセンと換えられたんだけどな。こういうのは軍隊でつけるもので、一般社会でつけたら石が飛んでくるぞ」

「つけなくて構わないよ。何かプレゼントしたいんだけど、何もなくて」

「そうか、ありがとう。お前も元気でいるんだぞ。僕がいなくても、もう自殺の真似なんかしないよな？　自殺は卑怯な臆病者がやるものだ。〝憎い子犬が偉そうにウンチする〟のと同じだよ。自分では格好いいと思っているかもしれないが、他人の目にはどんなに情けなく映ることか。お前の上にいつも暖かい日差しが注ぐことを祈っている。またすぐに会えるよ。もうさよならだ、本当にさよならだな」

看護兵が手を差し出した。僕はその手を握った。そうか。もうさよなら、本当にさよならか。僕たちが手を取り合っている間、そんなふうに一九八四年、十五回目の冬が過ぎていった。

＊1【書堂の犬三年にして風月を詠む】「門前の小僧習わぬ経を読む」と同じ意味。
＊2【食えない柿をつっついてみる】余計な意地悪をするという意味のことわざ。

「年末特番、ワンダーボーイ大行進が始まります！」

リハーサルは午後三時からだった。最初に舞台に上がったのは速読の天才だ。新入りのアナウンサーがマイクを握ってリハーサルを進めている。アナウンサーは台本のコメントを読み終えると、速読少年に「大人でも読み終えるのに三日はかかりそうだね。枕にした方がよさそうだ」と言いながら、分厚いリンカーンの伝記を差し出した。NG。代役のくせに台本にもないくだらない話はやめろと、プロデューサーの怒号が飛んだ。放送中に大統領の伝記を枕にすればいいと言うヤツがどこにいるんだ。アナウンサーの顔は真っ赤になり、場の空気は気まずくなった。

「この本を見るのは、今日が初めてだよね?」

アナウンサーが尋ねたが、速読少年からは返事がない。ディレクターはじめスタッフ全員が速読少年を見守った。数十秒ほど経って、ようやく少年が口を開いた。

「こ、こ、この本を見るのは、今日が初めてです」

「世界中の本はほとんど読んでしまったそうですが、いざ見たことのない本が出されると、戸惑ってしまったようですね。返事が遅かったのは、初めて見る本だと認めたくなかったからかな?」

「ぼ、ぼ、ぼくはもともと、ちょっとどもるんです」

「でも、目玉がガタガタしなかったのはラッキーでしたね」

「NG！　この野郎、死にたいのか？　番組をダメにするつもりか？　アドリブなんか要らねえって言ったろう」

またもプロデューサーが声を荒げた。アナウンサーは何か言い返そうとしたが、すぐに表情を抑えて笑みを浮かべた。

「これはアドリブではなく、出場する子をリラックスさせようと用意したコメントだったんですが、お気に召さないのであれば取り消します」

「NGはすでに取り消しになったということだ。緊張しているのはお前の方じゃないのか？　チック症か？　お前、なんで顎が震えてるんだ？」

「早く返事をするようにと、この子に送った合図だったんですが。お気に召さないのであれば、速読少年と席を入れ替えます。将来僕がビョン・デウンアナウンサーみたいにこちらの顔では合図など送りませんから。有名になったら、お前らはみんなおしまいだ」

リハーサルは続けられた。

「さあ、それでは始めましょうか。準備はできましたか？　おっと、失敗した」

アナウンサーが続けた。

「じゅ、じゅ、準備できましたか。ふぅ、こ、こ、今度は上手くいった」

速読少年が答えた。今度はプロデューサーからの「NG！」もなかった。くすくすというスタッフの笑い声のなか、少年がささっとページをめくった。

「カット！　**脳天！**」

プロデューサーが声を上げた。

「ちょっと君。本番中はもう少し頭を上げて。下げ過ぎだよ」

「そ、そ、そうすると本が読めません」

ぶるぶる震えながら速読少年が応えた。

「どうせ全部**脳天！**読んできたん**脳天！**じゃないの？」

速読少年の顔が赤くなった。

「ち、ち、ちがいます。よ、よ、よ、読んできたんじゃないかと疑われるかと思って、一行も読んできてません。い、い、いまも文字が目に入らないように、わざと別のことを考えていました。ほ、ほ、本当です。**しょ、しょ、書店で**リ、リ、リンカーンの伝記は一行も読んでません。**ちょ、ちょ、ちょっとだけパラパラめくってみたけど**」

「わかった、わかった。君はどうも速読の練習より、吃音《きつおん》を直した方がいいんじゃないかって思わせるんだよな。とにかくカメラに向かって、もっと顔を上げるんだ。そうしないと、脳天しか映らん。君は頭がでかくてここに出てきたと、視聴者が勘違いしたらどうするんだ？いいから席に戻って。次は誰だ？」

一九八四年十二月三十一日の夕方六時から、一時間にわたって放送される〈年末特番、ワンダーボーイ大行進〉というテレビ番組のカメリハでのことだ。速読少年の次は暗算少年で、その次は怪力少年だった。怪力少年の番が終わると、〈妙技大行進〉という番組で最も反響のあった〝自転車男〟が友情出演した。ずんぐりした体格のその男は、三千里《サムチョルリ》自転車提供の新しい自転車を引いて舞台に出てきた。リハーサルなので技の披露はなかったが、舞台では自転車を見ながらずっと舌なめずりをしていた。

自転車男のことを知らない者はいなかった。朝鮮戦争で両親を亡くし、孤児になったこのおじさんは、鍾路《チョンノ》五街の広場《クァンジャン》市場にある反物《たんもの》屋で使い走りとして雇われ、あらゆるいびりに耐えながら青年になるまで一生懸命に働いた。将来、結婚するときには市場に小さな店が出せるようにしてやる、という店主の話を固く信じていたからだ。そして二十三歳になったとき、配達先の平和《ピョンファ》市場のとある工場で下働きをしている女性に出会った。一日じゅう日に当たることができなくて、毛細血管が透けて見えるような彼女の青白い顔が、彼の目には天使のように見えた。初恋の夢想は、その女性を逃したら、一生誰も愛することができないだろうという切迫した気持ちにさせた。何日も悩んだ末、彼は店主に結婚するから、これまでの賃金を精算してくれるよう頼んだ。店主は咸鏡道《ハムギョンド》から三十八度線を越えてきた男で、「この野郎、恩知らずの獣にも劣るヤツがバカなことを言いやがって！　さっさと出ていきやがれ！」と罵声を浴びせ、彼を追い出した。おじさんは十五年間も働いてきた店を一日で追い出されてしまったのだ。

もしも神さまがいたなら、広場市場に天罰の雷や稲妻が落ちただろうが、生まれつき優しい性格のおじさんは、金さえもらえればいいと、東大門《トンデムン》運動場のすみっこにある安宿で寝泊まりしながら、毎朝店を訪ねては、どうか給料を払ってくださいと店主に手を合わせて頼み込んだ。そんな出来事があるたびに雷が落ちたなら、広場市場はとうの昔に火の海になっただろうということを、おじさんは想像すらできなかった。だが、「至誠天に通ず」と言うように、何日も涙を流しながら訴えると、店主も気が変わったのか、よしわかったと応じた。そして、今までの宿泊代と食事代を計算すれば、正直お前に払う給料を全部差し引いても足りない。お前が牛や豚だったら肉を売ってでも、その利益を残したいところだ。だが、お前もこんなに頼んでいることだし、俺も話がわからない人間ではないからこうしよう。あの配達用の自転車をお前にやる。あの自転車は俺がお前ぐらいの年頃のとき、たった一人で三十八度線を越えてきて、米一俵と交換した大切なものだ。あの自転車さえあれば、この市場で配達の仕事ができるだろう。知ってのとおり、配達の仕事ならいくらでもある。その気になれば、金持ちにだってなれるさ。古い昔から、飢えた者には魚を与えるのではなく、釣り方を教えろという聖人の言葉もある。それが嫌なら、俺にはこれ以上、お前を助ける方法はない。

店主の話にうかうかと丸め込まれ、錆《さ》びついた黒い荷物用自転車をもらって店を後にしたおじさんは、配達の仕事を探して何日もあちこちの店や工場を回り、市場の地回りのヤクザに死ぬほど殴られて、商人連合会に金を納めなければ市場では配達の仕事ができないということを、身をもって知った。その日の夜十時過ぎ、仕事を終えて工場から出てきた女性は、暗闇の中でまたもや自分を待っているおじさんを見つけた。あたしをこれ以上困らせないでよ、そうでなくても辛いんだからとピシャリとはねつけようとしたが、松ぼっくりのように腫れ上がった彼の目を見てしまった。その横には錆びついた自転車が停めてあった。事情を聞いた彼女は大きなため息をついて、自転車でドライブしたいと言った。彼は彼女を自転車の荷台に乗せて、車やバスで溢れ返っていた東大門を抜けて鍾路へと向かった。自転車はキーキー軋《きし》み、車はクラクションを鳴らし、警官は笛を吹いたが、彼は車線に沿ってペダルを漕いだ。何度も彼女の方を振り向きながら。そこにいますよね？　と何度も確かめながら。もう帰る部屋もないのに、持っているものはその錆びついた自転車しかないのに、あのときだけはこの世のすべてを手に入れたような気がした、と自転車男は〈妙技大行進〉で話していた。自転車を走らせながら二人は話をした。

「あたしのせいで追い出されてしまって、これからどうやって暮らしていくんですか？」

「この自転車さえあれば、僕はタンクだって配達できます」

「お金がなければ配達の仕事もできないって言ってたじゃない」

「ソウルの市場は、広場市場だけじゃないから」

「故郷では弟や妹が芋づるみたいに、あたしの月給だけを当てにしています」

「僕は夢だけは誰よりもたくさん持っています。ヘスクさん、夢だけなら僕は韓国一の金持ちです。青い空を見上げて、イェー、愛する人と手を握って、イェーイェー、ヘイ、ヘイ、ヘイ、イッツ・ア・ビューティフル・デイー。タタラタタ」

「あたしのことがそんなに好き？」

「もちろんです」

「あたしは誰かに好きになられるのが怖いの」

「どうしてですか？」

「恋をすれば働けないから。働かなければお金を稼げないから。お金を稼げなければ、弟や妹がご飯を食べられないから」

翌日、彼女は工場に来なかった。どこへ行ったのか尋ねても、工場の人たちは知らないと言うばかりだった。彼は自転車に乗って、ソウル市内の隅々まで彼女を探し回った。もうキム・チュジャの〈楽しい日曜日〉を口ずさむことはなかった。恋をすれば働けないから。働かなければお金を稼げないから。無意識のうちにそのことばかりをつぶやいていた。ソウルには想像もつかないほどたくさんの女性がいたのに、彼女は見つからなかった。恋さえもできないようにするのが飯ならば、我々はなぜ飯を食って生きなければならないのか。男は何も食べなくなった。恋もできないようにするのが働くことならば、我々はなぜ働かなければならないのか。男は働くこともやめた。そして水色《スセク》に着いた頃にはもはやペダルを漕ぐこともできず、その場に倒れ込んでしまった。そして、考えた。しかし、生きていかなければならない。このまま死んではならない。恋をしても飯が食えることを彼女に見せなければならない。男は倒れ込んだまま、後輪が回っている黒い自転車をじっと見つめた。

＊

「見たか？　さっきのおっさんのクソチャリ、なぁ？　舞台に上がったときはベルがあったのに、戻ってきたときはそのクソベルがなくなってたよ、なぁ？　見たか、なぁ？　見た？」

僕の隣で順番を待っていた少年が突然話しかけてきた。背が低く、栗の実みたいに小さな顔に茶色の野球帽をかぶっている。僕より年下に見えたが、いきなりタメ口で話しかけられ、気分はよくなかった。

「見てないけど」

「あのおっさん、ヤバくないか？　クソおっさん、なぁ？　いくら食うものがないからって、なぁ？」

「なぁ？　なぁ？」と言うたびに、太い眉毛が吊り上がっては戻ってきた。横たえると目を閉じる赤ちゃん人形のように。中高生の頭髪が自由化されたとはいえ、襟首を覆《おお》うほど髪を伸ばした中学生などいないから、てっきり小学生だとばかり思っていた。

「いったい何歳で、そんな口をきくんだ？」

はあ、どんなクソ野郎だ、なぁ？

「お前こそ何歳だ」

「僕は十五だ」

「おれはイカレた十六歳だから、おれの方が上だね、なぁ？　ちゃんと気を遣えよ」

おれが何歳なのか、クソのお前にはわからないだろ？

「本当は何歳だ？」

「**十四歳だ。**十六だって。**どうだ、このクソ野郎！**」

「十四なら、まだ中学生だな。あの人、何年か前に〈妙技大行進〉に出てたけど、お前はまだ子どもだったから覚えてないみたいだね。生きるためだったんだって」

「十六だって。**このクソ野郎がとにかくおれの話は、**まさにそれだよ。**いったいどうしてお****れの歳がわかったんだ？**　生きるためには飯を食わなくちゃ。クソチャリを食ってどうするんだよ、なぁ？　こいつマジでやばいよあのおっさん、もうちょっとしたら、クソ胃を悪くしてくたばっちゃうんじゃないか、なぁ？　タイヤはホルモンの味で、サドルはヒレ肉の味だって？　それにあの乞食みたいなおっさんがそんな肉を食ったことあると思うか、なぁ？」

　舞台の上ではリハーサルが続いていた。今度はサッカー少年だ。ボールを蹴りながら舞台に出てきた少年は、リハーサル中ずっと頭や膝、足の甲でボールを蹴り上げ続け、一度も落とさなかった。アナウンサーの質問にさえ、ポンポンとヘディングしながら答えていた。プロデューサーが、アナウンサーとケンケン相撲をやってみるよう指示した。サッカー少年はヘディングしながら、それにはまだ練習が足りないけれど、やってみると応じた。サッカー少年がヘディングしながら両手で左足をつかんだ。しばらく様子をうかがっていたアナウンサーが足を打ち下ろして攻撃にかかると、サッカー少年はバランスを失って後ろに倒れてしまった。ボールがぽんぽんと転がった。プロデューサーはげらげら笑いながら、「ダメだな。予定どおりジャージャー麺で行こう」と指示を出した。

「お前は何のクソ才能があって出るんだ、なぁ？　みんな、何かやるじゃないか。クソ速読、クソ暗算、クソ怪力、今回はクソサッカーのケンケン相撲。お前が最後だけど、なぁ？　なんでお前が最後なんだ？　だいたい一番最後に出てくるヤツが一番じゃないか。クソ歌手王を選ぶときもチョー・ヨンピルが最後だろう、なぁ？　お前は何の才能があるんだ？」

少年が僕の目をじっと見つめながら聞いてきた。僕は肩をすくめてみせた。

「特に才能なんてないよ。出ろって言われたから出てきただけだ」

少年は**この野郎、格好つけやがって**あきれた顔で言った。

「本当に何もないのか、なぁ？　こういうの。こういうの、ないか、なぁ？　よく見てろ」

少年はポケットからスプーンを取り出すと、目を閉じてしばらく深呼吸してから、スプーンのネック部分をこすりはじめた。ほどなくしてスプーンが曲がった。ユリ・ゲラーよりもうまく見えた。

「うわー、お前すごいんだな」

「こんなのは朝飯前だよ。後でおれのクソ超能力を見たら、もっとびっくりするぞ、なぁ。だけど、なんでおれがお前より先なんだ、なぁ？　言ってみろよ。お前には何ができるんだ？」

僕は首を横に振った。

「本当に何もできないんだ。僕もお前のようにスプーンを曲げたことはあるけど、それは本当に自分で曲げたのか、ワゴン車がぶつかったから曲がったのか、僕にもよくわからない。ただ、交通事故で死にかけて生き返っただけさ」

少年は僕の顔をじっと見つめた後**あっ！　スパイ申告の電話は１１３！**自分の額をポンとた

たいた。

「あは、お前、わかったぞ。お前、あのワンダーボーイだろう、なぁ？　クソスパイを捕まえたワンダーボーイ、なぁ？　はあ、それで……本当にクソ番組だな、なぁ？　いい加減うんざりじゃないか、クソワンダーボーイばっかり」

そのときプロデューサーが「次！」と大きな声を張り上げたので、少年はすっくと立ち上がった。椅子の下に落ちていたスプーンを拾って持って行くよう声をかけたら、彼はポケットの中にあるスプーンの束を見せ、背を向けた。リハーサルにもかかわらず超能力少年はスプーンを三本も曲げ、中学生の椅子（必ず中学生の椅子でなければならないと言った）に座っているアナウンサーを片手で持ち上げた。プロデューサーもアナウンサーも速読少年も暗算少年も怪力少年も、誰もが口をぽかんと開けてその光景を見つめていた。ケンケン相撲をしていたサッカー少年は驚きながらもヘディングをやめなかった。プロデューサーがこのレベルなら合格だ、本物の超能力は本番で見せてくれと言うと、超能力少年はわかりましたと言ってアナウンサーを床に下ろした。「しかし、君、その〝クソ〟と〝なぁ？〟だけは本番で言うなよ、なぁ？」。プロデューサーが注意すると、超能力少年は舞台から飛び降りてプロデューサーのもとに行き、彼の左手首をポンとたたきながら「おじさんはそのクソ時計をよく見た方がいいよ、なぁ？」と言った。プロデューサーが時計を覗いて「あれ、もう六時？　なんだ、いつのまにこんな時間に？」と声を上げた。しかし、時計の針を勝手に回すのも、彼の超能力の一つだった。

ついに僕の出番が来て舞台に上がると、プロデューサーは何度も首をなんだ、この子はなぜ出られたんだ？かしげた。

「さあ、それでは話をもう少しドラマチックにしてみましょう。頭！リアルにいっそ衝突した瞬間のこととか。頭の方がマシだそうじゃなければ、入院中、横になってたときに見たものとか。昏睡状態のときは？」

「大きな音がしました」

僕は答えた。

「ああ、視聴者にリアルに伝わるよう、大きな声で言ってみようか大きな音がしたんだね？驚きですね。例えば、どんな音に似ていましたか」

アナウンサーが続けた。

「いえ、何かと比べられる音ではありません。一度も聞いたことのない音だったんです。耳から聞こえるのでなく、体じゅうで感じられるような音でした」

「あぁ、体じゅうで！　リアルに！　ドラマチックに！　体じゅうで！　体じゅうで！　音を聞いたんですね。皆さん、驚きではありませんか」

アナウンサーはそう言いながら、僕の頭を指さした。

「それと同時に長いトンネルのようなものが、ずっと目の前に広がってたんだけど……」

「それで？　それでどうなりましたか？　何が出てきたんですか？　ひょっとして高速道路？」

「NG！　バカ、この番組は〈青春万々歳〉か？　ああ、体じゅうで？　お前はお笑いでもやったらどうだ？」

プロデューサーが声を張り上げ「これでリハーサルは終わり！」と、スタッフを集めた。僕は彼らを見つめながら自分の席に戻った。スタッフたちは、深刻な顔で話をしていた。あいつはなぜ出たんだ？　上から出演させるよう指示があったんです。実は、この番組もあの子のためにできたものなんです　チクショウ。あのケンケン相撲でヘディングやってるヤツを見ろスプーン曲げの子はまた何だ？　ワンダーボーイだという子は、平凡過ぎてびっくりだよ　でも、今となってはどうしようもないですよ。そこまで聞いたとき、超能力少年が僕に声をかけてきた。

「残念だったな。イタイよ。お前にもクソ超能力のようなものがあればおれだったら恥ずかしくて死んじまいたいよ、なぁ？おれみたいにぜいたくな暮らしができるだろうけど、なぁ？」

「ぜいたくな暮らしって、何だ？」

「おれには超能力があるから、国が食わしてくれるんだってさ」

「国が？」

「こないだ、おれの家にクソ双子兄妹が訪ねてきたが、なぁ？　黒いスーツを着た双子なんだよ。おれのような超能力者は国家と民族のためにすべきことがあるから、これからはちゃんと面倒をみてくれるってよ、なぁ？　国立超能力学校ってとこがあって、そこで勉強をさせてくれるし、アメリカに留学もさせてくれるし、小遣いもくれるんだってさ。今日やるのを見て、奨学生にもしてくれるそうだ。その双子は互いにテレパシーが通じるらしい。それで、一人がしゃべると、また別の一人がしゃべる。二人と交互にしゃべっても全然おかしくなかったけど、お前はそれについてどう思う、なぁ？　夢のようなクソ話だと思うだろう、ふふふ」

「夢のような話だとは思わないよ」

僕は言った。

「そう、なぁ？　本当にそう思うのか？」

超能力少年はスプーン曲げは得意かもしれないが、まったく鈍感なヤツだった。

＊

六時定刻に、「年末特番、ワンダーボーイ大行進が始まります！」というビョン・デウンアナウンサーの第一声で生放送が始まった。速読少年は指に唾をつけながらばらばらと本のページをめくると、それをビョンアナウンサーに手渡した。本を適当に広げ、ビョンアナウンサーは尋ねた。

「リンカーンにはスティーブン・ダグラスという政敵がいましたが、読んだ覚えはありますか」

「リ、リ、リンカーンにはスティーブン・ダグラスという政敵がいました」

速読少年が答えた。

「イエスかノーで短く答えてくださいね。この本にはおもしろいエピソードがありますね。一八六〇年の大統領選挙の際、政敵ダグラスから二つの顔を持つ二重人格者だと非難されたリンカーンが返した言葉が書いてあります。さて、何と答えたでしょう」

「リ、リ、リンカーンはこう答えました。ダ、ダ、ダグラスが私を責めたてています。そ、そ、その言葉が事実であれば、今日のように大切な日に、私はなぜこんな不細工な方の顔でもって登場したんでしょう」

「視聴者の皆さん！　まったく同じです。一文字たりとも間違っていません」

ビョンアナウンサーがカメラに向かって本を広げてみせると、観覧席から拍手が起こった。正直なところ、リンカーンは吃《ども》ったりしなかっただろうから、一文字も間違ってないというのは間違っている。

生放送は順調に進んだ。暗算少年は珠算王よりも、計算機よりも速く四則演算をやってみせ、怪力少年は乗用車の前輪の下に毛布でぐるぐる巻きにした腕をねじ込ませ、車体の重さを、気合いのような悲鳴を上げることで耐えていた。それは忘れることができないような、ぞっとするものだった。ちぎったサドルをかじりながら舞台に上がった自転車男は、朝から何も食べてなくて、失礼ながらすでに少し食べてしまったと謝ってから、前輪から自転車を食べはじめた。小さなトラブルが起きたのはサッカー少年のときだった。自転車男が食い散らかした自転車の破片を踏んだせいで、二回ほどヘディングをしたあと後ろに転んでしまったのだ。舞台の前にいたプロデューサーが早く起き上がるようサインを送ったが、サッカー少年は気を失ったように呆然としていた。やっとのことで起き上がると、観覧客の拍手に励まされて、ふたたびトントンとヘディングを始めた。そして幸いなことに、予定通りヘディングしながらジャージャー麺を二口ほど食べることができた。それで十分だった。もう少しで彼の顔はジャージャーまみれになるところだった。

次は超能力少年の出番だった。しかし、彼が席を立つと、スタッフがそれを止めた。

「順番が変わった。君は一番最後に出て。ワンダーボーイ、お前が先に上がれ。さあ、準備して、早く」

「わお、チョー・ヨンピルはこのおれだ。クソ番組がやっと気づいたんじゃないか、なぁ？」

超能力少年が言った。

僕は一段一段、階段を踏みしめて舞台に上がった。ビョンアナウンサーが僕に向かってゆっくり左腕を伸ばしながら「皆さん、キム・ジョンフン君を大きな拍手でお迎えください！」と言うと、観覧客がいっせいに拍手をした。僕は観覧席を見渡した。僕の耳は拍手の音にびっちりと埋めつくされるのではないかと思ったが、徐々に遠ざかっていった。リハーサルとは違って、観覧席の様子はまったく目に入らなかった。その代わりに光だけが、ぱっと明るい光だけが僕の目の前を埋めつくした。思わずため息が漏れた。光は舞台に溢れていた。その光の中へ体が吸い込まれていくかのようだった。

そして静寂が僕を包み込んだ。

砂漠の真ん中に一人で立たされたような気がした。

そこに誰もいないような、そんな感じ。

ビョン・デウンアナウンサーも、

観覧客も、

番組スタッフも、

他の少年たちも。

たった一人で立ちつくし、僕に向かって降り注ぐ、その白く明るい光の中へと吸い込まれる感じ。

僕は雲の上を歩いているみたいに、その光を踏みしめ、一歩一歩進んでいった。

ある音が聞こえる方向へと。

耳ではなく体じゅうで共鳴するその音に従って。

どれくらい時間が経ったのだろう。「今年の九月末、罪のない市民二人を殺して……」。少しずつ目の前の光景が見えてきて、ビョンアナウンサーのコメントが聞こえてきた。僕はふたたび見えてきたビョンアナウンサーの方に目を向けた。彼はこちらに向かってゆっくりと左腕を広げながら、僕が登場したときと同じコメントを繰り返していた。「一人を重体にさせて逃走するスパイの車に向かって、死を覚悟で正面衝突した愛国烈士の息子、我が自由大韓民国のワンダーボーイ、キム・ジョンフン君を紹介します。皆さん、キム・ジョンフン君を大きな拍手でお迎えください」。観覧客がふたたび拍手をした。僕は何が何だかわからなかった。よくシャッフルされたカードのように、時間の流れがごちゃまぜになったみたいだった。

「キム・ジョンフン君、体の調子はどうですか？」

ビョンアナウンサーが僕にマイクを向けた。

「国民の皆さまが心配してくださったおかげで、だいぶよくなりました」

「脚の方はどう？　もう歩くのに問題はありませんか」

「はい、大統領閣下にお目にかかってからは、普通に歩けるようになりました」

公の場ではいつもこう答えた。

「視聴者の皆さん、ご覧になれますか？　これがまさにその奇跡の脚です。ワンダーボーイの脚です。こんなにも回復しました」

ビョンアナウンサーは僕の太ももに触れてどうも、もっとがっつり食った方がよさそうやなコメントした。観覧客はまた拍手をした。

「その恐ろしい瞬間を思い出すのはつらいだろうけれど実は俺も飽き飽きだがなテレビの前の皆さんのために、スパイに突進していったその瞬間のことをもう一度話してもらえませんか」

僕は白く明るい光を見つめながら、ごくりと唾を飲み込んだ。みんなの視線が僕の唇に集まった。そのどこかにクォン大佐が座っていることを僕は知っていた。

「父さんが……」

そこまで言うと、突然目から涙が溢れ出した。僕が泣くと、ビョンアナウンサーも突然なんで今、死んだ親父が酒屋でユクチャベギ[*1]を歌ってた光景を思い出すんや？涙を流し出した。アナウンサーは涙にむせび、しばらく言葉が出せずにいた。彼はハンカチを取り出して涙を拭き、それを僕に渡してくれた。僕は話を続けた。

「父さんのトラックがスパイのワゴン車とぶつかったとき、僕は何もできませんでした。父さんが死んでいくのに、死なないでとも、さようならとも言うことができませんでした。母さんは、僕のせいで遠い国へ旅立ったと父さんから聞きました。それなのに、父さんまで死んでしまったんです。全部僕のせいです。僕が何もしなかったせいです。父さんが死んでいくのも知らないで、ただぼんやりと隣に座っていました」

するど、観覧席のあちこちからすすり泣く音が聞こえてきた。舞台の前に立っていたプロデューサーが楽しい年末に、これじゃ葬式じゃないか。やめろ、やめろ！必死に手を振って制した。しかし、そんな彼の目からも涙がぽろぽろと流れていた。ビョンアナウンサーはいったいどうなってるんだ？　この子が話すことが、なんで全部自分のことのように思えるんだよ

やっとのことで司会を進行していた。

「ジョンフン君のお父さんは、ただの交通事故で亡くなられたのではありません。国家と民族のために花のように散っていったのです。ご存じのように、こちらのキム・ジョンフン君も死の門前まで行って戻ってきました。今日は、実に驚くべきたくさんの少年がこの舞台に登場してくれました。しかし、皆さん、私はここにいるキム・ジョンフン君こそインチキだよ、インチキ我々の時代のワンダーボーイだと思います。ジョンフン君が昏睡状態にあったとき、国民の誰一人として、ジョンフン君の意識が戻るのを望まない者はいませんでした。なんてすばらしいコメントや！　国民が皆、心を一つにしたことで、キム・ジョンフン君は今ここに立っ

ています。奇跡とは、水の上を歩いたり空を飛んだりするようなことではありません。拍手しろ！　私たちの願いが思い描いた通りに叶うこと、それこそまさに奇跡です。拍手」

ビョンアナウンサーの言葉に、観覧客は我に返ったように拍手をした。

「そうそう、やっとまともにまわっとるキム・ジョンフン君。どんな驚くべきことが君に起こったのか、もう一度話してもらえますか」

ビョンアナウンサーが促した。僕は観覧席をぐるっと見渡した。

「昏睡状態から目を覚ましてからは、音を感じられるようになりました」

「どんな音がなんのこっちゃ感じられるんですか」

「じっとしていると、目の前にいる人々が考えていることが聞こえてきます。それに、物に触れると、その持ち主が生きてきた歴史のようなものもわかるようになりました。声だけではなく、まるでその人になったように喜びや悲しみをそのまま感じることができるんです。いったいなぜそんなことが起きるのか、僕にもわかりません。ただ感じるんです。昏睡状態から目を覚ましてからは、人の心をそのまま感じるんです」

観覧客はもちろん、ビョンアナウンサーも何も言えないまま時間だけが過ぎた。放送事故のような状況だった。

「ハハハッ、そうなんですね。ラジオ少年とでも言えばそうですか。視聴者に伝わりやすいかないいでしょう、キム・ジョンフン君、それでは今、私が何を考えているかわかりますか」

やっとのことでビョンアナウンサーが僕に尋ねた。

「〝ラジオ少年とでも言えば、視聴者に伝わりやすいかな〟と考えていました」

「はい、その通りです。今、ジョンフン君の頭の中は、すべての周波数が流れるトランジスターが埋め込まれているようなものです。しかし、そんなことが実際に起きるわけが……ないじゃありませんか」

僕はビョンアナウンサーにハンカチを返した。

「故郷の羅州《ナジュ》にいた頃、二度目の家出をして、泣きながら野原を歩いていたあの日の夜、誰かに会いませんでしたか」

そう言うと、僕は果てしない闇の中をさまよっているような気持ちになって、ふたたび涙がこぼれた。ビョンアナウンサーの目からも、とめどなく涙がこぼれ落ちていた。

「おぉ、なんてこった。普通の子じゃねえな。確かに俺が十四歳のときのことだジョンフン君は、なぜそんなことがわかるんですか」

十四歳のビョン・デウン少年は、その闇の果てにある明るい光を見つめていた。それが何だったかといえば……

「あのとき、聖母に会われたんでしょう？　今でもそれは本当の聖母だと信じてますよね」

「おい、いったいどうなってるんだ。おい、おい。皆さん、ジョンフン君の言う通りです」

ビョンアナウンサーは目を丸くした。そして目を大きく見開くと、蛇口をひねったように涙が溢れ出た。誰にもわかってもらえなかった苦痛から解き放たれ、ついに通じ合えた喜びを味わった者だけが流せる涙だった。その日、その場にいた観覧客はもちろん、家でテレビを見ていた視聴者までもがみんな、ビョンアナウンサーのように、それぞれが体験した苦痛の瞬間をありありと思い出しながら涙を流すという騒ぎがあった。涙を流さなかったのはスプーン曲げを披露できなかった、あの超能力少年だけだった。後に、その超能力少年の名前がイ・マンギだということを知った。上手投げが得意なシルムの天下壮士《チョナジャンサ》*2と同じ名前だった。その日、イ・マンギはどんな強い感情の渦にも巻き込まれない無感覚の才能を見せてくれた。**こんなクソ番組があるか、あのクソアナウンサーに、クソ観覧客とは、なぁ？　なぜ泣くんだ、なぁ？　どうして泣くんだよ？**　あの日、番組が終わるまで、僕にはその声が一番大きく聞こえた。

＊1【ユクチャベギ】朝鮮半島の南部で広く歌われていた雑歌。
＊2【天下壮士】韓国相撲シルムの横綱。

僕はいかにして新調したばかりの
イ・マンギのスーツに嘔吐することになったのか

僕が連れて行かれたのは
才能開発研究所というところだそうだ

「録音機《レコーダー》を使ったことはあるか？　まず、使い方から覚えるんだ。黒い三角形が書いてあるそこのボタンと赤い丸のボタンを同時に押してみろ。さあ、早く。ストップ！　大きな声で歌ってみろ。（僕は「真夜中に喉が渇いて　冷蔵庫を開けてみたら」と歌った）もういい。じゃ、二つの三角形が逆方向に書いてあるボタンを押して。ストップ！　では、黒い三角形のボタンを押すんだ。（喉がひどく渇いて、今にも死にそうな、力のない歌声が聞こえてきた）よろしい。わかったか？　こうやって録音するんだ。もう一度、黒い三角のボタンと赤い丸のボタンを同時に押してみろ。それでは始めよう。その箱の中に何が入っているのか当ててみろ。（僕は顔を上げてスピーカーを見つめた）当てられなくても殴ったり怒ったりしないから、心配するな。ただ、感じるまま言うんだ。集中して。これは研究だから、正解などない。君の感じるままに、もしくはレントゲンのように中が透視できるのなら、それもそのまま話せばいい。まあ、いい。思いつくまま話してみろ。わかるもんか。うまくいっているのかどうか、誰にもわからない。お互いこういうのは一度もやったことがないからな。それじゃ、その箱を開けてみろ。もし手を使わずに開けられるのなら、そうしたって構わない。今すぐここからピョーンと姿を消すことができるなら、それも構わない。超能力を総動員させるんだ。目からレーザービームを出してもいい。何の問題があるんだ？　ここは超能力を研究する才能開発研究所だ。いいか、箱の中の物を出してみろ。心配はいらない、中に手を入れるんだ。何でもない、ぐっと中に入れろ！　とっととやれ、君はワンダーボーイだ。何を恐れている」

手を入れるたびに、箱の中に入っているだろうと予想したものベスト7

1. 生首
2. 小指
3. 目玉
4. ガラガラヘビ
5. ムカデ
6. ウンコ

7. 動物の内臓

実験中、実際に箱の中から出てきたものベスト7

1. かかとの外側が半分ぐらいすり減り底がつるつるになっていて、ランドローバーというロゴが消えてしまった、何の臭いもしない、もともとは茶色かったであろう右側だけの靴。

2. 「象」の文字がくっきり彫られた、六角形の韓国将棋の駒。

3. エッフェル塔と自由の女神像が、それぞれ青と白で粗末に描かれた背景に、「バーデン バーデン」という店の名前と電話番号〝2-4198〟が印刷された、濡れたのを乾かした痕のあるマッチ箱。

4. ある液体。例えば、こびりついた鼻水や血ではない体液がそのまま残っている、いくつものティッシュのかたまり。

5. かっこよく万年筆で書いたものの、ブルーのインクが滲み、三分の二ほど破られて内容の全体像がわかりにくい手紙。しかし「今日のスペイン語。Me haces falta. 直訳すると〈私には君が足りない〉だが、〈会いたい〉とも訳せる」という一節だけは完全に残っている。

6. ほのかに化粧品の匂いがする、白と黒のチェックの入った赤いマフラー。
7. ああ、僕の手を震わせ、涙をぽろぽろ流させる、涙……くそったれの涙を流すようにした……

僕は「群盲象を評す」ふりをした

僕は毎日、クォン大佐とその奇怪な実験を行った。ゴクンと唾を飲み込み、箱の中に手を入れて中の物を取り出した。そしてスピーカーから聞こえてくるクォン大佐の命令に従って、取り出した物を触ったり舐めたり剥がしたり投げたりもした。僕の仕事は、その持ち主がどんな人かを当てることだった。録音機に向かってとつとつと「二十三歳の男です。大学生です。勉強はあまりしません。髪が長いですね」とつぶやくように言った。誰もいない部屋で一人椅子に座り、そんな出どころのはっきりしない物の主について話をするのは苦痛だった。なぜなら物をつかんだ瞬間、僕の脳裏にある顔がはっきりと浮かんでくるからだ。まるで目の前にある彫像を見つめるようにはっきりと。時間が許すなら、目じりのシワが何本あるのか、鼻の下は何センチなのか、いくらでも話すことができそうだった。しかし、そんな能力があると知ったら、彼らが僕を離してくれないことは明らかなので、僕はそれとはまったく違う別の顔を想像しなければならなかった。才能開発研究所での実験が辛かったのは、そうした意味においてだ。これまで出会った人たちを一人ひとり思い出しては、彼らのプロフィールや外見の特徴についてて録音機に向かってつぶやいた。おかげで数ヶ月経っても、僕の超能力に関する実験には進展がなかった。そのまま夏を迎えると、クォン大佐は他の研究方法を見つけなければならなくなった。そうやって、僕はミスター・ピーター・ジャクソンに会うことができたのだ。

No, no. Master, not just Mister.

マスター・ピーター・ジャクソンは超能力者で、長い間アメリカの情報部で超能力を持つ少年たちの訓練にあたっていたことは事実だが、僕が会ったときにはすでに七十近い高齢で、引退していた。彼は前世の記憶がある少年たちを探してスリランカに滞在していたが、情報部からの連絡を受けて韓国に来たのだ。その過程で若干の誤解があった。本部はマスター・ピーター・ジャクソンがアジアにいるという理由だけで彼を推薦したが、彼は僕が前世を記憶している少年だと聞いてやって来たのだ。けれども面談する前に、僕に前世の記憶がないこと、しかしながら別の能力があること、そして僕がその能力を恐れていることを彼はわかっていた。言葉で表すとしたら、次のようなやりとりになっただろうが、僕らは途中の二言の英語を除けば、いかなる言葉も交わさずに互いを理解した。

きみは、今、根源に直接触れているんだ。エネルギーはそこから始まる。恐れたり、心配したりする必要はない。根源のエネルギーはきみが望むだけ、きみの中に留まるから。

では、僕はもう永遠に平凡な人間としては生きられないということですか。

ほぅ、こんな目に遭っても、そんなことを願っているのか。特別な存在になることを望まないと。普通の存在で一生を終えるとしたら、それほどむなしいことはないだろう。特別である必要がある。われわれは重要な存在にならなくてはならない。ワンダーボーイになることを願い、そして望まなくては。人生の一瞬一瞬が驚きに満ちることを。きみがワンダーボーイである限り、誰もきみに息づく驚異を踏みにじったり破壊したりすることはできない。

それはクォン大佐の言ったことと似ていた。

クォン大佐ってのは誰だ?

僕は隣に座っているクォン大佐を顎で指した。マスター・ピーター・ジャクソンが不快そうな表情になった。

彼はなぜモグラと呼ばれてるんだ?

説明すると長くなるし、とにかく僕は今、ごく普通の少年にさえもなれないのだ。父さんも母さんもいないから。すると、マスター・ピーター・ジャクソンが目を閉じて集中した。それはまるで海が波打つのを止めてしばらく静まりかえるような、想像すらできないない集中だった。僕はいかなる心も読みとることができなかった。

残念だが、最近、お父さんが亡くなったようだな。とてもかすかだが、お父さんのエネルギーがまだきみにつながっている。それは今もお父さんがきみのことを想い続けているということだ。

お父さんという言葉に、僕の心臓は固まってしまった。氷のように。

ところが、きみに向かっている別のエネルギーがあるんだ。それはおそらくきみのお母さんからのようだな。

瞬間、凍りついた心臓がそのまま粉々になってしまいそうだった。僕はあたりを見回した。クォン大佐と職員が瞑想にふけっているマスター・ピーター・ジャクソンと僕とをいぶかしそうに見つめていた。本当なのだろうか。僕に向かっているエネルギーが母さんから発せられたものだなんて、本当だろうか。マスター・ピーター・ジャクソンは何の反応も見せなかった。

そうだ。お母さんのメッセージは今もきみを探している。

それは母さんが生きているという意味ですか。

すなまい。私にわかるのはそこまでだ。お母さんのメッセージがきみを探しているということ。後は自分で見つけなければならない。

「Thank you. Sir」

僕は言った。マスター・ピーター・ジャクソンが目を開いた。

「You're welcome」

彼の言葉は、父の死後、凍りついてしまった僕の人生のすべてを解かしてしまった。僕と同じく彼にも、気になっていることが多くあった。例えば、前世はどこまで思い出せるのか、というような質問。だが、僕はもともと記憶力があまりよくなかった。一年前のことさえ、よく憶えていない。僧侶のように頭を丸めた彼の顔に失望の色が浮かんだ。マスター・ピーター・ジャクソンがクォン大佐と通訳に言った。

「引退するまではこの子のようにテレパシーの能力を持つ少年たちも指導していました。しかし、もう七十にもなる私には、そんなことには何の興味もありません。今世については十分に学びました。今、私が知りたいのは、死と来世のことだけです。それで、前世の記憶がある少年たちを研究しているのです」

「前世の記憶があるとは言っていないが、何か誤解があったようだ。本官が探していたのは、キム君の超能力を開発し、捜査に利用する方法を知っている人材だ」

クォン大佐が言った。

「何をお望みかはわかっています。とにかくそれは私ではありません。そう本部に報告します」

通訳が終わった瞬間、僕は叫んだ。

「あの、前世も覚えています。前世で僕はマレーシアの森に住む人でした」

そう言ってから、それはいつか父から聞いた、オランウータンという言葉の由来だということに気づいた。しかし、あれこれ考える余裕などなかった。クォン大佐は僕を見つめ、そして首で通訳に指示した。通訳が僕の話をマスター・ピーター・ジャクソンに伝えた。彼は僕の方を振り向かず、通訳の話が終わっても、しばらく考え込んでいた。僕が嘘をついていることが彼にわからないはずがなかった。

マスター・ピーター・ジャクソンに尋ねる

翌日、ようやく実現した二回目の面会で、マスター・ピーター・ジャクソンは誰も同席することなく二人きりで話したいと申し出た。研究所側は彼の要求を受け入れた。しかし、二回目の面会も何の成果なく終わった。少なくとも捜査官たちがCCTVで見守っていた限りでは。二人きりの部屋で、僕たちは特に変わった話はしなかった。しかし、それはあくまで人の目から見てのことだ。その日、僕の疑問にマスター・ピーター・ジャクソンが答えてくれた。

1. まずは母さんについて。母さんはどこにいるのか。

まず、心臓の高鳴りに耳を傾ける方法を学ぶべきだ。心の言葉を聞きとるんだ。そして、その声が示す方向へまっすぐに進むんだ。その道は疑心と不安で暗いだろうが、その道のりできみの心臓がときめく限り、最終的に真実に辿り着くだろう。お母さんを探したいなら、きみ自身の力で見つけなければならない。

2. 次は父さんについて。父さんが死んだ後、残されたその体は僕が知っている父さんではない。僕の知る父さんは身体から抜け出たはずだ。だとすれば、僕の知る父さんは今どこにいるのだろう。火葬場の窯からまだ離れられずにいるのだろうか。そうじゃなければ、果物を売ってた市場通りに？　それとも、この頭上の空に？　いつもいた場所にいるのか、それとも行きたかった場所にいるのか。

きみのお父さんの身体は一つしかないが、お父さんの思い出はたくさんあるし、その魂は無

数にある。われわれは一度は死に、何度も生きて、無限大に存在する。その無限大の領域が、今、きみが触れている根源だ。われわれは火で焼け死に、水に溺れて死に、刃物に刺されて死に、病気で死ぬ。とにかく誰もがみな、一度は死ぬんだ。しかし、何度でも生まれ変わるんだ。永遠に存在するために。肉体が押しつぶされて水になり、骨が砕かれて粉になっても、われわれはすり減ったり無くなったりはしない。きみが記憶している限り、きみがいるその場に、ちょうど今、まさにここにきみのお父さんは存在するだろう。

3．そして超能力をさらに向上させる方法について。

すべては自分の力で！　外部からの助けは借りないで、自分自身の力で。そうすることですべてが、自然になるようにするんだ。この世のすべてのものが、行き着く先が決まっているように、いずれ自分もそうなるという事実をただ信じるだけでいいんだ。

そして彼はある光の話をした。シエラネバダの深い谷で一人野営をしていたある夜、彼のテントを照らした明るい光について。ふと目を覚まし、寝袋から出てテントの外を見た瞬間、たった一度その光に照らされて、彼の人生は一変した。つまり、僕のように。

4. 最後にその光について。

それは、この現実の表面にすっと入った亀裂から溢れる光だった。この現実――高次元の目から見れば、何の深みもない三次元の世界。まるで紙で作ったような。そんな世界では、魂がいくら深く在《あ》ろうとしても無理だ。自分の本来の姿と出会うためには、この世界の外へと出なければならない。この世界がわれわれを縛りつける力は、つまりカルマによる重力は執着だ。喜怒哀楽、われわれを泣かせたり、笑わせたり、怒らせたり、悲しませたりするものへの執着。感情の火を消して、それらを見つめることができるならば、この現実の重力場は崩壊する。マスター・ピーター・ジャクソンが手のひらを広げた。ここにリンゴが一つ落ちているとしよう。このリンゴが本来の場所に戻るには、どうすればいいんだ？ 僕は地面に落ちた、赤く熟したリンゴを想像してみた。暗い路上に落ちたそのリンゴは、まさに僕だった。マスター・ピーター・ジャクソンの質問をもう一度反芻《はんすう》した。このリンゴが本来の場所に戻るには、どうすればいいんだ？ この問いへの答えを手にすることができるなら、きみを取りまくこの世界の重力は消え去り、ついには空を飛べるようになるだろう。

そしてマスター・ピーター・ジャクソンは前世を、つまり数回の人生を記憶している少年たちを捜し求めてスリランカへ戻った。彼の考えをコピーするみたいにそっくりそのまま受け入れてからも、悲しみはなかなか消えなかった。僕は父の身体が死んでしまったから悲しかったのであって、魂が死んだから泣いたわけではない。むしろ魂は無数に存在するが、身体は一つしかないということに気づかされ、父の身体がますます恋しくなった。触れることができて、匂いをかぐことができて、つねることも、くすぐることもできるその身体が。僕に必要なのはたった一つ。それは父さんだ。

ふたたび、実験期間中に箱から出てきたもの ベスト7のなかの七つ目

7. マスター・ピーター・ジャクソンが去ると、実験が再開された。箱の中の物から頭に浮かぶ顔とは違う別の顔を想像しようと、普段は小学校のときの先生や隣の家のお兄さん、あるいは町内の美容院のおばさんなど、思い出せる人の顔を総動員していた。けれども、今回は目の前に浮かんだ顔から目を逸らすことができず、「この人も死んだんですか」と口にしてしまった。クォン大佐からスピーカー越しに「それはどういう意味だ?」と聞かれ、「今まで全部死んだ人の物だったでしょう? だからこの時計の持ち主も死んだんですか」と思わず聞き

返すという失敗を犯し、これまで嘘をついてきたことに気づかれてしまった。僕の手を震わせ、だらだらと涙を流させる、ああ、涙が……くそったれの涙を流させる、車椅子からすっくと立ち上がって受け取った、鳳凰が描かれた青瓦台訪問記念の時計。

僕は自分が見たものを言えなかった

クォン大佐に連れて行かれたのは取調室だった。パンツだけの格好の男が疲れた顔で椅子に座っていた。心配していたが、例の看護兵ではなかった（その時計は大統領のアフリカ訪問記念切手のようにありふれたものだそうだ）。僕たちが入っていっても、男は何の反応も見せなかった。クォン大佐と僕は捜査官たちの後ろにあるソファに座った。彼は僕は一人でマッコリを飲んでいた若い歌手だった。捜査官が彼に手配中の人物の行方を尋ねた。歌手は魂が抜けたような顔で首を横に振り、自分はそんな人のこと知らない、知らないよ知らないし、会ったこともないと答えた。すると、捜査官の一人がテーブルの上にあったレコードを彼の頭に打ち下ろした。それはその歌手のレコードだった。この初アルバムが出たときは捜査官がもう一度彼に尋ねた。男の答えは涙が出るほど嬉しかった同じだった。まったく知らない自分のレコードに叩かれて死ぬのなら人だと怖くない答えた。捜査官は最初からやり直そうと言って、二日前からの自分の行動を十分単位で話すよう命じた。彼は「二日前の月曜日、七時半頃に目を覚ましました。七時四十分頃はふとんの中にいました。七時五十分頃もふとんの中にいました。七時六十分頃もふとんの中にいました。七時七十分頃も……」と話している途中に、うな垂れてしまった。気を失ったのかと思ったが、彼は椅子に座ったままうとうとしていた。すると、クォン大佐が「準備しろ！」と声を上げた。捜査官二人が彼の両脇を抱え起こすと思い知らせてやる！取調室の隅にある浴槽へと引きずっていった。思い知らせるとは、居眠りしてしまった男の顔に氷のような冷水をかけてパッと目を覚まさせることだと思ったが、捜査官の考える見せしめとは、それよりはるかに苦しく長いものだった。大変な手術に臨む外科医のようにワイシャツの袖をまくりあげた捜査官たちが、男の頭を鷲掴みにしてそのまま浴槽の中へと押し込んだ。助けて！　浴槽の水の中に頭がすっぽり消えた男は、靴底で踏みにじられた虫のようにどうか助けてください！もがいていた。見せしめならもう十分だろうと思ってからも助けて……このままじゃ死んでしまうという恐怖にかられてからも、たす……ついには彼の心を読む僕まで息ができないほど恐ろしい経験をしてからも、ずっと彼らは歌手の頭を浴槽の中に強く押し込んでいた。ようやくクォン大佐が席を立ちながら僕に言った。「あとで俺が直接尋問するから、そのときあいつが何を考えているのかよく観察するように。わかったか？」。僕たちが座っていたソファから浴槽までは、二メートルほどしかなかった。その距離をクォン大佐はゆっくり、あまりにもゆっくりと歩いていった。歌手の男の考えは、それ以上読みとることができなかった。僕は彼が死んだとばかり思った。クォン大佐が浴槽に男の頭を押し込んでいる捜査官の肩をたたいた。捜査官が男の頭を浴槽から出した。男は咳き込みながら鼻と口から水を吐き出した。捜査官が男を床に投げつけると、男は倒れたまま体を震わせながら、しばらく咳と嘔吐を続けた。彼の脇で、捜査官たちが軍靴を床に打ちつけて「殺すぞ」「白状しろ」などと脅していた。突然、男が痙攣《けいれん》を起こして腕と足を硬直させたかと思いきや、すぐにぐったりしてしまった。クォン大佐が「もう一度準備しろ！」と命じた。気を失ったかと思っていた男がパッと目を開けた。捜査官が彼の両腕をつかんで立たせた。するとクォン大佐が待て、と命じた。クォン大佐は男の目を見つめながら、本当に一度も会ったことがないのかと尋ねた。男は、許してください、申し訳ありませんが、本当に知らない人なんです、と叫んだ。クォン大佐は立ち上がり「始めろ！」と命じて、僕の方を見つめた。クォン大佐の視線と僕の視線が交差したが、僕はクォン大佐を見ていなかった。僕はふたたび浴槽に頭を突っ込まれた男が激しい苦痛のなかで思い出しているものを見ていた。そして驚いたことに、息も絶え絶えだった僕は、次の瞬間、この上なくやわらかく温かく甘い感じのなかに陥った。

僕が見たもの

窒息の苦しみ。二人が抱き合っていた四月の夜。ときおり狭い路地に車が通ると、窓の外が少しの間明るくなってやがてまた暗くなった。昼と夜が交差するみたいに、息とため息の影が二人だけの世界を通り過ぎた。高く低いところをくまなく撫でさすり、険しい山脈と熱い川を、やわらかい野原と荒涼たる荒れ地を、そして緯度と経度が出会い西風が波へと変わる場所を通って、雪の降る初夜から白い花咲く七日目の夜に至るまで。ここで、二人で。決して窒息しない体で絡み合って、僕は決して言わない。石の声が聞こえるまで、あなたの中で、ここで、二人で。

内臓の奥底から白いものをかき集めて

その冬の間じゅう、僕は拷問室に入るたびに、拷問を受ける人々と同じように死の苦痛の中でもがいた。その苦痛が絶頂に達したとき、彼らは自分がまだ死んでいないことに、そしていかなる苦痛でも自分を完全に殺すことなどできないという事実に気づいていった。なぜなら、彼らにはそれぞれ、決して消すことのできない人生の瞬間があったからだ。不幸にも、あるいは幸いにも、彼らは最も苦しい瞬間に最も幸せだったときの記憶を思い出した。もはや戻ることのできない、喜びに溢れた瞬間を。自分が犬や豚でも、昆虫や虫でもないという事実に気づかせてくれる瞬間を。胸が張り裂けんばかりに誰かをぎゅっと抱きしめて、人の心臓に最も近づいた瞬間を、思う存分おいしいものを食べて飲んで、友達と腹をかかえて笑った瞬間を、紅葉した山道を歩き、降り積もった雪を踏みしめ、初夏の夜の海に飛び込み、公園のベンチに横たわり三日月を眺めた瞬間を、彼らは死に際に思い出した。それが人々の死の受け入れ方だった。あまりにも平凡な日常を、自分の人生で最も幸せな瞬間として思い出すこと。そんな瞬間にも僕は彼らの心を読んだ。僕は胸を痛めて涙をだらだら流し、よだれを垂らして、苦しみにもがきながらも、目をパッと見開いては言葉にならない人生の喜びに微笑んだ。拷問を受ける人とともに泣いたり笑ったりしているうちに季節が変わると、クォン大佐は超能力を使って容疑者を自白させる実験が大きな成功に終わったと自画自賛し、人員を増やさなければならないと言った。クォン大佐は超能力捜査の一番の成功例として、自身の初アルバムで頭を殴られた歌手を挙げた。

「君が見たものをもとに捜査した結果、あいつはすべて自白した」

「彼は本当に何も知らなかったんです！」

僕は大声で叫んだ。

「どうであれ、自白したということが重要だ」

「自分の知らないことをどうやって自白するんですか」

クォン大佐がサングラスを持ち上げた。

「それはすべて君のおかげだ。調査中に君が見たものを話してくれたから、ヤツの恋人を検挙することができた。自分の恋人が取調室に座っているのを見るなり、すべてを打ち明けた。自分の知らないことをどうやって自白するかだって？　本人が知らなければ、誰か知っていそうなヤツのことを白状するのもわれわれは自白とする。知ってそうなヤツがいなけりゃ、知ってそうなヤツを知っているヤツを吐けばいいし、そんなヤツもいないなら、そういう誰かを知ってそうなヤツを知ってそうなヤツのことを吐けばいいんだ。六人ほど辿れば、地球上のすべての人間とつながるという理論があるのを知ってるか。六人捕まえてぶん殴りさえすれば、われわれはいかなるヤツの正体だって把握することができる」

「それで、その人の恋人も拷問したんですか？　あの人みたいに？」

震える声で僕は尋ねた。クォン大佐がこちらをじっと見つめた。

「君は人間について、もっといろいろ学ばなければならないようだな。われわれが最強になれるのはいつか。それは敵の最弱な部分を攻撃するときだ。それでは最弱な部分とはどこか。慈しんでいるものだ。愛や、切実さや希望のようなものだ。聖書にもある通り、信じるものと希望するものと愛するものを奪えば、人間は限りなく弱くなる。なかでも愛するものを奪えば、人間としての生はその瞬間に終わる。とにかく才能開発研究所のプロジェクトは成功裏に終わった。この成果をもとにわれわれはこれから本格的に人員を拡充して、超能力を捜査に利用していくつもりだ」

僕はあの歌手の男が椅子に座ったまま、愛する人が苦められるのをなすすべもなく見守り、燃えるような熱い怒りを覚え、しかしながら、まもなくその怒りも自分と同じく無力であることに気づき、深い絶望に陥って、内面の底、意識の一番底から湧きあがる暗い感情、恥辱と自己嫌悪と羞恥心が沸きたつのを見つめ、そしてそうした感情によって人間としての尊厳が破壊される光景を、それがために男が、自分を黒く硬い皮に覆われた甲殻類の一種、または毛の生えた脚で闇を探して這い回る虫だと想像する光景を、そのうちそのおぞましい虫が誰かの靴に踏みにじられ、白い粘液を噴き出してじたばたしながら死んでいく様子を想像して、もはや耐えられなくなりパッと立ち上がった。急いでドアを開けたら、こんなクソネクタイ、これじゃ息が詰まって死んじまうんじゃないか、なぁ?そこには大事な面接を控えた学生のように、黒いスーツに身を固めたイ・マンギが立っていた。僕はふたたびそのおぞましい虫が這い回っては、クォン大佐の軍靴に踏みにじられ、白い粘液を噴き出しながらもがき死んでいく様子を想像してしまい、白い吐瀉物《としゃぶつ》をイ・マンギのスーツに吐き出した。

そして、その日の夜は三月の雪が降った、いや止んだ

「昔、俺に〈オラン〉とはマレー語で人、〈ウータン〉は森という意味だと、つまりオランウータンは森の中の人間という意味だと教えてくれた人がいたんだ。その人のことを忘れないためだ」

父が答えた。

「じゃ、オランウータンのために切り抜いたんじゃないの？ ふうん、森の中の人たちは寂しがるだろうな。父さんにとってありがたい人だったんだ、その人って」

「どうしてわかったんだ？」

「よくこの御恩は死んでも忘れません、なんて言うじゃない。父さんにとってすごくありがたい人だったから、忘れないようにするんでしょう？ ほかに何が書いてあるの、その備忘録には？」

「天国で起きそうなことだ」

「例えば？」

「例えば、うーん、何があったっけ。若いお嬢さんとあつーい恋愛をしてから死ぬこと？」

「天国では死ぬなんてありえないよ！」

「死にたいときに死ねないのなら、天国って言えるか？」

「え、何？　今、僕と願いごとの対決でもするってこと？」

僕はスプーンをこすりながら言った。

「よし、お前の願いを言ってみろ」

「じゃあ、僕も若いお嬢さんとあっつーい恋愛をすること」

父が鼻で笑った。

「お嬢さんなら、どんなに若くてもお前よりは年上だぞ。それじゃ、お前の損だ。小学生はどうだ？」

「関係ないもん。どうせ父さんも僕も叶わないことを言ってるんだから」

「なぜそう思うんだ？　俺は独身だぞ。いくらでも叶えられるさ。ま、いいや。じゃ、さっきのお嬢さんとヨットに乗って太平洋を渡ること」

そう言って父は歌を口ずさみはじめた。

「うららかな春の日に　象おじさんが落ち葉に乗って　太平洋を渡るとき……」

僕は若いお嬢さんのことばかり言う父が憎らしくなった。

「日曜日にソウル大公園へイルカショーを見にいくこと！」

「クジラのお嬢さん　象おじさんに一目惚れして……」

「母さんと父さんと一緒に手をつないで」

父の歌声が止んだ。僕は口にしてしまったことをすぐに後悔した。言うんじゃなかったと思ったが、もう後の祭りだった。バツが悪くなった僕は、スプーンをこすることに集中した。指先がすりへるほどに。

「それは本当に叶わない願いだろうか……」

父がつぶやいた。そのときだった。人差し指の先に変な熱のようなものを感じた。スプーンのネックあたりがゆっくりと曲がりはじめた。僕は目を丸くした。それに気をとられていて、僕はその後に父が何と言ったのかを覚えていない。「お前の母さんはな……」と言ったような気もするし、「えっ、あの人は何で……」というようなことを言った気もする。とにかくはっきりと覚えているのは、本当に奇跡のようにスプーンが曲がりはじめたことだ。いざそんな瞬間が来ると、ついに念力でスプーンを曲げることができたという感動よりも先に全身にさっと鳥肌が立った。上の方に曲がっていたプーンの取っ手がくるっと回って下に下りはじめた。

「と、と、父さん……父さん！　父さん！」

目の前でスプーンネックがぽきっと折れるのを見つめながら、僕は父を呼んだ。父さん死なないで

不可能な日曜日が訪れれば

僕は手を伸ばして、ついにその白く明るい光の波の中へと入っていく父の右腕をつかんだ。めいいっぱい力の入った腕の筋肉の起伏が、そっくりそのまま僕の手のひらに伝わってきた。父は僕に微笑みかけると、腕から僕の手を引き離した。**今はこうして離ればなれになるけど、また会えるさ。**その表情は悲しそうでも、苦しそうでもなかった。その穏やかな表情に僕はほっとした。また会えるって、いったいいつ？ **お前の願いが叶えられれば。**僕の願い？ **母さんと父さんと手をつないで、ソウル大公園に行きたいって言ってたじゃないか。**でも、もうできなくなったじゃない。光の中で父はやさしく笑みを浮かべて、僕に手を振った。**不可能な日曜日に、俺たちはまた会えるさ。**父が少しずつ僕から遠ざかっていく。僕に背を向け、その白い光へ向かって歩きだした。**これからお前には数えきれないほどの日曜日が訪れるだろう。お前の願いが叶う日曜日も必ず訪れる。だから、お前は戻るんだ。お前の人生の中へ。**父の影が僕の方に長く伸びていた。その影が消えるまで、僕は大声で叫んだ。

「父さん、行かないで！」

自分の声に驚いて目が覚めた。部屋の中はやわらかな光で満ち溢れていた。僕はベッドから起き上がり、その光がどこから来ているものなのか、あたりを見回した。光は窓から差し込んでいた。鉄格子で区切られた夜空は、何か不思議なものでいっぱいだった。白いもの。まぶしいもの。無数にあるもの。最初は数万匹の蛍が光を放っているのかと思った。しかし、開け放した窓の外に手を伸ばし、それが雪だとわかった。空中に100000000000個の、10000000000000000000000個の、いや、もっともっとたくさんの小さくて白い明かりが吊されているようだった。手を動かして宙に舞う雪に触れてみた。手のひらに降りたつと、雪はすぐに解けてしまった。埃をかぶった床を手のひらで拭いたみたいに、僕の手のひらの通り道だけ雪がなかった。空から降りてきて、突然宙に立ち止まった雪片のすべてが、その小さくて白い光のすべてが僕を照らしていた。それが僕が戻る、僕の人生だった。

持つことのできなかったものが僕の背中を押し出す

ああ、この、くそったれの、涙

才能開発研究所から逃げだした翌日の朝、僕はかつて住んでいた家の前にいた。午後になると小さな窓から西日が差し込む小さな部屋と、昨夜の雪が白く積もったスレート屋根を眺めながら、頬を濡らす涙は悲しみや痛みのせいではなく、父からの遺産だと考えることにした。父は僕に気弱に見える眉毛と目元と、つんつんと針金のように生えた髪の毛と、深刻な話になると話題をすり替えてしまうゆがんだ唇と、そして何かにつけて流れる、もう、まったく、恥ずかしくてたまらない涙を遺してくれた。泣くつもりなんかまったくなかった。最初は大きな声で歌を歌っていた。うららかな春の日に　象おじさんが落ち葉に乗って　太平洋を渡るときクジラのお嬢さん　象おじさんに一目惚れして　こっそりウィンクしたよ　あなたは陸のステキな紳士　わたしは海のかわいい娘……突然、門が開いた。もしやと思ったが、下着姿の大家のおじさんが立っていた。

「ジョンフンじゃないか！　そこで何をしてるんだ？　昼間から酒でも飲んでたのか？」

そんな言葉には反応せずに、空を見上げて何とか「天が定めた縁　結婚しましょう」までは歌ったが、「お前の親父は死んだんだ。それをわかってて、そうしてるのか？」と言われて、とても「ラララララララ」と続けることはできなかった。その代わり、僕は大声で泣きはじめた。ああ、涙。この、涙。父が僕に遺してくれたもの。ああ、この、くそったれの、涙。昨夜、僕は雪が降りしきる暗い夜道を歩いた。立ち止まっては空を見上げ、それが本当に雪なのか確かめるために手を伸ばして触り、手のひらに降りるとすぐに解けていく雪に安心してはまた歩きだし、歩きながらまた同じことを思い出し、それでまた立ち止まってはふたたび空を見上げた。どれくらい歩いたのだろう。僕は名前も知らない通りに来ていた。低い丘には、どれも似たり寄ったりの建物が立ち並んでいる。しばらく歩いて、シャッターを下ろしきっていない三階建てのビルを見つけた。シャッターを上げると、二階の喫茶店へと続く木の階段があった。僕はビルの中に入るとシャッターを下ろし、その階段にしゃがみこんで眠りについた。

歩いているときは夢のようなことばかり考えていたが、夢の中では現実ばかりを思い出した。夢の中で、僕は何度も父を亡くした。そして夢の中でも僕は泣いていた。朝になって目を覚ますと、僕を見下ろす人がいた。喫茶店で働いている娘だった。彼女は食事を用意するからと言って、ついてくるよう促した。大丈夫だと言ったが、彼女は僕の手を引っぱって喫茶店の中へと入った。僕が食事をしている間、彼女は何度もため息をついた。腹を満たした後は、午前中ずっと店の奥の小さな部屋で眠った。今度は夢など見なかった。何も考えない眠りだった。とても良質な、すばらしい睡眠だった。ぐっすり眠ってから目が覚めると、自分がどこにいるのかがわかってきた。トルゴジという地名の場所だった。そこからバスを二回乗り換えて、僕が住んでいた家に戻ってきたのだ。雪道を小幅で歩く人々を見つめながら、家に帰ったら父が僕を待っていてくれないだろうか、昨夜はどこに行ってきたんだ、と怒られるような嬉しいことが起きたりはしないだろうかと思った。あまりにも甘美でうっとりする想像だったので、そんなふうに思うことにしたのだが、結局、僕を待っていたのは涙だけ、ああ、この、くそったれの涙だけ。いったいどこから、こんなふうに絶えず流れてくるのかわからない、こんなにも温かい涙だけ……。

かわいそうなヤツ、もう親もいないから、泣いても慰めてくれる者は誰一人いないだろう。

門の中に入ると、僕は自分の部屋へと向かった。その部屋にはもう忠清道《チュンチョンド》から上京してきた一家五人が住んでいると大家が言った。昼間、親たちが職探しに出かけると、一日じゅう三兄妹が喧嘩をしたり騒いだりするからうるさくてたまらん、とうんざりしていた。突然、行くところがなくなった僕は、勧められるまま大家の部屋に上がった。引き戸のドアを開けると、タバコの臭いが鼻についた。その臭いの中へと僕は足を踏み入れた。庭側の窓の下には螺鈿《らでん》のタンスが置いてあった。大家は部屋に座り込むと、すぐにタバコを取り出して火をつけた。青みがかった煙がすべるように宙にのぼっていった。涙が流れるのはあっという間だが、涙が止まるまでにはけっこう時間が必要だ。僕は肩を震わせながらしゃっくりをした。そもそもしゃっくりとは、もうすぐ涙が止まる合図だ。しかし、そんなことも涙の相続人には通じなかった。遺産として受け継いだ涙がいつ流れるかは、相続人にもわからなかったから。

「俺はよ、涙なぞ小学校の卒業式のときに返しちまって、今じゃ泣こうとしたって目から風しか吹いてこない。去年、テレビに出たのは見たよ。こんな貧乏な町から龍が生まれたようなもんだ。けど、テレビに出るのが初めてだったからか、ビョン・デウンとお前がグルになってるのがミエミエだったよ。これでも何年も家でごろごろしながらテレビばかり見てきた俺だ。他のヤツは騙せても俺は騙せないぞ。孤児になったから、もうテレビで残りの人生は焼酎でも飲んで、だらだら泣いて過ごすことだな人間が入った箱をのこぎりで切断するのも、マネキンの脚を使ったトリックだってことくらいは知ってるさ」

大家がタバコの煙を吐き出しながら言った。

「そんなことは信じなくてもいいけど、僕は、ウッ、孤児になったから泣いているわけじゃないです」

僕は言った。しかし、大家は自分の心が読みとられていることには気づいていないようだった。

「それじゃ、報奨金のために泣いているのか？　まあ、それなら俺でも泣きわめくわな」

「報奨金って？」

「スパイを捕まえたらもらえる金だよ。お前の親父がスパイを、それも自分の命とひきかえに捕まえたわけだから、ぜったいに国から報奨金が出ただろう。しかし、いくら転がりこんできた金でも、お前には入らないだろうな。お前は孤児だし。だからそれが……」

そう言うと大家は舌で唇を濡らした。そんな大金のことを考えるときは、唇に唾をつけるべきだと言わんばかりに。真っ先に焼きあがったカルビを眺めるように。一億ウォンにはなるぞ。一億ウォン。100000000ウォン。僕は大家の考えていることを反芻した。するとまた父の遺産がこぼれてきた。

「どうして泣くんだ?」

「他の宇宙で生きている父さんがかわいそうで。一億ウォン、一億ウォンって、いつも言ってたのに。結局は、こんなかたちで受け取ることになるってことも知らないで」

「お前の父親はこいつ、ショックで完全にイカレちまったな一人や二人じゃないようだな。その一人には、すでに会ったぞ。お前、養子に入ったという話は本当か?」

「面倒くさいほどつきまとう人がいるのは事実だけど、どうしておじさんが知ってるんですか」

「部下を連れてきて、お前の部屋の荷物を全部持って行こうとしたから、問い詰めてやったんだ。人の物を勝手に持ち出していいのか、となそしたら、そいつがスーツの腰のあたりをちらりと覗かせて、お前を養子にしたと言ったんだ。将来、立派な酒飲みになることを知ってのことかどうか。それにしても、あれはおもちゃのピストルじゃないよな？」

大家の話に僕はびっくりして、返事の代わりに聞き返した。

「クォン大佐が僕の荷物を全部持っていったんですか」

「あいつはまだ大佐でしかないのか？　あまりにも偉そうにしてたから、頭に天の川みたいに星をつけてるのかと思ったが。何もかも持っていって、何一つ残ってないぞ。チッ、何をそんなに隠すことがあるのか、夜でもサングラスをかけてたぞ。どうせクソ野郎だろう。だけど、お前、そんなスーツを着て現れたのを見ると、あいつの養子になったのは本当のようだな。それなら、お前にできる一番の方法は、一日でも早くあいつもアル中にすることだな」

「父の手帳も持っていったんですか」

僕は尋ねた。

「そっくりまるごと持っていったよ。養子にしたと言うから、お前に渡してやるのかと思ったが。だけど、養子じゃなかったのか？」

僕は返事の代わりに首を横に振った。

「なんで、また泣いているんだ？　養子になれなかったからか？」

まさか。

「孤児になったから?」

違う。ただ、これからどうすればいいのかがわからなかったからだ。僕はもう一人ぼっちで、まだ十分に強くない。希望と言えばただ一つ。

「僕は孤児じゃありません」

そうだ。とりあえず孤児ではない。

「親父が死んだから孤児だろう」

大家が言った。僕はもう一人だ。そしてまだ十分に強くない。けれど、とりあえず孤児ではない。

「母さんが生きているから、孤児じゃありません」

大家が複雑な表情で僕を見た。

「お前、今年でいくつだ?」

「十六です」

「じゃ、十五年経つんだな」

つまり、お前の母親が死んでからな。

違うんです。僕もそう思ってたけど、違うんです。マスター・ピーター・ジャクソンは母さんと僕が強くつながっていると言ったんです。それは母さんが僕のことを思っているということなんです。

当然、大家には僕の考えが読めなかった。

哀れなヤツ。

僕は哀れなんかじゃありません。

孤児ってのは、どんなに何かを持っていたとしても、何かが足りないものなんだ。親だけは持てないからな。

僕は孤児ではありません。父さんもいたし、母さんもいます。たとえ今は遠く離れていても。

だから、アレを渡したところで、お前には何の足しにもならないだろう。

「アレって何ですか?」

僕は尋ねた。

「何? 何が?」

大家が言った。

新しい親父だというヤツが、知ってて送り込んだのだろうか?

「アレというのは何で、何を僕に渡さないというんですか」

ここは強く出なければならないと考えた。僕は大家の目をにらんだ。

一分。

二分。

三分。

ついに大家が視線を逸らしながら白状した。

「ヤツに二ヶ月滞っていた家賃の話をしたら、ほらここ、頭に銃弾で穴が空けられるところだった。腰を痛めてからは遠くに行けなくなって、もう何年もテレビばかり見ているのは、お前も知ってるだろう？　アレでも売って家賃の足しにしなくちゃ、俺もひもじい思いをするところだよ」

僕の目は怒りで燃えたぎっていただろう。

「チクショウ。どうせ、お前が来たら渡そうと思ってたよ。持ってけ。しかし、覚えておけ。お前はこれだけでなく、世の中のすべてを手にしたとしても、何かが欠けている人間だってことを。もう孤児だってことをな」

そのとき僕は初めて力をつけなければならないと思った。

量子論の世界と半分だけ死んだ猫

大家は天井裏へと通じる扉を開けて、黒いケースに入った望遠鏡を持ってきた。それは僕がさらに幼かった頃、父の筋肉がまだ青いリンゴみたいに逞《たくま》しかった頃、僕の歯がきらきら輝く新しい歯で満たされた頃の父の遺物だった。あの頃、父に連れられて京畿道漣川《キョンギドヨンチョン》で一晩過ごしたことがある。おもにミカンと柿を売っていた季節だった。あの日、酒に酔った人々が家路につくにはまだ早い時間に店じまいをした父は、僕を乗せてトラックを北に向かって走らせた。ソウルを後にしていくつかの検問所を通過すると、二車線の道路の両側には雪をかぶった野原が広がっていた。でこぼこしたアスファルトを走ると、荷台に積まれた空っぽの果物箱が、がたがた寂しく音を立てた。うっすら凍っているかもしれないと、父はカーブを曲がるたびにスピードを落とした。何時間も走って、トラックは積もった雪に包囲されたような農家の前に到着した。三、四軒並んでいる農家のうち、僕たちは〈喪〉と書かれた明かりを吊るした家に入っていった。父はここは友人の家だと言った。庭の一角には釜があった。薪の火はすでに弱くなっているようだったが、釜のフタの間からは白い湯気が勢いよく吹き出していた。薪火は庭の反対側にもあった。ドラム缶の中で燃える真っ赤な炎。ドラム缶を囲んで、火にあたっている人もいた。その横に張られたテントには、人の影が映っていた。僕は父に倣《なら》って、ある老人の遺影の前でひざまずいて手を地につけるお辞儀を二度した。押し黙った表情で、落ち着かない庭の様子を眺める写真の老人が、父の言う〈友人〉だった。写真の横に座って哭《こく》していた[*1]

おばあさんは、僕たちがお辞儀を終えると、いつ哭などしたかのような嬉しそうな顔をして父を迎え、僕には自分のことがわかるかと尋ねた。僕が首を横に振ると、「この子ったら、私がお前を取り上げてやったっていうのに、その恩を知らないかね」と言った。二人が話している間、僕は家の中を見回した。生まれて初めての喪中の家だったので、屏風の後ろに死体が横たわっていることなど想像もできず、移動中に空っぽになった胃袋をどう満たすかばかりを考えていた。庭の隅で沸騰しているクッパだけが僕を慰めてくれそうだった。

　クッパを食べた後、ここの夜は千の目を持つ獣みたいに美しいから一緒に見に行こう、と父は言った。僕たちは農家の間の小路を歩いた。漂白したシーツのような野原が広がっていた。小麦粉を頭からかぶり、怒って仁王立ちしている太っちょのような藁束《わらたば》。深淵のように暗い、凍りついた川面《かわも》。深夜十二時になると、通行禁止[*2]のサイレンが鳴る時代だった。そんな深い夜に外を歩くのは珍しいことだ。四方を雪に囲まれていたにもかかわらず、僕の脳裏には乾季の夜の風景として記憶されている。空の星の光と地の雪の光がともに明るかった。雪の積もった野原を照り返すように、夜空を横切って天の川が長く伸びていた。村の老人たちから何杯もマッコリを注《つ》いでもらった父の足元はふらついていた。けれども、それは酒気のせいだけではなかったようだ。転んだり滑りそうになりながらもただひたすら雪道を歩いていた。そして野原の真ん中あたりで、父は足を止めた。僕たちが立っていた場所。そこで父は顔を上げ、空を見上げた。父に倣って僕も空を見上げた。千の目を持つ獣とは、夜空のことだった。生まれてからその日まで、僕はどれほど夜空を見上げたのだろう。たぶん、数百回はあっただろう。しかし、僕にとっての初めての夜空は、なぜかその日の夜空のような気がした。すがすがしい夜空。新しく生えた歯のように丈夫だけれど、どこか馴染みのない夜空。堅くて冷たくて鋭くてきらきらと艶やかな、まったく新しい夜空。父は何も言わなかった。僕も何も言わなかった。僕たちはしばらく空を見上げた。ただ空を見上げていただけだった。あのとき、父が何を考えていたのか、僕にはわからない。確かなのは、父が泣いていたことだ。星を見上げるふりをしていたが、僕は知っていた。

喪中の家に泊まって、翌朝目を覚ますと、父は昨夜の野原へとふたたび僕を連れ出した。当然、空を埋めつくしていた星はもう見えなかった。その代わり、頭が赤くて、尾の黒い鳥が飛び回っていた。年に二回、シベリアと日本を行き来する定期旅行客である丹頂鶴《タンチョウヅル》だった。その鳥の生と死は、空の上にあった。星と丹頂鶴のおかげで、野原は暗い夜であっても、明るい昼であっても、ただただ新しかった。あのとき、父はずっと前、つまり僕がまだ生まれる前に母と一緒にあの鳥たちが空を飛んでいくのを見守ったことがあると言った。この世に僕という人間が生まれて、呼吸をし、泣いたり笑ったりするだろうということを、まだまったく知らない頃の母と父が眺めていた鳥を、今度は僕が父と並んで眺めていることが不思議だった。それは不思議だと言うのではなく、悲しいと言うべきだったことを、あのときはわからなかった。丹頂鶴はあのときのままなのに、どうして母さんはいないのだろう。ただそんなことを考えていた。あの日、ソウルに戻る際、喪に服すおばあさんが夫の遺品を整理していて見つかったと、父に望遠鏡を渡した。僕が上に突き出した接眼レンズを覗いている間、父はおばあさんの手を握って「結局、人はいなくなっても、すべてはそのまま残るものなんですね」と言っていた。

ソウルに戻る間、父は一度も空を見上げなかった。その代わり、父は言った。

「お前の母さんは本当に輝いていたんだ。明るくて澄んでいて。昨夜、一緒に見上げた夜空のようにな」

父はまた、こんなことも言った。

「昨夜は酔ってた。本当に酔ってたんだ」

あの夜、父は何に酔っていたのだろう。マッコリのはずはない。あの夜に戻ったとしたら、おそらく星の光に、もしくは悲しみに酔ったのだろう。大家から望遠鏡を受け取った僕の脳裏に、あの日の夜空がそのまま広がった。それは前日、研究所を抜け出して見た風景に似ていた。あの夜の星のように、僕の前には無数の雪が白く輝いていた。夜空に浮かぶ雪は、まるで黒い宇宙を埋めつくす星のようだった。あのとき、涙を流す父の隣で千の目を輝かせる夜空を見上げていた僕は、いったい何を考えていたのだろう。わぁ、まるでクリスマスツリーのイルミネーションみたい、そんなこと。地球も結局は、こんなにもたくさんの星のなかの一つなんだろうな、みたいなこと。そして、僕たちは同じ星に乗って一緒に宇宙を旅しているんだね、みたいなこと。あのときは、それでも僕のそばには父がいた。しかし、僕はもう一人だ。空を舞う白いひとひらの雪片のように、僕は一人だ。父はこの星から去ってしまった。もしかしたらこの宇宙から。父のせいで、僕は孤独になった。孤独とはそういうもの。誰かがいないがために生じる余計な感情だ。この宇宙で、地球という星で、孤独な旅人になるということは、果たしてどういう意味だろう。父はその答えを知っていたのだろう。あの日のあの夜のように、父はときおり立ち止まっては、空を見上げていた。ゆっくり呼吸しながら、父は何かを考えていた。おそらくまったく不可能な光景を思い出そうとしていたのだろう。そして、そんなふうに思い出したものを父は手帳に書きとめていた。何を書いているのか尋ねると、父は忘れてはならないことだよと答えた。記憶しなければ、あるいは記録しておかないと、人生のすべてが跡形もなく消えてしまうかのように。あまりにも些細過ぎて、忘れなかったとしても使い道のよくわからないことまで。毎朝九時に肉眼で観察した天気、新聞から書き写した最高気温と最低気温と風向きと風速、世界各国のヘッドラインニュース、朝と昼に食べた食事の内容、十ウォン単位まで細かく記録した支出の内訳……

使い道がわからないのは、流れる雲のように曖昧で、輪郭もなくしばしば形を変える思いも同じだった。立ち止まって空を見上げるとき、父はそんなことを思い浮かべては、どんなにとるに足りないことでもすべて手帳に書きとめた。叶うはずのない空想、白昼夢、言葉にするだけで何の現実味もない希望。これまで一度も起きたことがなく、そしてこれからも起こらないだろう、そんな空想と夢と希望を手帳に書きとめる理由が僕は気になった。すると、父は科学雑誌から切り取った記事を見せてくれた。そこには箱の絵が描いてあった。その箱の中には一匹の猫と青酸カリが入っている。出世した同級生を紹介するように、父は青酸カリがどれほど優れた毒薬かを説明した。父は嬉しそうな顔で「一グラムあれば、本当にたくさんのことができるんだ」と言った。記事によれば、青酸カリの入った容器は一時間に一度、五〇パーセントの確率で破損するらしい。「容器が破損したら、猫は必ず死ぬ」と父は続けた。そんなに優れた毒薬なら、そうなのだろう。きっと死ぬのだろう。僕は猫がかわいそうに思えた。

「では、一時間後、この猫は死んでいるか、それとも生きているだろうか」

父が質問した。

「ナンセンス・クイズなの？」

「いや、それなりに真剣な質問だ」

僕は考えた。

「死んでないと思う」

長く悩む必要などなかった。どうせ二つに一つなら、そっちの方がマシだったから。

「これは誰が答えても、半分だけ正解だ。ここにある絵を見れば、その理由がわかるだろう」

僕は科学者に捕まり、青酸カリで死ななければならなかった猫を不憫《ふびん》に思ったが、それよりさらに不憫な猫がいた。そこには半分死に、半分生きている猫が描かれていたのだ。死んだ半分側の猫は床に倒れていて、生きている半分側の猫は依然立ったままだった。腕のたつ武士が一太刀浴《ひとたち》びせたように、猫は真っ二つに分かれていた。

「こんなことが可能なわけ?」

僕は抗議した。すると父が答えた。

「量子論の世界だから」

その言葉がどれほど格好よく聞こえたか。量子論の世界とはいったいどんなもので、そんなことが可能なのだろう。量子論の世界では、僕が箱を開けて猫の生死を確認するまで、猫はそんな状態、すなわち半分は死んで、半分は生きている状態で存在するそうだ。

「猫の生死を決めるのは、あなたの観察による」

父が記事を読みあげた。その言葉がどれほど不思議に聞こえたか。まるで新しい発明品が起動するのを見守るかのようだった。父が続けた。

「しかし、さらに驚くべきことは、その後だ。もしあなたが箱を開け、生きている猫を目にしたとしよう。それはあなたが箱を開けて死んだ猫を目にすることも十分にあり得たが、それは起こらなかったことである。すなわち、可能ではあったが、実現しなかったことだ。宇宙は無限に近いとしよう。それは、すべての〈場合の数〉が全部起こる宇宙だという意味でもある。例えば、サイコロを二回投げたときの〈場合の数〉は、全部で三十六通りだ。サイコロを二回振るのを一万回ぐらい繰り返せば、我々はその〈場合の数〉を全部得ることができるだろう。だとすれば、サイコロを一万回振って得られる〈場合の数〉は、全部で何通りだろうか。それは、7782桁の数字になる。だから、我々が無限にサイコロを一万回ずつ振れば、いつかはその7782桁のすべての〈場合の数〉を得られる日がくるだろう。それなら宇宙も同じである。宇宙が無限に近いなら、起こる可能性のあることは必ず起こる。今ここで起こらないことが、他の宇宙では必ず起こる。あなたが生きている猫を見たならば、その瞬間、他の宇宙であなたは死んだ猫を見ているのだ」

その記事を読んでからは、僕も道を歩いているときに、ふとその場に立ち止まってみるようになった。そして、静かに空を見上げたり、遠い山を眺めたりした。そんなとき、僕は考えてもどうにもならないことを考えた。〈もし〉で始まることを。もし身長が今より十センチほど高かったら。もし財閥二世に生まれていたら。もしアメリカにいる子どもだったら。もし二十二世紀を生きていたら。もし母さんがいたら。もし母さんに何か話ができるとしたら。他にもある。例えば、野球部に入って青龍旗《チョンニョンギ》高校野球の決勝戦に先発投手として登板するとか、ついに父のオリンピック宝くじが当たって、親子でルマン車に乗って全国一周の旅に出るとか。そんな可能性は高くないけれど、まったく不可能なわけではないということが、僕を甘い気持ちにさせた。実際は不可能なことだとしても構わなかった。それらのどれもが起こらないことだとしても、それがとんでもない夢だとしても、僕は夢見ることをやめるつもりはなかった。この宇宙で起こらないこと、どうしてもできなかったこと、不可能なことについて、僕はずっと考えるつもりだ。なぜなら、僕は量子論の世界に生きているから。僕はずっと考え続けるだろう。他の宇宙に住む僕のために。他の宇宙で相変わらず果物を売っているであろう父のために。他の宇宙で、もしかしたらそこでは僕らと一緒に暮らしているかもしれない母のために。その可能性のために。

双子に嘲笑される願いごと

望遠鏡の接眼レンズに右目を当て、焦点が合わなくてムラになった乳白色を、レンズをくるくる回しながら川のように流れるその色を見つめていると、家の門をたたく音が聞こえてきた。僕は大家の後について外に出た。錆《さび》ついた鉄製の門の下から黒いスーツ二つと靴が四つ見えた。心臓が止まりそうだった。光に向かって這ってゆく虫のように、本能的に僕の目は裏手の瓶置き場の上の塀を捉え、鼻は冷たい風を吸い込んだ。脚は庭を横切り、手はざらついたブロック塀をつかまえ、耳は大家の「誰だ」と尋ねる声を聞いた。しかし、脳はじっとしていた。何も考えなかった。考えれば彼らに読まれてしまう。塀は思ったより高かった。着地した際に転んだせいで、望遠鏡が壊れてしまった。しかし、悲しむことも悔しがることもできない。考えを消すと感情も消えた。気持ちを落ち着けて、中からカタコト音がする壊れた望遠鏡を拾い上げ、僕は町内バスが往来する大通りを横切って向かい側の路地に入った。

二人がすれ違うと肩がぶつかるほど狭い路地だった。曲がり角からは尿の臭いが漂ってくる。入口からは突き当たりのように見えるが、中に入るとアリの巣のようにつながっているその町の路地を、僕は知りつくしていた。目指したのは、バスの終点からもう少し上がったところにある空き地だった。誰か追いかけてくるのか、振り向く余裕などなかった。空き地には廃品が山積みになっていた。窓ガラスが割れ扉もタイヤもない車や、曲がった鉄筋、半分ほど崩れたブロックなどが、手当たり次第に散らばっていた。空き地の片側はカラタチの垣根になっているが、垣根の左端に子ども一人がやっと出入りできるほどの隙間があった。その隙間から入れば丘の斜面に出る。丘の下に広がる町をひと目で見渡せるが、入り組んだ地形のため風もないので、昼間よく来ていた場所だ。すぐ手前には教会があって、三メートルほど降りていくと、小さな畑があった。僕は斜めに横たわり、息を切らしていた。

午後三時の日差しがかすんで見えた。畝間《うねま》に射す日差しを眺めていると、風景の焦点が失われ、悲しみのようなものが込み上げてきた。父も、そしてすべての人が依然としてこの世に留まり、僕だけが他の世界へと落ちてしまったような気がした。そこは夢の中だから、目が覚めればすべてが元通りになっているようにも思えた。**そんなことはありえない。他の宇宙なんてものはないんだよ。**その声にはっと我に返った。二人の声だった。左の耳からは「そんな」という男の声が、右の耳からは「ことは」と続く女の声が、まだ声変わりしていない少年と少女の甲高い声が交互に聞こえてきた。体育大会が開かれるグラウンドのスタンドで、応援歌を歌うのにぴったりの声だ。

他の世界はないよ。われわれが生きる世界は、これがすべてだ。お前の父親は死んだ。だから、お前はもう孤児なのさ。宇宙の果てまで行ったって、その事実は変わらない。両側から代わるがわる声が聞こえてきて気持ち悪くなった。頭も痛くなってきた。**量子論の世界なんかどこにもない。猫をナイフで刺せば、内臓が飛び出て死ぬだけだ。半分は死んで半分は生きている猫なんか、いるはずないだろう！**　僕は耳を塞いだ。そんなことない！　その声に向かって反論した。観察する人によって、結果は変わると言ってた。どこ？　どこ？　どこだよ？　少年が一度、そして少女が一度、交互に差し迫った声で言う。僕はふたたび考えることを止めた。お前は自分がこの世界を観察していると信じているようだな。僕は動じなかった。何か言ってみろよ。僕は話すことも、考えることもしなかった。

こんなクソ貧乏な町に住んでるから、いつもクソゲロなんだろう、なぁ？　突然、別の声が聞こえてきた。悪臭のせいでクソ鼻が息するのを拒んでるじゃないか、なぁ？　クソワンダーボーイめ……見つけたらガムのようにくちゃくちゃ噛んで、あそこのクソ塀にくっつけておいてやるからな、なぁ？　僕はイ・マンギがどのあたりにいるのか気になって、カラタチの垣根の外を覗くために片手を地面についた。そのとき、また声が聞こえてきた。もう一回考えてみろ、お前の父親の願いごと、お前の願いごと、全部言ってみろよ。ここでは叶わなくても、他の宇宙では願いが叶っていると、もう一度言ってみろ。一つひとつ、空気の粒を数えながら飲み込むように、僕はゆっくり息を吸い込み、ゆっくり吐き出した。なぜ言えないのか、われわれが言ってやろうか？　そんなのは人生の負け犬しか言えないことだからさ。一生、不幸なままでみじめに人生を終える落ちこぼれが、そんな叶えられない願いなんかを手帳に書き散らすんだ。今、ここではない別の世界を夢見ながら。お前の父親はまさにそんな人間だったんだよ。妻にも捨てられた酔っぱらい、まさにお前の未来の姿だ。

「違う！」

僕はぱっと立ち上がって叫んだ。その声を聞きつけた黒いスーツの双子が垣根に向かって走ってきた。僕はそれを見据えつつ、斜面下の畑に飛び降りた。双子がカラタチの棘《とげ》にひっかかって立ち往生している間、僕は黄色い教会に向かって走った。考えてはまた考えた。強く、すべての精神を集中させて、双子の頭の中が壊れそうなほどに、僕の考えが大きく聞こえるように。違う、そんなことない！　わかるか、なぁ？　わかるか、なぁ？　イカレ雌雄同体、このイカレ雄雌一体！　違う！　そんなことない！　絶対にそうじゃない！　考えてはまた考えた。そして僕は教会を迂回した。

しかし結局壊れたのは、双子の頭ではなく僕の心だった。次の夜が訪れるまで、僕はゆっくり進行する爆発とあっという間に崩壊する残骸の時間を過ごした。Uボートの魚雷が命中し、ぽっかり穴の空いたイギリス軍艦のように、僕はゆっくりと絶望の海に沈んでいった。手帳を見つければ母に会えるだろうという期待が消えゆくのを感じながら、僕はコースを外れた競馬のように、足の向くまま街を歩き回った。夜の帳《とばり》が下りたソウルの街は、家路を急ぐ人々で溢れていた。バス停にいる人々が首を伸ばしてバスの番号を確認していた。ビルに入っている色々な店の明かりが歩道を照らしている。ギョーザ屋の店頭に設置された釜からは、白い湯気が柱のように立ちのぼっていた。寒くて、孤独で、腹が減っていた。僕は釜の中のギョーザのことを考えた。熱い蒸気の中で蒸されているギョーザを。次第に透き通っていくギョーザの皮を。その中で少しずつ溜まっていく肉汁を。寒いのは、今の僕には温もりがないという意味で、孤独なのは、今の僕には家族や友人がいないという意味で、腹が減ったのは、今の僕にはギョーザがないということであると気づいた。街を歩きながら聞こえてくる人々の心の声も、やはり似たようなものだった。誰もが今、自分のそばにいない人やものを望んでいた。恋人を、お金を、健康を、幸運を。ドーナツが真ん中の穴のことを考えるように、何かを望むというのは、今、自分にないものを望むという意味だった。ギョーザから意識を逸らすために、僕はふたたび歩きだした。しかし、歩けば歩くほど、ギョーザの皮のひだとその間に溜まった水滴の一粒までもがますます鮮やかになってきた。ギョーザへの思いは刃物のように鋭かった。悲しみが込み上げてきた。その鮮やかさと生々しさの前では、量子論の世界も、他の宇宙の存在も、何の意味も持たなかった。ギョーザを忘れるために、僕はふたたび歩き続けた。家へと帰る人々の間を。走行中の車のライトがだんだん丸い固まりに見えてきた。しばらく歩くと、ある大学の正門の前に来ていた。一度も来たことのない学校だったが、なぜか馴染みがあった。門柱にある学校名を確認して、僕は中に入った。学生たちが正門の方へ降りてきた。すべてはギョーザのせいだったかもしれない。僕は前を通りかかった男に、もしかして世界で一番、FBを投げるのがうまい兄貴《ヒョン》を知っているかと尋ねた。彼はそんなの知らないよ、と言って正門の方へ歩いていった。僕はその後ろ姿を見つめたまま突っ立っていた。

＊1【哭する】儒教的な葬式の際、親族や参列者が哀号（アイゴー）と声を上げて泣くこと。
＊2　夜間通行禁止令のこと。〇時から四時まで、医師以外の民間人の外出を禁ずる令。一九四五年、アメリカ軍により始まり、一九八二年に軍事境界線に接する地域以外が解除、一九八八年に全面解除された。

僕らの顔が互いに似ていくということ

四階建ての薄暗い学生会館の廊下を歩きながら、ギョーザのことを考えてなかったら、僕の話はそのへんで終わることだってあったことに気づいた。廊下の壁には、僕にはないものが僕を生かし、人生は熱望の対象に向かう果てしない闘争の道のりであることを知らせる大きなアジビラがぎっしりと貼られていた。そんな内容ではなかったはずだって？　まあ、そうかもしれない。正直、僕はそこに書かれた内容の半分も理解できなかった。だから、僕の記憶というのもあまり信用できない。しかし一九八六年の初春、その学生会館の廊下に貼ってあったビラの内容を憶えている人は、今となってはどれくらいいるだろう。だから、そんな内容だったと僕が記憶しているとしても、まったくの間違いとも言いきれないだろう。ギョーザを勝ち取るために汎粉食本部の結成を熱烈支持する！　海苔巻き《キムパプ》を解散し、豚肉と小麦粉を中心としたギョーザ議会を招集しよう！　苛烈なギョーザ闘争で飢えを打倒しよう！　なぜなら、あのとき、僕の頭の中にはただギョーザ、ギョーザしかなかったから。

ビラで埋めつくされた壁をほぼ通り過ぎた頃、どこからか合唱する声が聞こえた。それは荘《そう》重《ちょう》な葬送行進曲を思わせる、色で表すとしたら黒い歌だった。もう少し進むと、〈総学生会〉という札がかけられた部屋が見え、歌声はそこから聞こえていた。僕をそこまで連れてきてくれたのは、僕より背の低い女子学生だった。コートと同じ紺色のマフラーを巻いていたので、後ろから見ると〈銀河鉄道９９９〉に出てくる、顔のない車掌のようだった。彼女はノックもせずにパッと扉を開けて、合唱中の人々に「この子が世界で一番火炎瓶を投げるのがうまい人を探しています！」と大声で告げた。歌声がぷつんと切れた。突然の興醒めに機嫌を損ねたように、みんな硬い表情で彼女と僕を見つめた。部屋は暖炉のおかげで暖かかった。扉の横には古いソファがあって、その前のテーブルにはプラスチックボトルのマッコリに紙コップ、おつまみなどが雑然と置かれていた。黒のダッフルコートにメガネをかけた人が、ある名前を口にした。すると、その向こうにいたイタチ目の人が別の名前を言った。その二人を中心に意見が分かれた。

ただ、もう僕は誰が火炎瓶を一番うまく投げるかということにはまったく興味を失っていた。僕の新たな関心事はマッコリと紙コップに囲まれた、チヂミの食べ残しだった。緑はネギかズッキーニ、赤はきっと唐辛子の千切り、黄色はうまそうに焼けた生地だろう。そのうち、誰かがふたたび歌いはじめた。よく聞いてみると、それは労働者の怒りと誇りを歌ったものだった。僕はソファの横に立って生唾を飲み込んでいたが、結局、チヂミに手を伸ばし、半分くらいにちぎって口の中に押し込んだ。期待とは違ってチヂミは冷めてべちゃりとしていたが、どうであれ味はすばらしかった！　彼らは僕がチヂミを食べようが何をしようがお構いなしに歌を歌い、大声で自分の意見が正しいと騒がしかった。残りのチヂミも口に入れた僕は、ついでにマッコリにまで手を伸ばした。焼酎は少し飲んでみたことがあったけれど、マッコリは初めてだったので味を論じる立場にはなかったが、とにかくマッコリもおいしかった！　そのとき、誰かが両腕を広げて「ソンジェ兄《ヒョン》に聞いてみようぜ！」と言った。「ハレルヤ！　ソンジェ兄は専門家だから、なんでも知ってるだろう」と他の誰かが相槌《あいづち》を打った。いたずらっぽい声だった。僕はその間も掃除機のように、テーブルの上にあるスルメとコーヒー、オニオンリングなどのスナックを片っぱしから口の中へと吸い込んだ。こりゃ、誰だ？　〝噂の立つ宴会には食べるものがない[*1]〟と言うけれど、ワンダーボーイ、お前が全部食っちまったんだな。僕は顔を上げた。

「ソンジェ兄だ！」

誰かが叫んだ。

「ソンジェ兄さん！」

僕もそれに従って声を上げた。すると学生たちが大声を上げた。

「なんだ、お前が探してたのはソンジェ兄か？」

僕は首を縦に振った。

「まさか」

彼らは、僧侶みたいな人が火炎瓶を投げるなんて話にならないと言って、火炎瓶を投げるのが世界で一番うまいのは誰なのか、自分たちが調べてみると言った。そのため周りがうるさかったので、僕はソンジェ兄になんだ、カボチャが蔓ごと自分の足であんよを始めたんだな向かって大声で言った。

「お兄さん、お金持ってる?」

「僕は会った途端に金だと?金以外はカボチャに社会の垢がいっぱいついたな何でも持ってるんだけどな」

「クォン大佐のところから逃げてきてからお風呂には入ってないけど、垢がいっぱいついているほどではないんだよ。あの、ギョーザ一皿だけおごってください」

ソンジェ兄が僕をよせ!見つめた。その言葉に急に寂しくなって、涙がぽたぽた落ちた。

「どうした? なぜ泣くんだ?」

そう言うソンジェ兄の目じりも赤くなってきた。

「今、僕に〝よせ〟って言ったから」

ソンジェ兄は誤解だ、と言いながら手を振った。それは、高氏ギョーザ屋だけはよせ、という意味だった。だけどあの夜、僕は学校の前にある高氏ギョーザという店に行って、種類別に五皿のギョーザを平らげた。その日の夜は、ソンジェ兄の部屋でお世話になるしかなかった。急いで飲んだマッコリに酔っぱらってしまい、僕は訳のわからない熱気に包まれ、夜遅くまでしゃべり続けた。壁のビラのように、体の中は黒と赤の子音と母音の文字で溢れていた。ソンジェ兄が除隊した後、僕の身に何が起こったのか、つまりマスター・ピーター・ジャクソンに会って母のメッセージが僕を探しているという話を聞いたことから、取調室で拷問を受けた人たちが一番苦しい瞬間に何を思い出すのか、そしてどうして新調したばかりのイ・マンギのスーツに吐いたのかに至るまで、すべてを打ち明けた。僕の話にソンジェ兄はあれやこれやと言い返したが、そこには慰めの言葉もあって、とても温かい気持ちにもなったが、そうこうしているうちに僕は眠ってしまった。

朝になって目を覚ますと、部屋には僕しかいなかった。ソンジェ兄の姿は見当たらなかった。彼はその日も、次の日も帰ってこなかった。僕は目が覚めると、キッチンから探しだしたラーメンを作って食べた。『鋼鉄はいかに鍛えられたか』という小説を本棚で見つけて少しだけ読んだが、すぐにやめてしまった。部屋の隅にあったマイマイ・カセット[*2]で、リスナーからの笑い話を紹介する番組を聞きながらくっくと笑った。そうしているうちにまた寝入ったりした。睡眠は泥棒のように訪れ、目覚めるときは歓迎されない客のようにぐずぐず居座った。ふと目が覚め、その闇が夕方のものなのか明け方のものなのかわからないことも何度かあった。夢を見て目が覚めたのか、目が覚める夢を見ているのか、区別がつかなかった。そのたび僕は自分が誰なのか、また、ここはどこなのかわからなくなった。子どもとも大人とも言えない十七歳の春、あたりが仄暗い時間になるたび、僕は自分になるために精一杯もがいた。

ある日、目が覚めてからも横になったまま考えごとをしていたら、ソンジェ兄と再会した日に聞いた話をそのまま思い出した。酔って忘れていたのに。「病院でお前に聞いた夢の話をしたら、ときどきお前がその後どうしているのか聞く人がいたんだ……テレビに出たお前を見て一目惚れしたから、まあ、お前のファンというか……」。その話を聞いて、僕は心臓がドキドキして顔が熱くなった。これほどまでにときめく言葉だとは。僕のことを気にかけてくれるなんて、いったいどんな人だろう。その疑問は午後になって解けた。四方が薄暗くなる頃、僕がソンジェ兄を訪ねてきたという話を聞いたその人が訪ねてきたのだ。部屋に上がったその人は、カントと名乗った。もちろん男の名前だ。彼は部屋に座り込んでタバコをいじりながら、一昨年の年末に僕が出演した〈ワンダーボーイ大行進〉を見たと話しだした。

「そこで君は人の心を読みとる超能力を見せてくれた、そうだね？」

すべてはイ・マンギのせいだ。あいつがあんなに偉そうにしてなかったら、人の前であんなバカな真似はしなかった。罪のない人が苦しみの真っただ中で思い出す美しい記憶を、一緒に感じることが超能力だなんて。もっとも、罪のない人たちを刑務所に入れるのに一役買ったから、そんなのも超能力だとしたら超能力というべきか。

「それがどうしたんですか」

「しかし、もっと驚いたのは君が涙を流すと、そこに集まっていた人もみんな涙を流したこと。さらには視聴者までもがね。しかもそれは初めてのことではない。以前、君は青瓦台を涙の海にしたことがあるからね。人は君の不幸な境遇のため泣いたとばかり思っているけど、それは違う。おそらく君が喜んだら、みんなも嬉しくなってはしゃぎたてただろう。それは、君には人の心をそのまま感じる能力だけでなく、人々に君の心をそのまま伝える能力、つまり共感と同調の能力があるからなんだ。なぜ君にそのような能力が生まれたのか、わたしにはわかる。事故に遭ったとき、君はある光を見たと言ったよね」

「そうです。とても明るい光を見たんです」

「やはり。その光のためなんだ。君はその光を見たから」

彼はタバコを一本取り出して鼻の下に持っていった。嗅覚の実験でも行うみたいに、慎重にタバコの匂いをかいでから火をつけた。この瞬間、自分の人生においてタバコの煙ほど重要なものはないように、十五度ほど顔を上げて、とてもゆっくり煙を吸い込んだ。まるで何かの儀式を行う僧侶のようだった。

「それで君が来たんだ。わたしは、似た者同士はいつどこにいても、地球と月のように互いを引き寄せ合っていると信じている。わたしたちは結構似ているから」

「ここに来たのは、僕ではなくお兄さんの方ですよ。それに似てるって、どういう意味ですか。僕たちの顔、そんなに似てますか」

彼がぷっと吹きだした。

「あまり似てなければ、これから似ていくだろう。少なくともわたしは君を求めているから」

「どうして？」

「わたしも以前、その光を見たことがあるから。君が見たように、とてつもなく明るい光だった。その中からもう戻りたくないほど温かな光でもあった。しかし、わたしはその光の中に愛する人を残して、一人で戻らなければならなかったんだ。テレビで君を見たとき、あのときの自分を思い出した。もしかしたら、わたしがあれほど待っていたのは君だったのかもしれない。それで今、君がわたしの前に現れたのかもしれない。今のわたしは君のその超能力を切実に必要としているから」

僕は彼にタバコを一本ほしいと言った。彼はためらうことなくタバコの箱を渡してくれた。僕もタバコを一本取り出して、匂いをかいでみた。僕たちは本当に似ているのだろうか。秋の日差しの下、ほどよく乾燥した藁が思い浮かんだ。火をつけたらどうなるんだろう。どんな味がするんだろう。火をもらえないかと彼に言った。タバコに火をつけて、それが自分の人生のすべてであるかのように煙を吸い込んだ。熱く、いがらっぽい煙が喉を圧倒してから、すぐに肺へと押し寄せてきた。瞬間、咳き込みながら体がふらふらした。吐き気がして、頭がくらくらした。

「ワンダーボーイと言われても、すべてが上手くできるとは限らないんだね」

「タバコのせいじゃありません」

眉間にシワを寄せて咳き込みながら、僕は言った。

「じゃ、何のせい？」

「さっきの言葉のせいです」

「どんな言葉？」

「僕たちの顔が似ている、僕を求めている、あれほどまでに待っていたのは僕だった……その言葉、のこと」

＊

自分のことはカントと呼んでくれと言われたので、そう呼ぶことにする。父のことで毎晩眠れないという話を聞いて、カント兄は僕を全羅南道《チョルラナムド》にある新基里《シンギリ》という農村に送り込んだ。そこにはムゴンという名前のおじさんがいて、僕はその人と一緒に十七歳の春を過ごした。ムゴン氏と言えば、長くて濃い眉と松ぼっくりのように飛び出た目を真っ先に思い出す。〈無《ム》〉に

〈空《ゴン》〉、つまり〈隙がない〉という意味の雅号を本当の名前の代わりに使っていたが、僕にはなぜか〈何もない空っぽ〉の意味がしっくりくるように思えた。十代の頃から万能薬を売り歩く薬屋について全国を回って武術を見せてきた、言ってみれば元祖ワンダーボーイというか。がっしりした肩にすごみのある人相、釜のフタほどの大きな手、コンクリートの橋脚のような両脚など、ムゴン氏は立っているだけで、この宇宙天地で信じられるのは自分の身体だけだ、ということを全身で雄弁に物語っていた。だから、ろくに食べられず顔に乾瘡《はたけ》ができた子どもたちや黄色い顔の痩せた老人たちは、彼を眺めるだけで病気のない人生を想像することができたし、そのうえ武術まで見せつけられれば、効果は抜群だった。彼が津々浦々の市場を回って見せた武術の数々は次のようなものだった。

1．積み上げた新聞紙を一太刀で切り落とす。それを見せた後、野次馬の一人に自分の腹の上にのせた大根をその刃物で打ち下ろすよう命ずる。しかし、より大きな歓声が上がるのは、彼が半分になった大根をロバのようにその場でむしゃむしゃ食べてしまうときだ。

2．大根を食べきると、石油缶からガソリンを冷麺の器いっぱいに注ぎ、お茶でも飲むかのように一気に呷《あお》る。そして火がついた松明《たいまつ》を両手に持ち、運動会のこん棒のようにぐるぐる回しては、口元に持っていって炎を吐き出す。その姿に野次馬たちが歓声を上げたり、通りかかった車がクラクションでも鳴らそうものなら、ガソリンを飲み込んでしまうこともあったので、常に用心が必要だった。観客が最も熱い拍手を送るポイントは、やはり彼がカワハギの干物をトングに挟み、口から吹き出す炎で炙るときだった。

3. 両腕を胴体に付けて鎖を上半身に一つ、膝を曲げて下半身に一つ、そしてそれらをつなげ、さらに肩越しに一つの鎖を加えた三つの鎖を体に巻きつけ、それぞれに鍵をかける。三つ錠をかけると、薬屋は鍵を近くの下水口に投げ捨てて、野次馬たちにワラジムシのようになったムゴン氏を大人の背丈ほどあるゴム製のドラム缶の中に投げ入れさせる。誰もがつま先立ちで、水が張られたドラム缶の中で何が起きているか見届けようとするが、見えるのは不吉に波打つ水だけだ。そのまま一分、二分、三分と時間が経つ。ついに彼が三本の鎖をちぎって、クジラのように水を吹き出しながら立ち上がり、ガソリンを含んだ口を水ですすぐ。この武術はその日の夜、下水口の中を探し回って鍵を回収することで終わる。

そんな彼が丹学《タナク》*3の世界に入ることになったのは、一生懸命売っていた万病薬が、実は何の効能もなかったことを知ったからだ。ある日、ヤブの薬屋は少ない聴衆を前にして、「われわれが生きていく世の中がいかなるところかと申しますと、ズキズキ痛み、ヒリヒリ痛み、ピリピリ痛み、やつれてすえた臭いがして、しびれて苦々しくて、血の気がなく青白くて、もぞもぞむずがゆくて、干からびて、ずしんずしんする世の中ではありますが」という講釈の途中、待った無しで警察に逮捕されてしまった。理由は「流言飛語」を流布したからというものだった。薬屋は、最後まで聞けば絶対そんなことではないことがわかる、と続けようとしたが、警察はこぶしの洗礼で返事に代えた。鎖で鍛えられたムゴン氏には警察の腕力などマッサージのようなものだったが、生涯偽の薬ばかり売ってきた老人は一発で失神してしまった。ムゴン氏は留置場の鉄格子など、アメのように曲げてこじ開けることもできたが、義理堅く気絶した老人の介護をしていたそうだ。つまり老人の言葉通り、万能薬を飲ませ、頭に塗り、鼻の下につけて匂いをかがせて。しかし、薬は何の効き目もなく、翌日釈放されて旅館に戻った老人は、結局半身不随になってしまった。そこに至ってようやくムゴン氏は、病気にかかっているのは人間ではなく世の中のほうだから、まずはこの世を治療するのが薬屋の仕事だと気づいたそうだ。それから五年間、丹学を修練した末にムゴン氏は宇宙の秘密を悟ったという。

ムゴン氏はこの宇宙の秘密をもとに新基里に〈自らを助ける〉という意味の自助農場を作り、生命力動農法で農業を始めた。この農法によれば、すべての種には誕生した瞬間に星の位置が記録されていて、芽を出すと自動的に特定の星と直接つながって、そのエネルギーで成長するということだ。したがって農作業にあたる人は、いつも星の位置を観察し、正しいエネルギーの流れを畑に引き寄せることができる人、つまり宇宙の秘密を知っている人でなくてはならない。彼だけが知る宇宙の秘密には、リンゴは木星の気運で、スモモは土星の気運で育つというものがあった。その話を聞いてからは、なぜかリンゴは木星に、スモモは土星に似ているような気になった。スモモの割れ目はどこへ行ったのかわからないが。ムゴン氏は死んだ土地を蘇らせる増幅剤というものも作った。例えば、ノコギリソウの増幅剤は、六月二十日頃に採取した花を鹿の膀胱《ぼうこう》の中に入れて軒先にぶらさげておく。九月になるとそれを土の中に埋めて、六ヶ月経った四月頃に使用する。受粉用の増幅剤は桜の花が咲く頃、水に受粉した桜の花粉を混ぜて牛の角に詰めて、翌日に花粉が沈めば水を捨て入口を黄土で塞《ふさ》いで土に埋め、九月末から十月はじめに使用するということだった。

「普通の肥料を買ってきて撒けばいいんじゃない……ですか?」

僕はムゴン氏の顔色をうかがいながら尋ねた。

「そんなことはできない」

案の定、彼はきっぱりと答えた。

「そんなのは、どの農家の人でも知っていることじゃないか。そんなものは宇宙の秘密ではない。俺は宇宙の秘密を知っているから、そんなことはできない」

　カント兄とムゴン氏が出会ったのも、そもそも宇宙の秘密のためだった。出所したカント兄は、夜になってもほとんど眠ることができず、慢性的な睡眠不足に苦しんだそうだ。不眠は胃腸を弱め、弱くなった胃腸は一定量の食事も吐いてしまう症状へとつながった。不眠の苦しみを紛らわすためにカント兄が選んだ治療法は、『史記列伝』を読むことだった。人差し指で漢字を一つひとつ確認しながら読むと、すっと眠りにつくこともあったという。しかし毎晩、数千年前にこの地球に生きていた人々の生涯を記録した文字を読み続けたため、カント兄の顔は紙のように白くなり、体は軽くなっていった。漢字の世界から顔を横に向ければ、そこには悲しみと悔恨と絶望の顔をした婚約者が一晩じゅう立っていたからだ。婚約者は初めての仕事でへとへとになった観光ガイドのように、とつとつと同じ言葉を繰り返しつぶやいた。上鳳《サンボン》ターミナル、市外バス、船橋荘《ソンギョジャン》、烏竹軒《オジュコン》、洛山寺《ナクサンサ》、鏡浦台《キョンポデ》、雪岳山《ソラクサン》……カント兄が何より悔しかったのは、軍事独裁政権に立ち向かい、死までも辞さなかったその強靭な精神の持ち主が、悲しみに満ちた表情でつぶやくその言葉だった。民主主義、自由、平等、統一といった崇高な誇りある単語ではなく、あまりにもどうでもいい具体的な単語を繰り返す婚約者に、カント兄は苦悩した。不眠のせいで骸骨のような顔で大学病院を訪ねた後、カント兄は自分の苦しみは他の誰とも分かち合えないものだから一層辛いことを、そしてまさにそのために、誰もこの病気を治すことができないことに気づいた。そうやって最後にカント兄が訪ねて行ったのがムゴン氏だったのだ。

「それでどうなったんですか」

「俺がきれいさっぱり苦しみを減らしてやったんだ」

「どうやって？」

僕は尋ねた。

「道理に従って生きること、それがこの宇宙の秘密だ。眠れなければ、眠らなければいいんだ。必ずしも眠る必要はない。死んだ人がしょっちゅう見えるのなら、そのまま目を閉じればいい。見たいときに目を開ければ、いつでも見ることができるからいいじゃないか」

「それが治療法なんですか？　僕の不眠症もそんなふうに治すということ？」

「治療法ではない。病気だからと言って、必ず治療しなければならないわけではない。〝常に病気をぶら下げている〟という言葉もあるじゃないか。病気も生命の一部だ」

「それで、カント兄はおじさんに会ってから、病気と共に生きられるようになったんですか」

「いや」

ムゴン氏が言った。

「カントは病気を抱きしめて生きているよ」

カント兄と僕が互いを引き寄せるほど似ているとすれば、それなら、僕もこれからは病気を抱きしめて生きていかねばならないということなのだろうか。

＊1【噂の立つ宴会には食べるものがない】世間の評判と実際とは一致しないことが多い、という意味のことわざ。
＊2【マイマイ・カセット】韓国のポータブルオーディオプレイヤー。
＊3【丹学】韓国の伝統に根を下ろした心身の修練法で、一種の瞑想訓練。

この人生で僕がすべきことは、より自分になること

四月の胸の痛い話

かげろうが立ちのぼる池のほとりに、高くて低い丘や坂のあちこちに山桜が咲きはじめ、谷に吹く風は一晩でぽかぽかしたものになった。山腹のところどころの刺繍を施したような赤や黄色を眺めていると、心が浮きたってじっとしていられなかった。かっと一瞬で熱くなった心は、そのぶんすぐに和らいだ。午前中、ムゴン氏と種芋とトマトと里芋の種を蒔《ま》いたり増幅剤を撒いたりする畑仕事をして昼を食べると、午後の暖かな日差しの合間から眠気が押し寄せてきた。睡魔に勝てず縁側でうとうとしていると、ムゴン氏が隣に座り、いろいろな話を聞かせてくれた。例えば、今いる場所から一気に独立門《トンニムムン》をひょいと跳び越えた旧韓末の導師の話や、縮地法を使って一晩で満州からソウルの高官宅まで瞬間移動し、軍資金をかっぱらって行ったという独立軍の将軍の話など。それは夢のような話だった。僕たちを気球みたいに空高く押し上げそうな暖かな風が吹いた日にも、頭上にとめどなく花吹雪が降り注いだ日にも、ムゴン氏は空中浮遊と縮地法と天符經《チョンブギョン》*1と魔仇尼《マグニ》*2と道人術について話をしてくれた。

けれど、僕は知っていた。俗世とはもう何の縁もない導師のようにふるまう彼に、たった三ヶ月だけ一緒に暮らした女性がいたことを。二人の間には娘が一人いて、今では別の男を父親だと信じて蓬坪《ボンピョン》で暮らしている。彼は床につき、娘について考える夜もあった。そういうときは闇の中から長い俺の人生はどこから間違ってしまったのだろうため息が聞こえた。一度、僕は彼に言ったことがある。

「間違った人生だと思うのなら、今からでもちゃんと生きればいいのに。娘さんを訪ねて行ったらどうですか」

しかし、彼からは何のそれは、お前が言うほど簡単なことじゃないんだよ返事もなかった。

「卑怯な言い訳ですよ」

彼は一度俺は一度も父親らしいことをやってやれなかった寝返りを打った。

「だから、今からでも父親らしいことをやってあげればいいじゃないですか」

すると、いきなりムゴン氏は起き上がって部屋の明かりをつけると、背の低い机へと向かった。そして引き出しを開けて軟膏を取り出した。

「雑念のせいで眠れないときは、この軟膏を頭の黒い生き物、つまり人の親になるってことは頭に塗るのが悲しいことだ一番だ」

それはヤブの薬屋が残した万能薬だった。

「僕はそう思いません」

しかし、僕が何と言おうと彼は額に軟膏を塗りつけた。本当にそうだろうか。その薬を塗れば、雑念がなくなるのだろうか。誰かの親になるというのは悲しいことだろうか。それで、父さんも毎日悲しそうな顔で焼酎を飲んでいたのだろうか。僕にはわからない。人の考えを読み取れることと、その考えを理解することは別の問題だった。世の中には、十七歳の僕には理解できないことがあまりにも多かった。あらゆる考え。希望。夢。僕も軟膏をもらって、頭に塗ってみた。それらのすべてを明確に理解するか、頭の中がすっきり空っぽになればいいと思いながら。

「おじさん」

電気を消してふたたび横になってから、僕は声をかけた。

「胸の痛くなる話はもうやめよう」

「そうじゃなくて……」

「じゃあ、何だ?」

「僕、カント兄からおじさんに呼吸法を習うようにって言われたんです。生まれたての子どもみたいに。だけど、それを習えば、宇宙の秘密がわかるようになるんですか。本当に?」

「百会の穴が開き印堂が裂ければ、わからないものがなくなるんだ」

「じゃあ、おじさんは百会の穴が開いて印堂が裂けたんですか」

「ああ、そうだとも」

ムゴン氏は眠そうにつぶやいた。僕は静かに闇を見つめた。もしわからないことがなくなり、宇宙のすべての秘密がわかるようになったら、真っ先に知りたいことは何だろう。それはたぶん、母の顔だろう。僕と母さんはどこが似ているのだろう。そして次は、母と父がどうやって出会い、なぜ別れたのかを知ることだろう。

「じゃあ、宇宙の秘密を僕にだけこっそり教えてもらえませんか。牛のおしっこを飲めとか、生きてきた通りに生きろ、みたいな話ではなくて」

「それはな……」

「それは？」

「山はより山になり、水はより水になることだ。それが宇宙の秘密だ」

「そんな」

「同じように大統領はより大統領になり、裁判官はより裁判官にならなければならない。大統領が詐欺師になり、裁判官が権力の侍女になってはならない。それがこの国の誤ちだ。それは、この俺ムゴンがお前ジョンフンになるようなものだ」

「話の意味はわかるんですが、なぜ僕の名前が詐欺師と侍女のところに入るんですか」

「それは俺の勝手だ」

僕たちはしばらく無言になった。

「ところで、おじさんは宇宙の秘密もわかっているのに……」

しばらくして、ふたたび僕が口を開いた。

「そうとも、俺はよくわかっている」

「どうして、自分の人生がどこから間違ったのかがわからないんですか」

返事の代わりに突然いびきが聞こえた。もともとすぐに寝つく人ではあった。答えに窮して寝たふりをしているのかもしれないが、それから彼は考えることも話すこともなかった。もっと聞きたいことがあったが、軟膏のせいか、僕もすぐに眠りに落ちた。

美しき引き分けの夢

夢の中で、僕は新たにムゴン氏から呼吸法を教わった。それはこの宇宙を相手に呼吸で押し引きすることだった。僕が息をめいいっぱい下腹部深く吸い込んで宇宙を引き寄せれば、次は宇宙がその息を吸い込んだ。負けるものかと僕がまた息を吸い込めば、宇宙やはり粘り強くふたたびその息を自分の方に引き寄せた。呼吸をとりまく宇宙と僕の勝負は、今のところ引き分けの状態だ。すると突然夢の中にムゴン氏が現れ、声楽家のように両腕を広げて叫んだ。

おおお、美しい引き分けよ！
おおお、驚くべき宇宙の秘密よ！
ある春の日、俺は何事にも勝つ人生を決意し、
ある秋の日、俺はすべてに負けたと挫折した。
今ではわかる。
あのときから俺の人生が間違っていたことを。
誰もこの宇宙に勝ってても負けてもならないことを。
浜辺に波が寄せては返すように、
草が地面すれすれまで風になぎ倒されてもまた起き上がるように。

数日後、僕は実際に呼吸法を習うようになった。しかし、僕が呼吸法を習いはじめたのは、その夢を見た瞬間からだ。しかし、それについては何も言わなかった。

五月、新しい始まりと終わり

西北から吹いてくる風は黄色い風、青い空と青い海を渡ってきた中国の砂の風だった。五月になると、裏山のアカシアの木々に白い花がふさふさと咲きはじめた。蜂は農作業の助け合いに励む農家の人たちのように、せわしく群がっていた。温度計の水銀柱が上昇するとどこの家も自ずと窓を開け放つように、五月になると体じゅうの感覚が自ずと目覚めてきた。朝、騒がしい鳥の鳴き声に目が覚めて窓を開けると、庭は花の香りに溢れていた。小道の草はまだやわらかく、野イチゴは赤いだけにすっぱかった。朝起きるたびに違う人間になっているなとつぶやきながら、ムゴン氏はたびたび僕の身長を測った。五月の僕は、今年のはじめに才能開発研究所にいた頃よりも、六センチ高いところの空気を吸うことができた。たしか喉仏が異様に飛び出て、声が低く太くなりはじめたのは、身長が一六五センチを超えた頃だったように思う。毎日違う人間になるなんて、誰より戸惑っていたのは僕自身だった。ある日は将来のことがあまりにも心配で不安で、そんな日の僕は不幸な子どもだった。しかしその翌日には、この世のすべてがありがたく思え、絶えず笑顔だったりしたので、昨日とはまったく別人だと言われるのは正しい。その感情の一つひとつが、渓谷の砂利の感触のように、ときにはなめらかでときにはざらざらしていた。毎日が新しい始まりであり、新しい終わりであった。毎日生まれ変わっているようだった。

呼吸の訓練を受けてから、僕の超能力はより強固なものになった。まるでオリンピックを控えたナショナルチームの選手のように、僕は訓練を怠らなかったし、それとは別に朝晩の運動で体を鍛えた。体と心が研ぎすまされるほど、人の考えもよりはっきりと聞こえるようになった。自分の能力に驚きながらも、さらにたくさんの好奇心も生まれた。動物の考えも聞けるのかどうかを調べるために、ムゴン氏の家の雑種犬をしつこく追いかけたり、ラジオの電波を聞くことができないかと、裏山のてっぺんまで登って、北側のソウルと南側の海に向けてアンテナのように両腕を広げてみたり、百ウォンのコインを握って、過去にそのコインを手にした人たちの顔を思い浮かべようとしたり。その結果、犬の考えを読みとることと空中波の放送を受信することを除く、人を対象にした実験は遅い早いはあるにしろほとんどが成功した。もはや僕は、集中さえすればいくらでも誰かの心を読めるようになっていた。しかしそれよりさらに驚いたのは、ゆっくり呼吸し、より感度を高めて世界に向き合えば、そのぶんだけ時間がゆっくり流れるということに気づいたことだ。時間の速度を思いのままに調節できるなら、さらにいろんなことが可能だった。例えば五月からは十分で裏山の頂上まで登ることができるようになった。それは石でさえ飲みくだす年齢だからでもあるし、ムゴン氏の主張通り、ちゃんとした呼吸法を習ったからでもあるだろう。いずれにしても、僕の時間と他の人の時間の流れがそれぞれ違うことは事実だった。猫の生死を決めるのはあなたの観察による。父から聞いた話だ。同じく時間の速度を決めるのが僕の呼吸ならば、僕はできるだけゆっくり息をすることにする。できるだけゆっくり生きて、世の隅々に隠されたすべての意味を知りたい。

絶望というよりは憂鬱の六月

また夏が訪れた。晴れわたった森の中で顔を上げれば、カエデや白雲木《はくうんぼく》、それにナラガシワや檀香梅《だんこうばい》の葉がそれぞれの形で、しかしみな同じ緑の夢を見ているかのように、青く澄んだ空に透明に輝いていた。梅とイチジクが熟していく間に僕の呼吸も長くなり、一度息を吸い込むだけで十二まで数を数えられるほどになった。呼吸に集中していると、川を流れる葉のように、さまざまな人の考えが頭の中をかすめていくのを見届けることができた。すべてはそんなふうに過ぎていくだけだ。それでも忘れられない顔があった。決して思い出せないがゆえに、消すことのできない顔。その顔のことを考えて胸が苦しくなると、僕はこのあたりで一番高い峰に登り、遠くの野原を眺めた。野イバラとヒメジョオンの白い花が咲く山道を歩きながら、必死にある人のことを考えた。僕に似ていて鼻筋が通った、眉の濃い人のことを。そんな女の人を。しかし、僕はその顔を知らない。それでも心の中から消えることはなかった。母親とはどんなときでも愛してくれ、味方になってくれる人だと聞いている。無条件に愛し、味方になってくれる人……それがどんな人なのか、僕には想像すらできない。ときどき夜が深まっても寝つけず、夜道を歩くことがあった。その道の終わりに、いつも明るく照らされたバス停があった。遠くから見える、その黄色い明かりがとても温かく感じられた。そこに行くと、不思議なことにいつもタバコを吸っているカント兄のことを思い出した。深い夜、僕は家族の帰宅を待つみたいに、バス停のベンチにいつまでも座っていた。

六月中旬の土曜日、僕は母への思いを抑えることができず、クォン大佐の家に電話をかけた。電話をかけるときは自信があった。とりあえず話しさえできれば、そして僕が母について尋ねさえすれば、クォン大佐は何かを考えるだろうし、僕はそれをすべて読みとることができるはずだった。なぜなら、僕の能力は才能開発研究所を逃げだした頃よりもはるかに高くなっていたから。ところが電話に出てきたのは、僕とさほど年が変わらなさそうな少年だった。テレビがついているのか、受話器の向こうからスポーツ中継の騒がしい様子が聞こえてくる。僕は当惑した。

「クォン大佐はいらっしゃいますか」

僕は尋ねた。

「ああ、めんどくせぇ父はいません。はやく切れよ、はやく！　どなたからとお伝えしましょうか」

電話線の向こうから少年が聞いてきた。瞬間、自分のことを何と説明すればいいか困ってしまった。「話ができてうれしいよ。同病相憐れむだね。驚かないで。実は僕もクォン大佐の息子なんだ」と言ったら、平和な土曜日の午後、スポーツ中継を見ていた少年は大きなショックを受けるだろう。あるいは「お前のお父さんから受け取る金がある立場の人間といったところかな。金額は言えない。しかし、金など要らないから、うちの父さんの手帳を僕に返すよう、クォン大佐に伝えておいて」と言ってやったらどうだろう。「こんな話はしたくないが、お前が着ている服や食べ物も、もしかしたら死んだ僕の父さんが受け取るはずの金で買ったのかもしれない」と言ったら。僕は心の中でつぶやいて息をした。一、二、三。

「僕はキム・ジョンフンと言います。クォン大佐にそう伝えてくだされば……たぶん覚えていらっしゃると思います」

やはり心とは裏腹に、気の抜けたどうでもよい言葉。

「わかりました。父がはやく切れよ、はやく！戻ってきたら、伝えておきます」

もしかしたらテレビでは、韓国の柔道選手が一本背負い投げで日本の選手に勝つ直前なのかもしれない。僕は慌てて付け加えた。

「お電話できて、嬉しかったです」

「あ……なんで？はい」

電話はぎこちなく切れた。クォン大佐みたいな人にも息子がいるとは、想像すらしなかった。電話が切れてからも電話ボックスから出られず、僕は頭をトントンと叩いた。どうして突然、嬉しいなんて言葉が出てきたのだろう。自分でも理解に苦しんだ。僕は二度とクォン大佐に電話はするまいと思った。なぜかはわからないが、もう一度電話をかければ、あの平和な家庭が壊れてしまいそうな気がした。僕はクォン大佐の家を想像してみた。リビングのきれいな木目の壁と小さなシャンデリア、大画面のカラーテレビ、クラシック電話機のようなもの。いつかドラマで見た金持ちの家のような光景。僕はそこのソファーに座ってスポーツ中継を観ている、違う僕を想像してみた。ほんの五、六秒ほど、電話ボックスの中で。そして僕は見た。体ごと吹き飛ばされそうな激しい風が吹きつけ、やがて静まり返る光景を。風も、音もない状態を。そして波が、巨大な波が、山のような津波が、海全体が僕に向かって押し寄せてくる光景を。僕はどうすることもできずその海に飲み込まれた。それは理由などない悲しみだけを集めた海だった。僕はその中へとゆっくり沈んでいった。憂鬱には絶望とは違った、憂鬱なりの沈没法があった。絶望が川にはまることだとすれば、そしてある程度まで行けば、ふたたび浮かび上がるための川底につくような沈没だとすれば、憂鬱は底知らぬ深海にはまることに似ていた。

悲しみ＋悲しみ＝慰め？

電話を切って、僕はもうどこへ行けばいいのか、自助農場の低いスレート屋根の下に戻るべきか、どうしてそこが自分の家になるのか、と考えながら低い塀が続く村道に沿って歩き、あぜ道を歩き、田んぼの水が西風でいっせいに同じ方向へと広がるのを立ち止まっては見つめて、村の前の山を越えれば海に出ると聞いたことをふと思い出し、その海を見に行こうと決めて、何も考えずに山を登りはじめた。半分くらい登ると、息が切れて足に力が入らなくなった。そこは竹林だった。頭上で風に吹かれた竹の葉がざわざわと音を立てた。筍《たけのこ》がその音に向かってすくすくと伸びていた。背の高い竹によって空はさらに遠く見えた。林の中で、竹と風と空と僕は、それぞれ独りだった。この世界のどこへ行こうと、僕はこんなふうに独りだろう。太陽のように、あるいは月のように。独りならば、僕はどこにも行く当てがないが、また行けないところもない。そこそこの暮らしで長生きすることだって、無駄に人生を過ごし若くして死ぬことだってできる。しかしそれは自由とは違う。竹の葉を揺らすかすかな風にも僕は倒されてしまいそうだった。ふらふらと僕は地面に座り込んだ。そして竹林の中で考えた。教科書で見た、朝鮮半島の形がはっきりとした東北アジアの地図を。その上に広がる広いアジア大陸を。大陸を横切り海に向かって伸びる長い河川と、何万年もの時間をかけて侵食した山脈を。隆起し沈降する大陸とその大陸を動かす赤いマントルを。傾いたまま宇宙空間を旅する地球を。果てしなく広がる銀河と宇宙を。そして宇宙の外側を。その広大な空間の中で、僕は独りだった。独りでは決して自由になれない。その広大な空間のどこにも、僕の行き場などないから。

土曜日の竹林には風や羽虫やリスが、「父が生きている間に、もっとやさしくするべきだったのに。もっと話をしてもっと遊んでもっと抱きしめなければならなかったのに」という後悔が、のんびりとスポーツ中継を観るような平凡な土曜日など、僕にはもう訪れることはないだろうという予感と、それなら自分という人間は生きている価値などないのでないかという自責の念が、そして最後にカント兄が訪れた。カント兄が僕の名前を呼んでいる。その声はとてもやさしかった。もしかしたら、僕はもっと前にそんな声を聞くべきではなかっただろうか。もっと幼い頃、子どもの頃、父が仕事に出かけていたとき、独り路地に座って長く伸びる影を見つめていたあの頃、僕に母が必要だった頃。カント兄の声がどんどん近づいてきた。最初は隠れようかとも考えたが、カント兄に会いたい気持ちの方が勝った。僕は竹林を抜け出した。向こうに見える村の裏山の上空が夕焼けに赤く染まっていた。その空の端に宵《よい》の明星が見えた。僕は宵の明星が支配する国の民《たみ》のように、頭を下げた。カント兄が竹林脇の山道を登ってきた。そして、僕になぜここにいるのかと尋ねた。僕にもわからない、と答えた。カント兄は何も言わなかった。どこにいればいいのかそれもわからないと、僕は付け加えた。カント兄が僕の手を握った。君はわたしといればいい。カント兄が言った。僕は取り合った両手を見つめた。その手から温もりが伝わってきた。そして僕の悲しみが伝えられた。カント兄が握った手に力を込めた。すると今度はカント兄の悲しみが伝わってきた。カント兄が誰で、何を望んでいて、今彼にないのは何なのかがそのまま伝わってきた。二つの悲しみが合わさったので苦しくなって当然だったが、その瞬間、僕の心は慰められた。

七月、ベニスに死す

夜汽車は七月の雨のなかを突き抜けて走った。車窓に映る僕の顔に無数の斜線が引かれた。四ヶ月ぶりにソウルに戻るのだ。黒いスーツの双子から逃げてソウルを離れたときの僕は、世の中に捨てられた哀れな孤児だったが、今ソウル行きの夜汽車に座っている僕は生気に満ちている。自分のものなのか人のものなのか見分けがつかない、悲しみや恐れや嬉しさや喜びにしょっちゅう揺さぶられるのはあのときと同じだが、今では自分の一部がそれらの感情の炎に包まれ揺さぶられているのを、別の自分が冷静に眺められるようになっていた。まるで二重《にじゅう》の目ができたようだった。一つは苦しみや怒りや祝福や驚異に燃えさかる現在の若い瞳で、もう一つは息をするみたいに僕を取りまく世界の風景を近くで覗いた後、そのあと離れた場所から観望する未来の老いた瞳だ。二つの瞳で見つめると、僕の周りで繰り広げられる出来事は、あまりに生々しい演劇のようだった。ムゴン氏の言う通り、山はより山になろうとし、水はより水になろうとしているようだった。だとすれば、この人生で僕がすべきこととは？　それはより僕になることだった。

「雨の夜汽車でトーマス・マンが読めるなんて、とても幸運だよ。ほとんどの人はそんな幸運に恵まれずに人生を終えるから」

ムゴン氏の農場に転がっていた小説を読んでいると、隣に座っていたカント兄が言った。トーマス・マンはその小説を書いた人だ。

「これは幸運というより睡眠薬に近いですよ。タイトルに惹かれて持ってきたんだけど」

僕が言った。

「タイトル？〝死す〟という言葉に惹かれた？」

「いいえ、ベニスってどういうところかなって」

「ベニスというのはこういうところよ。熱風《シロッコ》に胸踊らせながらやわらかなクッションにもたれ、日常から離れて静かに目を閉じて甘い怠惰を味わうところ。〝あと少しでゴンドラから降りなければならない〟と思いながらね。そして〝この時間がずっと続けばいいのに〟と思いながら」

「ベニスに行ったことがあるんですか」

「いや、そこに書いてあるだろう？」

カント兄が言った。そして僕から本を取り上げると、ぱらぱらとページをめくって探した一節を読み上げた。

「こういうのもある。〝体に刀と槍が食い込む恥辱の瞬間にも、歯をくいしばり何ともないように黙々と立っている若く知的な青年〟。この文章を思い出すたびに、わたしは肉と骨を裂く刀と槍の、その金属性を感じる。こうした金属性に黙々と耐えるのがまさに英雄なんだ。しかし、そんな英雄の肉体もやがては老いて衰えてしまう。そして、こんなのもある。ホテルのエレベーターで、タジオという少年に出会った主人公アッシェンバッハは言う。〝美しさははにかませるものだ〟。それを読んで、わたしは死ぬまで恥を知る人間になろうと心に決めたんだ」

カント兄がふたたびページをめくって読み上げた。

「水路の方向が変わると、リアルトの華やかな大理石のアーチが現れた。旅行客のアッシェンバッハはそのアーチを眺めた。瞬間、彼は胸が引き裂けるように悲しくなった。その都市の雰囲気を、去れと冷たく彼を追い出した海と湿地の生臭い匂いを、彼は深く吸い込んだ。それは苦しかったが、拒むことのできない呼吸だった。それがあまりにも辛くて、彼の目には何度も涙が滲んだ。こうなるとは思わなかったと、彼は一人つぶやいた。あんなに耐えがたく、時には我慢できないと思っていたその感じは、もう二度とベニスを見ることはできないだろうという事実、もしかしたらベニスとは永遠の別れかもしれないという事実によるもののようだった」

カント兄が本を読み上げている間、僕は近くから穴が空くほどその顔を見つめた。小さいけれど筋の通った鼻、細くてぎっしり詰まった眉毛、額を半分ほど覆う髪。その頃、カント兄の顔は見るたびに変わっていった。三秒以上視線を合わせたときにだけ現れる、瞳の奥の馴染みのない光や、どんどん近づくたびに変わる唇の形、触って初めて完全な形がわかる耳たぶといったもの。そんな細部に気づくたびに、カント兄の顔は少しずつ変わっていった。

「そんなに見るんじゃない」

カント兄が本で僕の顔を覆い隠した。

その本を払いのけながら僕は言った

「僕は兄さんが女性だってこと、知ってます。初めて会ったときからわかってました」

カント兄は僕を見つめ、指先で唇を撫でた。

「君の勘違いだよ。わたしの中には女なんてものはない」

「カントという名前も偽名でしょう？」

「今のわたしはカントだ」

「ほんとうの名前はヒソンだったんですか」

「そんな名前の人はとうの昔に死んだ。ずっと前、もう六年も前の話だ」

カント兄は車窓の方に顔を背け、僕はそんな彼の横顔を見つめた。

「わかりました、その人は死んだとしましょう。では、その人の婚約者はどんな人で、どうして死んだんですか」

「君はどうなんだ。君のお父さんはなぜ亡くなったと思う？」

「僕は父さんが死んだという事実を知っているだけです。集中治療室から退院した後、京畿道にある軍部隊の納骨堂に連れて行かれて、父さんの遺骨が入っているという骨壺を見せられたんです。それで蓋を開けてみたら中に遺骨が入ってた。それが父さんだって言うんですよ。信じられないという顔をしたら、クォン大佐は信じろと言ってました。父さんが死んだのを見てないけど、信じるべきだと思ったことはあります。それは十字架を信じるように、ただ信じなければならないものでした。だから父さんがなぜ死ななければならなかったのか、その理由など僕にはわかりません」

「君にとって死は、信じるかどうかの問題だろうけれど、わたしには理解の問題なんだ。わたしはその人の遺体を見た。直接見たわけじゃないけど、写真でね。本当に恐ろしいものだった。しかし、そこに写るものが、自分が愛した男だってことを受け入れなければならなかった。しばらくしてから、お経の中からこんな一節を見つけたんだ。この体は砂の城と同じで、すぐに磨り減ってなくなる。この体は割れた器と同じで、絶えず漏れている。この体は枯れた花と同じで、またたく間に老いる。この体は家と同じで、あらゆる病気が宿る住処《すみか》だ。この体は空っぽのこぶしと同じで、子どもをあざむく。そんな言葉を一日に何度も繰り返して生きてきた。それでも写真で見た遺体ではなく完全な姿で、二人が愛し合っていた頃の姿で、彼は毎晩わたしの前に現われる。彼が来ると、わたしはそのお経を繰り返し唱える。この体は砂の城と同じで、すぐに磨り減ってなくなる。この体は割れた器と同じで……しかし、そんなのは長く続かず、わたしは尋ねる。なぜ死ななくちゃならなかったのかと。もちろん彼は答えない。答えるのは彼ではないから。彼はもうこの世にいないから、自分がなぜ死んだのか、その理由もわかっていないだろう。理由はわたしが調べなければならない。同じことさ。君のお父さんがなぜ死ななければならなかったのかについて答えるのも、お父さんではなく君なんだ。それが理解というもの。理解とは、誰かの代わりに彼らについて語ること、そしてその話を通じて、ふたたび彼らを愛すること。毎晩見るのは彼の数年前の姿だけで、手を伸ばしてもつかまえることも触ることも抱きしめることもできないのに、彼を理解することができるだろうか。もし彼を理解できないのなら、果たして彼の死を理解することなんてできるのだろうか」

そこまで話すと、カント兄は口を閉じた。雨に濡れた黒い夜が車窓をかすめて通り過ぎてゆく。もしかしたら、理解できないから夜はあんなに黒いのかもしれない。僕はカント兄に渡された本を広げて少しだけ読むと、席を立った。平日の夜汽車には沈黙が低く敷きつめられていた。車両の扉を開けて通路に出ると、湿った空気がわっと顔に押し寄せてきた。僕は扉の外に顔を出してあたりを見渡した。すぐさま顔が雨に濡れた。顔を引っ込めて両手で拭いて、トイレに入った。体が揺れた。僕は鏡に映る自分の顔を見つめながら用を足した。小便が便器にはねた。少年と青年の狭間にいる未成年の孤児。それゆえ、ときおりにょきにょきと押し寄せてくる欲望にもまだ顔がなくて、ただ戸惑って決まり悪いだけの未確認の生命体。トイレから出ると、カント兄がタバコを吸っていた。僕を見るとカント兄がタバコを差し出した。

「めまいはタバコのせいじゃないって言ってたから」

「もちろん」

だが、一回吸い込むと、僕はまたもその場にふらふらと座り込みそうになってしまった。

「今度もわたしの話がよかったから？」

「いえ」

「じゃ、なに？」

今回は、しかし答えることができなかった。

「こんな涼しい夜は、数字で76よ」

カント兄が言った。死んだ婚約者について話そうとしていることを、僕はすでに知っていた。

それでふらついたのだ。

＊1【天符経】引益人間を理念とする韓国民族起源の神話に基づく大倧教の教典。
＊2【魔仇尼】心の中のあらゆる煩悩。

返事は今ここで僕に、いや僕の唇に

あの人と再会したのは一九八〇年春のことだった。よく「ソウルの春」と言われる時よ。十八年もの間、恐怖と抑圧で統治していた独裁者が、部下の銃に撃たれて死んだ後のこと。新しい時代が訪れたわけだから希望を抱くはずなんだけど、何かが変だった。なぜか、みんなすごく不安だった。昨日までは雪と厳しい寒さのためにたくさん着込んでいたのに、今日になって、突然暖かい風が吹いているようだったと言うか。みんな訳がわからないといったような、少し怯えたような表情で外の様子を見ていた。通りは静かだった。まだだよ。春を満喫しようと出かけようとするわたしたちに、大人たちは大声で制した。まだ春物に着替えてはいけない。こんな時期は誰も、何も信じてはならない。春風も、日差しも。今考えれば、それは正しかった。春は来たけれど、それは本当の春ではなかったから。十二月の暖かい日のようなもの。本当の冬はまだ始まってもいなかったんだから。

その年の春、鍾路葬儀社の前で信号が変わるのを待っていたら、信号の向こうに立っている彼を見つけた。どんなに嬉しかったか。あの人が横断歩道を渡ってくるのを待って、挨拶したけれども彼はわたしのことを覚えていなかった。どなたですか？　彼が聞いた。それで名乗ったの。わたしです、ヒソンです。それでも彼はわたしのことを覚えていなかった。完全に忘れてた。そんなことってある？　たった三年で忘れるなんて！「君はもう僕の女になったから、君が二十歳になるまで待つよ」ってしゃあしゃあと言ってた人が。そう言われてから、わたしは一度だって彼のことを忘れたことがなかった。わたしは思い出してくれるまで待つような人間じゃない。そのまま彼の手を引いて近くのムガスベーカリーに入った。そこでわたしが誰なのかを説明した。三年前、毎週のようにわたしの家に来て、彼が父と語り合っていたことも。しかし、彼はあいかわらず訳がわからないという表情のままだった。父の名前を言って、当時父が内務部でどんな仕事をしていたのか、そして父と彼のお父さんの、二人の長きにわたる友情についても話をしたの。

そうやって自分の父親の話が出ると、突然、彼は悲鳴をあげて両手で頭を抱え込んだ。そして涙を流した。ようやくわたしが誰なのか気づいたのよ。その年の春もソウルのあらゆる路地に花が咲いていたはず。ツツジやレンギョウや木蓮や桜の花が。なのに、どうして何も思い出せないんだろう。彼と再会した春のことを思い出すと、どうして寒かったという記憶しかないんだろう。苦しみなんか何も知らないといった顔で優雅にコロッケパンやお菓子を食べながら、子どもの成績や夫の出世についておしゃべりしていた婦人たちが、声をあげて泣く彼を見つめていた。そんな視線などまったく気にすることなく、彼は泣き続けた。彼がなぜ泣いているのか、わたしにはよくわかる。あの事件で彼のお父さんは自らの命を絶ったから。でも、どうしてわたしは彼と一緒に泣いたんだろう。どうして彼の頭に自分の頭をくっつけて一緒に号泣したんだろう。苦しかった時代のせいで、誰の胸にも悲しみが漂っていたから？　わたしは自分の悲しみのために泣いたのだろうか。いいえ、違う。彼の悲しみはいかなる媒介も通さずに、そのままわたしに伝わってきた。わたしは彼のために泣いた。そして気づいたの。誰かの悲しみのために泣いているのなら、それはわたしが彼を愛している証拠だってことを。

わたしはいつから彼を愛していたのだろう。昌慶苑《チャンギョンウォン》で五月の薫風に桜の白い花びらが舞い落ちるのを、いつまでも見上げていた五歳のチビの頃から？　それとも清水荘《チョンスジャン》渓谷の冷たい水に足をつけて、向こう側の丘を兄と一緒に駆けのぼる彼の後ろ姿を眺めていた小学生の頃から？　あの頃のことを思い出すと、わたしと家族、それにわたしたち家族の周りの人たちが黄色いスポットライトに照らされているような気がする。アルバムをめくれば、いつでも会える人たちを。そのなかに彼がいたの。小さな岩の上の後ろの列で、ズボンの裾をめくりあげて敬礼している彼。車座になって食事をしている家族の後ろで、一人だけカメラを見つめている彼。行政高試[*1]に合格した父は内務部に勤めていて、彼のお父さんは新聞記者だった。二人は同じ大学の政治学科の先輩と後輩で、子どもの日なんかは家族ぐるみで一緒に遊んだりしたの。率直に言う。あの頃、わたしは彼を愛していなかった。彼に対する感情があったとしても、それはただ好感を持っていたくらい。好きで、ただ見つめていた程度だったんだと思う。

いつだっただろう。わたしが中学二年のときだったと思う。ファシン百貨店の前で母とバスを待っていたら、彼が母に気づいて挨拶をしたの。彼は友達と一緒にその場を通りかかった。

わたしより三つ上だから、たぶん高校二年生だったと思う。母が心配そうな顔で「お父さまのご様子はいかが？」と彼に尋ねたことを今でも覚えてる。母がその日に着ていた韓服《チマチョゴリ》の袖についていたシミも、動くたびにカシャカシャと音がしていたことも。彼は表情を曇らせて、父は家にいますと答えた。彼と別れてバスに乗ってから、母が言ったの。彼のお父さんが新聞社を辞めたので家計が苦しくなったと。その理由が気になったんだけど、母も知らないと言ってた。けれど、母は知らなかったわけじゃない。わたしに話さなかっただけ。後になって、彼のお父さんは言論の自由を求めたことで新聞社を強制解雇されたことを知った。とにかくそれで、彼が奨学金のために〈奨学クイズ〉というテレビ番組に出てたことを、その日、母から聞いたのは確かよ。想像できる？　学費がなくて進学が難しくなったから、クイズ番組に出るなんて。彼のお父さんは自分の息子がいかに聡明か、口がすっぱくなるほど自慢してたそう。

　彼が記憶力の天才だってことを、わたしは後になって知った。まるでコピー機のように、助詞一つ間違うことなく文書を丸暗記できたり、レコーダーのようにいろんな人が交わした会話をそのまま再生できたり、ちょっと見たものであっても、ビデオのようにそのまま描写できたりするような人だったの。どうやって頭の中に複雑な情報を保存するのか、教えてもらったことがある。まず、数字は色で区分するの。１は黒、２は黄色、３はうんち色、４は白。汚いけど、３はうんち色でなくちゃならない。なぜなら、これはカナダラ順[*2]だから。ただ４はハングルではあまり使われない「ㄹ」の代わりに「ㅎ」よ。すると、1から10までの数字はそれぞれㄱ（ㄲ）、ㄴ、ㄷ（ㄸ）、ㅎ、ㅁ、ㅂ（ㅃ、ㅍ）、ㅅ（ㅆ）、ㅇ、ㅈ（ㅉ）、ㅊに当てはまる。それで、数字を記憶するときは、数字をイメージに変換して頭の中の仮想空間に保存するの。例えば壬辰倭乱[*3]は、黒い馬がシュロの木に縛られたイメージとして記憶する。なぜかというと、壬辰倭乱が起きた一五九二年は「ㄱ、ㅁ、ㅈ、ㄴ」となり、これは「黒い（1）馬（5）シュロ（9）木（2）」に変換できるから。一九七四年十一月四日午後二時に会う約束をしたら、その人とむせた老婆が黒い熊に腹を立てながら横になる場面を想像する。彼はそのクイズ番組に出て、円周率を小数点以下の千桁まで覚えたの。彼が頭の中で描いた円周率は、たぶん世界で一番美しい円周率だったでしょう。

アトリの影がぼんやり潜む庭のシュロの木、
夜の声に漂う心よ！
昔、森の道を通るとき、だれかが聞かせてくれたメランコリックな口笛に
赤いまぶたをこすりながら、いっとき暑かった夏のことを思い出した。
ゆるりと小川へとにぎやかに集まるマガモらと

瞳おぼろげに見上げるチョウゲンボウらと青黒い注目の時間、
深い夜の濃厚な周りを通り、居眠りするかのように澄まして押し寄せてくる
雲の最初の一言、「寛容ではない瞳を冷たく濡らしたまえば……」
どうしようもない後悔だと、過ぎ去った希望の跡だと。

心の地図に乱れ散っていた冷たい息づかい、
夏の公園のベンチで一人酔いしれて歌った歌、
「昨日は雨が降り、訪ねてきた女と夕方前に別れた」

夜更けまで口づけした思い出を振り返っては土のついた手で
ごまかした君の眉間、ふたたび白く降り積もる
一本気な秋の霜、初雪の勤勉さと新年の清廉さ
……

それぞれの単語の最初の子音が数字を表すから、ここまで暗記すれば、小数点以下百桁まで
覚えたことになる。だから千桁まで暗記するのに十分もかからなかった。こんなふうに作った

イメージを頭の中の仮想空間に一つずつ詰め込むの。必要に応じて空間はいくつだって作ることができた。例えば、やらなくちゃいけない用事なんかは、自分の家を想像して、そこに保存する。青い表門を開けて中に入ると、庭に黒い蛇が頭をもたげていて、その周りには暴風が吹きつけているような。その暴風はいつになったら消えるんだろう。おそらく一六七ページまで読んだ『嵐が丘』を読み終えたら消えるだろう。そんなふうに頭の中の家を歩いていけば、一つずつやらなければならないことが見えてくるわけ。そして家の中に入ると、人間ほどの大きさの菊型の今川焼たちがソファに座って、自分の方がアツアツだと言い争っていて、台所ではオリビア・ハッセーが水着姿で英語の単語を覚えている。一ヶ月間のスケジュールは、国鉄と地下鉄一号線の駅を1から31まで覚えて、そこに保存したの。彼はたびたび想像の中の地下鉄に乗って、色とりどりの服に着替えてプラットホームに立っている人々と、用件をチェックした。

記憶の貯蔵空間のなかで一番精巧だったのは、「一九七四年、記憶のソウル」だった。彼は光化門《クァンファムン》交差点から鍾路五街までの街をまるごと頭の中に入れたの。それは一年かけて、とても丁寧に作った仮想の街だった。お店や民家、それに街路樹や横断歩道や露天商を、しかも建物の二階と三階まで含めての話よ、それにいつも会う店の人たちに至るまで、全部頭の中に入れたから。一九七四年、そのすべてを暗記した彼は、いくら長い文章や会話でも助詞一つ間違わずに記憶することができた。「一九七四年、記憶のソウル」に作ったイメージのすべてを詰め込めば、いつでも「一九七四年、記憶のソウル」の中を歩くだけでよかったから。〈奨学クイズ〉の年間チャンピオンになることなど、彼には朝飯前のようなことだったのよ。

毎週土曜日の夕方、彼がわたしの家を訪れるようになったのは、その翌年からだった。彼が訪れると、父は彼を連れて書斎に入った。高校三年生と内務部の理事官の間に、何をあんなに話すことがあったんだろう。二人の話はいつも一時間以上続いてた。ときには夜遅くまで長引く日もね。わたしはふだん無口な父とあんなに長く話せる彼を本当にすごいと思ってた。そんなある日のことよ。父が二階のわたしの部屋に上がってきて、ちょっと降りてくるようにと言ったの。父についていくと、彼が庭に立っていた。イ君がお前に話があるそうだ、行ってみなさい。そう父が言った。わたしはスリッパを履いて庭に出た。長く蒸し暑かった夏が終わろうとしていた。昼はともかく、夜はすでに秋に占領されていた。76だ、と彼が言ったの。何ですって？　わたしは聞き返した。こんな涼しい夜は76なんだ。彼が言った。昨年、ファシン百貨店の前で僕と会ったこと、覚えてる？　わたしはうなずいた。あのとき、僕の後ろに友人がいたんだけど、それも？　今回も首を縦に振った。何人だったかも？　わたしはそれほど記憶力がよくないんです。わたしはそう言った。あのとき、君を見た友人の一人に頼まれたんだ。何をですか？

そしたら彼が「チョン・ヒソンさんへ」と、ぼそぼそ手紙を暗唱しはじめたの。誰かの詩や小説をコピーして作った文章。しかし、自分の感情が何なのかもはっきりわからないままに愛だの恋だの、いい加減に騒いでいるだけの幼稚な手紙だった。目で読むのならともかく、暗唱するのを聞いたせいか余計につたなく聞こえたんだと思う。正直がっかりした。聞かされた後、彼は言った。僕は文書を持ち歩かないので、手紙はないんだ。返事は今ここで僕に伝えればいい。僕は記憶力がいいから、どんな長い文章でも構わない。記憶する必要などありません。返事はないから。天才だと聞いたけど、そんな幼稚な手紙なんかを覚えているとは思わなかったわ。そう言い放って彼に背を向けたの。そしたら、彼がわたしの腕をつかんだ。僕の名前はイ・スヒョンだ。君は僕の名前を覚えなければならない。どうして？　わたしは聞いた。僕は有名になるから。有名になるですって？　そうだ、誰もが僕の名前を記憶することになるだろう。新聞各紙に僕の名前が載り、僕を知らない人などいない。君にふさわしい男はそれくらいじゃないと。だから、君はいつも僕のことを覚えてなければならない。そう言って、彼はわたしを家の方に押しやった。これからも君にはこんなまぬけなヤツらがたくさん言い寄ってくるだろう。そのたびに、今、僕に言ったみたいに言うんだ。もう一度言ってみて。わたしは顔を逸らしてぷっと笑った。本当に幼稚なのね。新聞に名前が一度でも載ったら、今の話を信じるけど。信じるようになるさ。結局は、君は僕の話を信じることになるよ。本当だ。僕たちはだんだん似ていくだろうから。そして彼はわたしにキスをした。父がまだリビングにいるというのに。心臓が凍りつくかと思った。そして彼が言ったの。君はもう僕の女になったから、君が二十歳になるまで待つよ。

＊1【行政高試】国家公務員上級職試験。
＊2【カナダラ順】韓国語における字母の配列順、日本語のアイウエオ順にあたる。
＊3【壬辰倭乱】豊臣秀吉による文禄の役。

夏の夜、イチョウの木の下での誓い

　ソウル駅のプラットホームに降り立ち、出口へと続く地下道の入口に立った僕は、氾濫した川のように階段を降りていく人々の姿に圧倒された。ふたたび戻ってきたソウルは僕にとって、数えきれない人々の悩みと希望と喜怒哀楽がクモの巣のように絡み合い波打つ大洋のようだった。一千万人もの人が都会の荒波の暮らしのなかでも、くたびれたり諦めたりしないのは、彼らが強いからではないということが、今の僕にはわかる。彼らは十分弱いが、信仰と希望と愛が彼らを強く逞しくしたのだ。その強靭さの源は、列車の中で彼女が聞かせてくれた話からも見つけることができた。この世に生まれ、ある人と出会い、また運命のように再会して、たびたびその人の顔を思い出し、そのうち彼を愛するようになり、火傷《やけど》を負ったみたいに愛した跡を消すことができずに、死ぬときまでその人のことを記憶し続けるといった話のなかに。階段の入口で立ち止まった僕は、黒や白、あるいはグレーの髪や帽子、スカーフやハゲ頭やパーマ頭やらを眺めた。彼らにもみな、そんな物語が一つくらいはあるだろう。信仰と希望と愛の物語が僕たちを生かし続けていることが、今では僕にもわかる。信じることと希望することと愛すること、そのなかでも愛するものを奪えば、人間としての生はその瞬間終わってしまうと言ったクォン大佐の言葉の意味するところも。だから父の死を知ったときから、僕は死んだも同然だったということも、今ではわかるのだ。

　しかしソウルに着いたその日の夜から、僕は強くなった。なぜならその瞬間からまったく違う物語が始まったからだ。そのことを話すためには、誰もがみなカントと呼ぶとしても、僕だけはヒソンと呼ぶ必要がある。しかし、当時の彼女は誰の前でも自分を女性として見せたがらなかったので、その意思を尊重して、ひき続きカント兄と呼ぶことにする。カント兄は一九八四年十二月、僕が出演した〈年末特番――ワンダーボーイ大行進〉を見て、ふとこんな疑問にとらわれた。わたしは彼を心から理解していたのだろうか。彼がなぜ毎晩のように幻影として現れ、上鳳ターミナル、市外バス、船橋荘、烏竹軒、洛山寺、鏡浦台、雪岳山といった言葉をつぶやいているのか理解しているのだろうか。『史記列伝』にある漢字は、それがどんなに難しいものであっても、辞典を引いて脚注を探せばやがては理解できたが、死んだ婚約者については、それが鏡浦台や雪岳山のような具体的な地名であっても、なぜそんなことを言うのかわからなかった。そんな理解できない婚約者の姿を頭の中から消すために、毎晩『史記列伝』の原文を読みながら眠りにつこうとしたカント兄はある日、夢と現《うつつ》の境界で、数百のシルクの切れ端をつなぎ絹糸の刺繍を施した、華やかな色彩の服の写真を一枚目にする。その写真の下には「愛の跡、一九四五～一九八七」とあった。夢うつつで見たその写真について何日も考えをめぐらせていたカント兄は、いつか必ず書こうと決めていた本のことを思い出した。臨死体験をした人に、死とは何かを尋ね、その回答をそのまま記録した本を。僕が取調室で拷問を受ける人々の心を読んでいた一九八五年、カント兄はそんなふうに生と死の境まで行って戻ってきた人々を訪ね歩きインタビューをしていた。そのインタビューは九十分のカセットテープ、六十二個に録音された。
そのテープは鍾路の裏通りにある図書出版「禅思想」の編集部に保管されていた。その出版社の代表は道善《トソン》という天台宗の僧侶で、編集長はカン・ジェジンという人だった。ジェジン氏は解職記者[*1]ではあったが、正直なところ、記者として働いたのはたったの六ヶ月だった。高校の生物教師だった彼は、科学の専門記者を探しているという求人広告を見て新聞社に入った。一ヶ月間の実習後に書いた最初の記事のせいで検察に起訴された。問題になった記事は次の通りだ。

一度通った道では絶対寝てはならない。
目よりも鼻が先にあるから、目より鼻を信じろ。
風が吹いている方向に走るのは愚かなことだ。
流れる川の水は多くの病気を治療してくれる。
身を隠す場所があるのに、ひらけた場所に出てはならない。
できるだけ直線の足跡を残さない。
見慣れぬものはひとまず敵とみなす。

土埃と水は臭いを消してくれる。
ウサギが住む森でネズミ狩りをしたり、鶏が遊ぶ場所でウサギ狩りをしてはならない。
草むらには入らない。

彼を拘束した検事は、この記事が武装遊撃隊の活動を鼓舞あるいは称賛し、その指針を盛り込んだものではないかと追及した。検事は「敵に追われれば逃げ、敵が休んでいれば困らせ、敵が逃げれば追いかける」という一文を読み上げ、このことについてどう思うのかと尋ねた。彼はどうもこうもなく、それは永久の真理だと答えた。ところが、その文章は毛沢東が書いたゲリラ戦術で、彼は結果的に共産主義を真理と考える左翼の烙印を押されてしまった。彼は記事中の金科玉条は、共産主義の遊撃隊戦術ではなくアーネスト・トンプソン・シートンが母ギツネから学んだものだと何度も説明したが、検事はまったく聞く耳を持たなかった。誰だと？アーネスト・トンプソン・シートン。『動物記』を書いた人だ。取り調べの際、隣の部屋で取り調べを受けていた人のなかにカント兄がいたそうだ。カント兄はそこで拷問を受け、生死の境を経験した。カント兄と一緒に連行された婚約者は、拷問で死んだのに間違いないが、その死体は取調室ではなく忠清南道の海岸から発見された。全身アザだらけだったが、警察は解剖さえ行わずに自殺と処理し、家族の同意を得ることもなく火葬させた。それは光州《クァンジュ》で軍人が市民に向けて発砲した事件が起きてから数ヶ月後、つまりムゴン氏が留置場で鉄格子を曲げてしまおうかどうか迷っていた頃のことだった。

ジェジン氏の弁護士は弁護の準備などしなかった。『シートン動物記』を持って法廷に入っただけ。その一冊で十分だったのだ。検事はシートンを何とか共産主義に傾倒した人物にでっちあげようとしたが、それはキツネを法廷に立たせるぐらいに難しかった。ジェジン氏には無罪判決が下された。新聞社に戻った彼は〈生活の知恵〉という連載コーナーに「水死体を見分ける方法」というタイトルの記事を書いた。記事では死体を溺れて死んだ死体、殴られて死んだ死体、自ら命を絶った死体、薬品による死体などと区分し、それぞれについて詳しく書きたいところだが、紙面上の都合で水死体の見分け方だけを取り上げるとし、その特徴について長々と述べた。そして一番最近の例として、カント兄の婚約者の遺体に見られる特徴を取り上げた。記事の内容と実例にズレがあったので、誰が読んでも矛盾だらけの記事だった。結果、新聞社には抗議の電話が絶えなかったが、彼はそうした電話にはまったく出ずに済んだ。なぜなら記事が掲載されたその日の朝、自宅で捜査官に逮捕されたからだ。今回も同じ検事が彼を取り調べた。検事は獲物を前にしたライオンのようにジェジン氏に唸り声を上げ、どういう意図でそのような記事を書いたのかと詰問した。彼は読者に科学の常識を提供するための記事だと真っ向から受けとめた。そのコーナーには以前から科学的な常識、すなわち「夏、ビールがぬるいときは？　氷を入れて飲めばよい」とか「料理が水っぽいときは？　塩をもう少し入れるとよい」といったような記事が掲載されていた。

すると検事は記事の矛盾点を指摘した。水死体の特徴と彼が最近の例として挙げた遺体の特徴は一致していなかった。

「こんなでたらめな記事を出してはいかんだろう！」

検事が声を荒げた。彼は自分の非を認めた。

「ちゃんと確認しないで記事を書いたのは、まったくもって私のミスです」

そう言うと、彼は続けた。

「それで訂正記事を出すつもりでいました。おそらく今日付けの新聞に載っているでしょう」

捜査官が持ってきた新聞を読んで、検事は彼を逮捕した翌日に次のような訂正記事が載っていたことを知った。

〈生活の知恵――水死体を見分ける方法〉で、最近の例として取り上げたイ・スヒョンさん（二十三歳、大学生）は、水死ではないことが判明したため訂正いたします。近年、水死の特徴が見られない水死体が海辺で発見されることが多く、こうした誤りが生じた次第です。

今後は確認を徹底してから記事を掲載する所存です。

今回は検事も決して退《ひ》かなかった。結局、彼は名誉毀損罪で有罪判決を受け、刑務所に服役した。水死体を水死体ではないと示したことで、水死体の名誉を傷つけたということだった。こうして彼は新聞社から解雇された。解雇された後は、出版社を作って自分の考えを広めようとしたが、一九八一年以降、ソウルでは出版社を新たに作ることが法律で禁じられていた。それで登録はされているものの、事実上は廃業状態にあった出版社の名義を借りて『シートン動物記』を出した。これが『シートン動物記』が図書出版禅思想から出版された理由だ。図書出版禅思想ではなく図書出版純福音だったとしても、ジェジン氏としては選択の余地がなかったが、それでも「思想」という文字が入っているから、まだマシな方だと考えていた。

カント兄が記事を書いてくれたことへの感謝の意を伝えるために、正体不明の一人出版社である禅思想を訪れたのは、二人が取調室ですれ違うように出会ってから二年後のことだった。最初、ジェジン氏はカント兄に気づかなかったそうだ。出会ったときとは別人になっていたからだ。短く刈り込んだヘアスタイルに男性の服を着ただけでは十分でなく、ホ・ヨンマンの漫画からとったカントという名前で呼んでほしいと言われたためだ。「光を見てから生まれ変わったんです。これは二度目の人生です」。カント兄はそう言った。ジェジン氏の話を聞いて、僕はなぜか寂しい気持ちになった。できれば二度目の人生などない方がいいことを、今ではよくわかるからだ。そしてカント兄がなぜ僕たちが似ていると言ったのかも理解した。それは眠れない夜をやり過ごすとき、僕たちが目を開けて見る夢のせいだった。

「カントは毎晩、明るい光の中へ婚約者が消え去るのをなすすべもなくただ見ていると言ってた。そのたびにカントは叫んだそうだ。死なないで。死なないで。死なないで……しかし、いくら叫んでも、婚約者はカントに向かって最後に手を振ると、その光の中へ消えてしまうんだとさ。そうしているうちに切実な願いが叶ったと言うか。ある夜、ついに時間が止まったと言ってたよ。俺はそんなカントを見て考え込んでしまった。哀れだとか不憫だとか、そんな気持ちはまったくなかった。俺は可能性について考えたんだ。時間が止まることが可能かどうか。死んでしまった人間と生きている人間がふたたび会える空間が存在するかどうか。そのとき、突然カントが俺に〝そんなふうに思ってくれて、ありがとう〟と言ったんだ。自分の話に耳を傾けてくれてありがとうと。また、可能性について考えてくれてありがとうと。そのとき、俺はレイモンド・ムーディ博士が書いた臨死体験の報告書について考えていた。科学的には証明されていないが、生と死の境界線まで行って戻ってきた多くの人が、カントが見たという光のことを語っているのは事実だ。それに、その光を見た後、人の心を読めるようになったり、熱病にかかったみたいに深い恍惚感を継続的に経験したりするケースがたびたび報告されていることも。だからカントが俺の考えを読んだとしても、そんなに驚くことではなかった。そしてカントは強くなりたいと言った。欠落した存在ではなく、完全な存在になりたいと。それで俺は言った。君はすでに完全なんだ。俺たちは完璧だから、ここに生きているんだ。生命とはもともと完全なものだから」

＊

ソウルに戻ったその日、僕はカント兄の紹介で図書出版禅思想の雑用係になった。会社の事務室により寝場所の問題が解決し、カント兄からレコーダーとタイプライターの使い方、そしてテープ起こしのやり方などを習った。寝る場所も金もなかった僕にとって、これ以上いい仕事はなかった。少し落ち着いたら、勉強を続けて高卒認定検定試験を受けようと決めた。こうした変化のすべてはカント兄のおかげだった。僕は感謝しながらも疑問は残った。

「どうしてここまで助けてくれるんですか」

そう尋ねると、カント兄はこちらをじっと見つめて僕の手を取った。少ししてから彼は口を開いた。

「もうわかるよね？　わたしがどんな気持ちで君を助けているのか。君はすべて感じとっただろうから」

「あ、それで……」

僕はまぬけな顔でポカンと口を開き、すべてわかったかのように首を縦に振りながらもわからない、本当に彼の心がわからなかった。僕に感じられるのは、僕の体に触れる彼の手と、そのたびに電流が流れるみたいに体じゅうが痺れることだけだった。ときおり出版社に立ち寄ったカント兄が帰り際に、僕をそっと抱きしめてくれることもあったが、そのときは電流なんてものではなく、花の香りを吹きつける暴風に一人耐えているような気持ちすらした。そうしなければいけないようだったので一応耐えてはいるが、なぜそんな甘い暴風に対峙し耐えなければならないのか理解できず、たとえ理解できたとしても長くは持ちこたえられないことを知っている人の心情だった。そんなふうにみんなが帰ってしまうと、事務所には僕だけが残った。最初は頑張っている姿を見せようと、夜もカント兄が録音したテープを聞いたりした。テープが回ると、ほどなくしてスピーカーからこんな声が流れた。


昔のことなんか、もう記憶力なんぞまったくないさ……いやいや。わたしゃ、孫たちには絶対そんなこと言わんよ……息子にも話せんかったのに。息子にも話せんかったよ。骨身にしみるそんな話、いったい何のためにするんだね。わたし一人の苦労で十分さ、何のために子どもにまで。わたしゃ言ってないんだけど、うちの弟が話したから息子は知ってただよ。わたしゃ一言も言ってねえだよ、息子にも……わたしゃ息子に、お前の父さんがどんなふうに死んで、その後どんなふうに生きてきたか、お前たちのために物乞いをして、それで食べさせてたなんて、絶対言わんよ、これまでも言ってねえだよ、わたしゃ言わんよ。

父が亡くなって、中学校に入ろうとしたら、出生届を出してなくて戸籍がなかったんです。母はすでに他の男性と再婚していたんですが、自分の戸籍を作るために父の戸籍に入り直して、それから改めて再婚先のキム氏の戸籍に移しました。なにもかもが悔しいです。父の財産も全部失ったんです。そんなこと、どうやって言葉で言い表せますか。私のこと、戸籍にも入れてなかったんですよ。戸籍が空になっていた間に、すべてのものが消えたんです。もう何も望んでいません。子どもたちに余計な被害がなければ、それでいいんです。

出版社の向かい側のビルには〈龍宮〉というスタンドバーがあり、そこの看板は一番上から一字ずつ点滅を繰り返していた。僕はタイプライターに紙をセットして「わたしゃ、息子にも話せんかったよ。骨身にしみるそんな話、いったい何のためにするんだね」とか「そんなこと、どうやって言葉で言い表せますか」といった文章を打ち込んでは、点滅するその看板を眺めた。

僕はレコーダーを止めると、本棚から本をとって読んだ。ゲーテの『若きウェルテルの悩み』、スタンダールの『赤と黒』、エミリー・ブロンテの『嵐が丘』といった小説だった。テープのなかの女たちがとても口にできなかったこと、だから誰にも書きとめられない言葉、そしてそのため誰にも伝えられないそれらの文章よりも、小説のなかの文章により心が惹かれた。「いや、大丈夫！　すべてが大丈夫！　私が彼女の夫ならば！　ああ、神さま、私をお作りになったあなたがそのような祝福を私のために用意されたなら、私の人生は一生止むことのない祈りになったことでしょう。是非を正すのではありません。この涙をお許しください、このようなむなしい望みをお許しください！　彼女が私の妻ならば！　太陽の下で最も愛しい彼女を私の胸に抱くことができたならば！」といった文章。あるいは「私はたった一つだけを祈るよ。自分の舌が固まるまで繰り返すよ。キャサリン・アーンショーよ！　あなたは私が生きている限り安らかではいられない。あなたは、私があなたを殺したと言った。だったら幽霊になって私を訪ねてくればいい！　死んだ人は幽霊になって自分を殺した人を訪ねてくると言うじゃないか！　私は幽霊が地上をさまよっていることを知っている。いつも私と一緒にいてくれ。どんな形であれ、いっそ私を狂わせてくれ！」

夢中になって小説を読み終えると、いつもの熱帯夜で、興奮のためか暑さのためかわからない熱気に耐えられなくなった僕は外へと飛び出したりした。鍾路四街まで歩くと少し熱気が収まってきたので、道路を渡って引き返した。夏の夜の鍾路は、酒に酔ってふらつく人たちの共和国だった。店がシャッターを下ろし薄暗くなった道路で、少しでも光を放っているものはすべて彼らのためのものだった。ビアホールと屋台とクッパ屋の明かり、逆さまになってオーブンの中で回る羽をもがれた鶏と、生きたままフライパンの上で焼かれていくウナギと、真っ赤な汁をかぶっておいしそうに煮込まれていくアンコウ。闇を見まわす回転灯の冷たい明かりと路地裏の電柱にぶらさがっている外灯の温かな明かり、最終バスを待つ人々の焦る視線……闇の中、夏の夜の人々はまるで帰る場所のない孤児のように街を歩き回っていた。鍾路五街の方へ、または鍾路一街の方へと。乙支路《ウルチロ》の方へ、あるいは栗谷路《ユルゴンノ》の方へ。胸ぐらをつかんで押し合いへし合いしている酔っぱらいもいれば、中年男性や十代の少年たちを前に精力増強剤の自慢をする露天商もいた。不法コピーした歌謡テープを売っているリヤカーからは夜遅くまで流行歌が流れていて、年齢を問わず通りかかる男たちの袖をつかんで離さない女たちもいれば、段ボールを敷いて寝ているホームレスもいた。そんな光景を目にしつつ、少しぬるい夜の空気を吸いながらパゴダ公園まで歩くと、僕は足を止めて三一門《サムイルムン》の向こう側にある一本のイチョウの木を見上げた。その夏の夜、僕はそのイチョウを眺めながら数えられないほどの決心をした。たくさん学ぼう！　いっぱい勉強をしよう！　検定試験に合格し、大学にも入るんだ！　必ず立派な人になる！　金をたくさん稼ぐんだ！　僕も人を助けながら生きていく！　そしてこんなことも心に決めた。母さんを探すんだ！　母さんに会う！　たった一度でいいから、母さんと呼んでみる！　しかし、もちろんこんな決心はできなかった。彼女の夫になるのだ！　その頃になると僕も、誰の胸の中にも言えないことが一つくらいはあることがわかるようになっていた。そして、話せないその心の内を理解してもらうのは、とても難しいことであることも。

＊

夏が終わる頃、台風十三号〈ビロ〉が朝鮮半島に上陸した。マスコミはこぞって一九五九年の台風〈サラ〉以来、最大の被害が予想されると騒ぎたてたが、さすがにとんでもない強風だった。一日中出版社の窓ガラスがガタガタ鳴った。テレビのアンテナが折れ、街路樹がなぎ倒されたところも多くあった。すでにインタビューのテープ起こしも終わっている頃だったので、僕にはこれといった仕事がなかった。事務室とトイレの清掃やゴミ出しといった雑務に加え、国立中央図書館に行って論文をコピーしたり、原稿を受け取る仕事を手伝っていた。台風の日は鍾路書籍にいたのだが、そこで突然停電に見舞われた。書店員たちが店内のあちこちにロウソクを灯した。ロウソクを借りてようやく見つけた本を購入して外に出ると、まだ午後四時だというのにあたりは薄暗かった。会社に戻ろうと少し歩いただけでびしょ濡れになってしまった。片手にはぽたぽたと雨水がしたたる傘を、片手には本の包みを持って鍾路二街の裏路に入った。出版社のあるビルの二階に上がると、事務室のドアが少し開いていて、中からカント兄の声が聞こえてきた。

「絶望的な状況です。隣で人が死んでいくというのに、誰一人苦しんだりしない。権力による非道な暴力を恐れながらも、人の苦しみには目を閉じてしまう。なぜなら、この国では人の苦しみに共感すること自体が弾圧の対象で、利敵行為だから。だから苦しみの渦中にいる人たちはますます孤独になるしかない。そんなことがあっていいんですか。国家はなぜ苦しみを表明する人を敵とみなすんでしょう。そうではないのなら、貧困にあえぐ人や、迫害される人の苦しみや痛みに共感する人を反政府活動だと追いつめる理由など、どこにあるんですか。わたしたちにはこんな国ではなく、違う国を選ぶ権利はないんですか。ないとしたら、冷酷な国家暴力に怯えて人の苦しみから目を逸らす人たちに対して、いったい何ができるでしょうか。わたしたちにできるのは、恐怖よりもっと強く、人の苦しみを感じさせることです」

「それはいったいどういう意味だ?」

ジェジン氏の声がした。

「すべての苦しみは恐怖よりはるかに強いんです。それが自分の苦しみの場合は。でも、どんなに大きな苦しみであっても、それがそのまま他の人に伝わることはない。それがわれわれの限界です。そのせいで、われわれはこんな国を持つことになったのです。もし他人の苦しみを自分のものとしてそのまま感じとることができるなら、いかなる国家も権力も個人を抑圧することはできなかったはず。人の苦しみを恐怖よりもさらに強く感じなくてはならないというのは、そういう意味です。今とは違う国を望むのなら、人の苦しみを自分のもののように感じなくてはならない。それが無理なら、何か別の方法があるはずです。人々に圧倒的な苦しみを見せつけるとか」

「例えば？」

しばらく会話が切れた。僕はそこに割って入ろうとしたが、ふたたびカント兄の声が聞こえてきた。

「例えば、焼身《プンシン》とか」*2

プンシン？　プンシンって何だ、と僕は思った。分身術《プンシン》のことか？

「そんなの話にならない！　そんなのはダメだ」

急にジェジン氏が早口になった。

「それは人の苦しみを理解することとはほど遠い。それは人間の苦しみを見世物にすることだ。犠牲を単なる物と化してしまうことなんだ。苦しみや犠牲は絶対に見世物になってはならない。見世物になった瞬間、みんなを野次馬にしてしまう。人々を望んでもいない野次馬に仕立てて、見物代を要求してはならない。そんなものは恐怖より強い苦しみなどではなく、恐怖より強い恐怖でしかないんだ」

「すべての人に影響を与える必要はないんです。変わるのが一部だけだって構わない。国家暴力に対する恐怖より、人の苦しみをより強く感じることができる人が現れ続けるのなら、それで十分」

ジェジン氏が長いため息をついた。

「それでジョンフンもここに連れてきたのか？　あの子は人の心をそのまま感じることができるから？　それで、あの子にプンシンでもさせる気か？」

おい、いったいプンシンって何だ？　僕をもう一つ作るということだろうか。ますます気になった。

「あの子には他にやることがあります。あの子は人の苦しみをすべて理解して、それをそのまま人に伝えられる能力があるから」

カント兄が言った。

「しかし俺の目には、ジョンフンは他の子とたいして変わらない。あの子に超能力があろうがなかろうが、それは重要なことではないんだ。これを見てみろ。あの子がやったテープ起こしだ。録音された音声もろくに理解できてなくて間違いだらけだ。証言する人の立場になって

二、三回注意深く聞けば大きく外れたりはしないだろうが、このあたりなどまったく別の話になっている。君の言葉通りなら、周波数に同調するラジオチューナーのように、あの子には人の感情や胸の内に同調する能力があるってことだが、そんな能力があったとしても、人間とは何かを理解できてないなら、何の役にも立たない。心の中を隅々まで覗いて見たとしても、まだ幼くて経験も足りないから、その心まで理解することはできないんだよ」

役に立たないからと、ジェジン氏が僕を追い出すと言うんじゃないかと心配になった僕は、ドアをぱっと開いて叫んだ。

「これからはちゃんとやります。テープ起こしもやり直します」

停電で真っ暗な事務室には、二人のシルエットがあった。二つのシルエットは一つだったが、僕を見て二つに分かれた。僕は本と傘を床に下ろした。そしてそのまま走り去った。僕を呼ぶ声が聞こえたような気もしたが、階段まで来るとすぐに雨音にかき消されてしまった。傘を持ってくるべきだった……と、不意に思った。しかし台風のせいでどうせ横殴りの雨だ。傘があっても役に立ちはしない。だけど、プンシンの意味だけは聞いておけばよかった……それは今度聞くことにしよう。僕は走りだした。何が何だかわからなかったが、とにかく恥ずかしかった。恥ずかしくて、あの二人がいなくなるまでは事務室に戻ることなどできそうになかった。雨のなかを走っていると、なぜか台風に立ち向かって一人耐えているような気がした。なぜ耐え忍ばねばならないのかもわからないまま、そして耐えたところで長くは持ちこたえられないこともよくわかっていながら。

＊

そして僕は熱に浮かされた。最初は頭の片方が他と比べて少し重い感じだった。小石ほどの大きさの、とはいってもせいぜい十グラムほどの鉄の塊が頭の中に入っているようだった。その鉄の塊が生きている生命体かもしれないという気がしてきたのは、仕事が終わって誰もいなくなった夕方、一人ソファーで寝転んでいたときだった。その鉄の塊が今では左の眉あたりまで下りてきていて、僕の動きとは関係なく鋭利な尖端で頭の中のやわらかな肉を刺しまくった。予期せぬその痛みよりもっと怖いのは、その塊がだんだん大きくなっていることだった。鉄の塊の大きさに比例して体温も上がった。僕は布団をくるくる巻きつけて横たわり、うわごとを並べた。事故に遭ったときとはまったく違う意味で、僕は死を予感した。あのときが歓びに満ちた白い死だとすれば、今回は闇に満ちた黒い死だった。事故のときは後悔など何一つなかったが、今回は後悔と申し訳ない気持ちでいっぱいだった。なかでも一番悔やまれるのは、母の記憶がないことだった。母から生まれたのだから、一度は絶対母の顔を見ているはずだ。なのに、僕はその顔を覚えていない。僕は母に申し訳ないと謝った。ごめんなさい。するとぽろぽろと涙が溢れ、耳の中が汗なのか涙なのかわからない液体でいっぱいになった。

その熱さのなかでどれくらい寝込んでいたのだろう。耳の奥のどこかはるか遠くから、かすかな太鼓の音が聞こえた。カエルが叩いているようなとても小さな音。太鼓の音は少しずつ大きくなり、僕はその音に耳を傾けながら徐々に眠りから目を覚ました。じっと耳を傾けていると、そこにはフルートの音やラッパの音、また笑い声もあった。それらの音を聞いていると、僕の胸はときめき、ふたたび痛んできた。涙が溢れ出そうでもあり、全身がくすぐったくもあった。目を開けると、そこはあいかわらず一字ずつ点滅を繰り返す龍宮バーの看板が見える出版社の事務室だった。黒い皮のソファーと布団は、僕が流した汗と涙で湿っぽくなっていた。普段と違って窓の外が変に明るい感じがした。僕は気になって体を起こした。布団をめくると、誰か違う人の体、そうでなければ新しく作った体を初めてまとったように、肌に触れる空気の粒子さえもはっきりと感じられた。僕は額に触れて熱があるかどうか確かめた。熱いのか冷たいのか、まったくわからなかった。音楽はますます近づいてきていた。体を起こそうとしたが、力が入らなくてふらついた。いきなり涙が溢れた。僕はもう一度体を起こした。

ようやく辿り着いた窓を開けてみると、普段なら人気《ひとけ》のない深夜の裏通りをパレードが通過していた。どこかで赤ちゃんが生まれたのか、おくるみにくるまれた赤ん坊を抱いた女性がパレードの一番先頭を歩いていた。赤ん坊の後ろには鼓笛隊が続き、誕生を祝う歌をそっと演奏していた。この世に辿り着くまでの旅に疲れたのか、演奏の音にも赤ん坊はすやすやと寝ついていた。赤ん坊が通り過ぎ、鼓笛隊が通り過ぎ、静かなお祝いの音楽が通り過ぎていった。そして人々がその後について歩いていた。僕は窓際に立ち、通り過ぎる人々を一人ひとり見つめた。笑っている人もいれば、泣いている人もいた。ぎゅっと手をつないで歩く恋人たちと、首《こうべ》を垂れて何かつぶやいている男もいた。血だらけになって歩く青年もいれば、よほど泣いたのか化粧が崩れてひどい顔の娘もいた。歩けなくて車椅子に乗るおばあさんがいて、目が見えなくて杖で叩きながら歩く中年男がいて、坊主頭にマスクをした縞模様《しまもよう》の入院服の小学生もいた。その後ろをジェンツーペンギンとオランウータンが、シベリアムクドリとタイリクハクセキレイとヒヨドリとカケスとツグミとシマノジコが、他にも死んでいったすべての動物たちが続き、最後に父が僕の前を通り過ぎていった。もう僕は父を呼んだり手を差しのべたりせず、ただ静かに見守った。彼らが通りを完全に通り抜け、かかとを上げて歩くときみたいに静かに響く鼓笛隊の演奏も遠ざかるまで。そんなふうに息を殺した太鼓の音がおぼろげになったとき、僕はお母さん、と声に出して呼んでみた。いっときは母の喜びのすべてだったはずの僕は、いかなるときでも病気をせず、ケガもせず、泣いたり悲しんだりしてはならなかった僕は、病気になった体で、泣き顔で、もう一度、お母さんと声に出して呼んでみた。

＊1【解職記者】一九八〇年五月の非常戒厳令拡大措置により政権を掌握した全斗煥政権が、言論掌握のために行った言論統制政策により解雇された記者。
＊2【プンシン】焼身。自ら自分の身体に火をつけ自殺する。政治的、倫理的な抗議として行われることが多い。

成長は平凡な人間のわざ、恋は国力の途方もない損失誰かが僕の前に立ちはだかって人生とは何かと尋ねるとすれば、まずその人にこのぶざまな格好、つまり股と脇にようやく毛が生えはじめ、鼻の両脇に三日周期にニキビができて、毎日のように背が伸びるせいで手足だけが妙に長い猿とでもいうか——を見てもらえばいい。こんなみすぼらしい佇まいが人生の真の姿だという意味ではなく、今の僕にそんな質問を投げつけるのは、ようやく木登りを始めた子猿に向かって、なぜそこまで木に登ろうとするんだと尋ねるようなものだという意味で。ところが半年ぶりに会ったイ・マンギは、僕に対して全身でそんな質問を投げかけているように見えた。まるで野球選手チェ・ドンウォンの剛速球ともいうべき質問。果たしてあいつは答えを知っていてそんな質問を投げかけているのだろうか。そんなはずはないだろう。僕の目には、あいつは自分の存在自体がそのような問いを生みだすことにすら気づいていない質問だから。イ・マンギ、スプーンを曲げて食事の邪魔をするやっかい者で、僕の人生で出会った最大のミステリー。その問いについて何か答えねばならないのなら、僕はこう言おう。人生とは漢江《ハンガン》のようなものだと。この広大な川が日の沈む方向に流れていくように、人生もいつかは輝く光の波へと流れていく。僕らはそこで、既知の世界と未知の世界の境界線を越えることになるだろう。その境界線の向こう側について話をすると、それは目を開いて見る夢の中のこと、つまり白昼夢に過ぎないと誰もが言うだろうが、だからただの一度も、かつて見たたくさんの雪片について誰にも話したことはないけれど、僕にはわかっていた。

時間が経つと人は誰もが子どもから大人になり、結局は人生最期の瞬間にその光を体験するということを。

しかし、半年ぶりに食器業者の永遠の悩みの種である超能力少年イ・マンギと普信閣《ボシンカク》の前で会ったとき、僕は再会の喜びよりも、もしかしたら自分の考えが間違っているかもしれないという思いに少し戸惑った。大人になるということは、単に背が伸びて以前より数十センチ上の空気を吸うことだけを意味するのではないだろう。そうはいっても、二年前の〈ワンダーボーイ大行進〉に出演したときと半年前にスーツで着飾ったとき、それに今なお時間を素通りしたかのようにまったく変化がないのはどういうことなのだ。間違い探しのように、僕の記憶のなかのイ・マンギと普信閣の前に現れたイ・マンギとの違いを見つけようとしても……何一つない。あえてよくなった点を挙げるというならば、心配性の両親のようにあいつの後ろに立っている双子と同じく黒いスーツをまとっていたことだろうか。何はともあれ黒いスーツは重要だった。クォン大佐に連れられ青瓦台に行って、例の子どもに与えられる表彰状なんかを受け取って、その副賞として手に入れたものでなければ、あの黒いスーツはあいつがいつか言った通り、国が衣食住の面倒を見ている、つまり黒いスーツの双子と合宿訓練を始めているという意味だから。実はイ・マンギに肩をつかまれたとき、僕はすでに黒いスーツの双子のことを思い出していた。あいつの考えがよく読めたからではなく、なんにも読めなかったからだ。僕が心を読みとれない人がもう一人増えたわけだ。これで合計四人。

「今でもお前のクソ頭は壊れたラジオみたいにうるさく一人でしゃべってるのか、なぁ？」

僕が手を振り払うと、イ・マンギは僕を見つめてそう言った。

「お前こそ、あんなにあったスプーンを全部曲げたのか？　それで飯もろくに食えなかったようだな。その間にお前の頭は……」

僕はバスケットボールをキャッチするように両手をぐっと横に広げた。

「横に育ったんだな」

僕の言葉にイ・マンギが腰を曲げて笑った。イ・マンギが笑うのを見て黒いスーツの双子も歯を見せながら笑った。僕が双子の方を見ていると、突然笑うのを止めたイ・マンギに襟首をつかまれ、そのまま壁際に押しつけられた。僕はその手を振り払う余裕もなく建物の壁まで押しやられた。いや、そんな余裕があったとしても、イ・マンギの手を払うことはできなかっただろう。

「おれがお前にクソ恨みがあってこんなことをすると思うか、なぁ？　あのクソ番組に出られなかったからって、それでこのおれ様がこうしてるんじゃねえ。イカレ口には気をつけろ。もう一度おれの前でそのクソ身長の話をしたら、そのときはカワハギの干物にしてやるから、なぁ？」

イ・マンギは今にも殺しかねない勢いで僕の首を締めた。手足で壁を叩きながらもがくと、イ・マンギは手の力を少し緩めた。

「カワハギの干物……食べたいんだろう……だけど……それは……嘘……だったよな？」

ぜえぜえ言いながら、僕はやっとのことで言った。

「何のクソ嘘だ、なぁ？」

「国が……一生……食わせてくれると言ったこと……まともに……食わせて……もらえなかったから……チビのまま……」

イ・マンギがふたたび僕の首を締め上げ、片手で胸を三、四発殴った。おもわず開いた口からうめき声が漏れた。目の前がかすんで鍾路の街の風景が遠ざかっていった。通りすがりの人たちが足を止めて、僕とイ・マンギを遠巻きに見ている。黒いスーツの双子が人を追い払っても、薬などを売る露天商だと思われたのか、野次馬はどんどん増えていった。その光景が徐々に遠ざかると、次に野球場の風景が広がった。壇上で踊るチアガール、ライオンの被り物をかぶって両手でV字を作っているキャラクター、缶ビールを飲みながらヒットが出るたびにこぶしを振り回して歓声を上げる大人たち、彼らのつく悪態。やがてファウルボールが僕の席の方に向かって飛んできた。そのボールを目で追っていると、虫取り網を持って地下鉄が来るのを待っていた僕を、やけに周りの視線を気にして「秋なのに昆虫でも捕まえるつもりか？」と小言をいう父のことを思い出した。僕は人にぶつからないよう左右を見回しながらも、虫取り網を持ったままボールがどこまで飛んでくるのか注意を払い、観客席の間を走った。人々の歓声がわんわんと響き渡った。そしてふと、僕はそのすべてが夢であることに気づいた。突然思い出した父のことも僕が作りだしたものだった。あんなにねだったのに、父は一度も僕を球場に連れて行ったことがなかったのだ。

*

ふたたび目を開けたとき、何も見えないままだったので、僕はまだ夢の中だと考えた。しかし僕は目隠しをされ、悪徳業者が作った不良品のハンバーガーのパテのように二人の間に――言うまでもないが黒いスーツの双子――ぴたっと挟まれていた。車の中にいるようだったが、そこはこれからの人生で心身がくたびれるたびに訪れたくなりそうな、お寺のように静かなところだった。うんうん唸るエンジン音と隙間風の音を除けば何の音も聞こえない、つまりこの車には、何も考えずに生きている人間だけが乗っていたのだ。耳からも頭からも沈黙だけ。店頭に長らくディスプレーされていたせいで少し傷んでいるものの、使うぶんには何の問題もない、しかし明らかに割引価格で売られるであろう沈黙とでもいうか。

「窓の外を見ないと酔ってしまうんだけど……」

「花見の観光バスだとでも思ってるのか？」

誰かが言い、何人かの笑う声がした。その声から、僕は前の席にイ・マンギと運転手が乗っていることがわかった。僕は恐ろしい場面をあれこれ想像しはじめた。核爆弾が投下されたソウルの街のようなものを。数百万匹のウジ虫が、目と鼻と口が溶けてべとべとになった人間の皮膚の中に頭を突っ込んで這い回っている場面。死体の間に倒れている僕の体に、ネズミの群れとゴキブリが夕闇のように押し寄せ、僕の鼻の中へ、また口の中へと入っていく……ような場面。口の中で感じる、パリパリに固まったネズミの毛の、そのかさかさした感触。あるいは、ゴキブリの皮が裂けて滲み出た液汁が、喉をこそこそくすぐりながら食道をつたって降りていく感覚。しかし、それだけでは飽き足りず、僕はさらにたくさん想像した。ところが意外にも効果が現れたのは、口の周りにひげを生やしたある人の唇を想像したときだった。肝臓がよくなくて鮮紅色《せんこうしょく》とはほど遠い、どす黒い赤紫色の唇が歯の間に挟まっていた肉の塊のようなものを取り出してもぐもぐしながら僕の目の前まで顔を近づけて言う。これからお前を俺の息子だと考えることにする。僕はその唇のなめらかなところとシワになったところがどう開いてすぼまるか、つぶさに見ることができた。ついに僕は見えない助手席に向かって、自分の意志を送りつけることができた。オエエエエエ。

「車、車」　「止めろ」

両サイドからステレオサウンドのように、双子の兄妹の叫び声が聞こえた。変声期前の、グラウンドのスタンドで応援歌を歌うのにぴったりな少年少女の声。

「花見に行こうって言ってるわけじゃない。僕はもともと双子が苦手で、近くにいるだけで吐いてしまうんだよ」

僕は舌打ちしながら言った。熱のせいで何も食べてなかったので、黄色い液体しか出なかったが、吐いてしまうと楽になった。

「お前、おれに何のクソ恨みがあって、会うたびにこうなるんだ、なぁ?」

助手席のイ・マンギはほとんど泣きそうだった。

「私は」　「車で」

「吐く」　「人が」

「一番」　「嫌いだ」

双子ステレオが両サイドから聞こえた。車が停まると、双子は僕を引きずり下ろして目隠しをはずした。光のもとで目を開けてあたりを見回すと、夕焼けに染まった川が見下ろせた。坂の下には高級住宅地が広がっていて、その向こうにはコバルト色の空にそびえたつ南山《ナムサン》タワーが見えたので、その川が漢江だとわかった。僕は頭の中で社会科地図を広げてソウルの地図を思い浮かべた。僕の予想が正しければ、そこは龍山区《ヨンサング》、より正確に言うと漢南洞《ハンナムドン》だった。もう吐くだけ吐いたので、僕は口についたゲロを手で拭きながら、両側で前屈みになって吐いている双子を眺める余裕もあった。

「また逃げようなんてクソ考えは捨てたよな、なぁ？　逃げればそこにいるクソ双子の姉さんと兄さんにお仕置きされるぞ」

そう言う助手席のイ・マンギは、トンボの目みたいな黒いサングラスをかけていた。

「こちらのお二人は乗り物に弱いから長距離出張は難しいな。イ・マンギ、お前は子ども料金で行けるだろうが」

「何だって、なぁ？」

間髪を入れずにイ・マンギが大声を上げた。ちょうどテコンドーの黒帯を取って、腕試しの相手はいないか路地の隅々まで歩き回るバカのように。やっていることが同じだという意味において。それでもこの半年間、イ・マンギが国立超能力学校と呼ぶべき場所で、ワンダーボーイの速成課程を経たことを認めないわけではない。

「節約できていいじゃないか」

「哀れなヤツ。クソ背が伸びるってことがどういう意味かも知らないくせに」

イ・マンギが舌打ちした。

「背が伸びるというのは大人になるということだ」

僕は誇らしげに返した。

「それはたいしたことのない能力だったが、無料でラジオを聞けたお前のクソ頭が平凡になっているってことだ」

「オエッ、あの町のたくさんの子らと」　「お前は　オエッ、思春期」

「何ひとつ　オエッ」　「オエッ　変わらず、オエッ平凡になった」

「オエッ」　「オエッ」

「オエエエエ」　「オエエエエ」

双子もかろうじて僕らの話に割り込んで、一言ずつ応戦した。僕はイ・マンギのサングラスに映る自分の姿を穴があくほど見つめた。規則的な嘔吐のステレオサウンドの合間から、風の音だけが耳をかすめた。ただ風の音だけが。

*

この半年間、クォン大佐はイ・マンギの同期生として国立超能力学校の特進クラスにでも通ったのか、僕の姿を見ると自分が全知全能になったと言わんばかりにいばり腐った。祖国で起きていることはすべて把握していて、国家を守るためならいかなることでもできると。出会ったときからまともじゃないとしか思わなかったが、今ではネス湖の怪獣のように、溺れても口から火が噴ける境地に至ったようだ。僕たちがネス湖をめぐって戦うとしたら、一番苦しむのは誰だろう。あの人には苦しみという人間的な感情などわかるはずがないから、もし誰かが苦しむとしたら、湖だけでなく妖怪の座まで奪われる、あのかわいそうな怪獣に違いない。いずれせよ、少なくとも僕ではないということだ。僕は苦しみというより憎しみの火花を散らしてクォン大佐をにらみつけた。その唇を見ると吐き気をもよおし、むかむかするのは今も昔も同じだったが。

「僕の話は簡単です。父の手帳を返してください」

そう言って先制攻撃に出ると、大佐は当惑した顔を見せた。

「ほお、ここに捕らわれてきたのは君の方だぞ。俺ではなく」

クォン大佐が言った。

「先に連絡したのはこちらです。ほかに僕たちが顔を突き合わせて話すことなどありますか」

クォン大佐は少しでもいじれる場所がないか探す整形外科医のように僕の顔をじろじろ見つめた。なにも、それほど僕の顔が完璧だとはあえて言わないけど。

「最近誰かを愛したのか？」

法廷で命の尊さを主張する連続殺人犯のように、だしぬけにクォン大佐が〈愛〉という言葉を口にした。

「これから実践してみようかと思っています。イエス様が敵を愛せよとおっしゃったから」

「そういう愛ではなく」

クォン大佐が僕の話を遮った。

「世の中にはそういう愛とかこういう愛とかがあるんですか。まだ子どもだからか、僕にはよくわかりません」

そこはクォン大佐の執務室だった。クォン大佐の座っている机の後ろには、夕焼けの龍山区を描いた風景画のような窓があった。その巨大な窓はクォン大佐が情報系の第一人者になったことを物語っていた。これでクォン大佐の願いは叶ったことになる。明かりは机上のスタンドのみで、クォン大佐は窓を背にして座っていたため、その表情はよく見えなかった。クォン大佐は机の上の書類をよく読みもしないで、機械的に決裁欄に署名していた。

「女のことだ。君のチンコを勃《た》たせる。女を愛したのかと聞いてるんだ！」

「いったい何の話なのか……」

部屋が薄暗くてよかった。そうでなければ、僕の顔が赤くなったことに気づかれただろう。

「純真なフリをして、その真っ黒な腹の中がわからないとでも思ってるのか。人の頭の中まで読んでた君が、口で言ってる言葉がわからないだと？　どうしたんだ？　耳が遠くなったのか？　もう一度聞く。最近、女を愛したか？」

「〈表面的には男〉を愛したことはありますが……」

とぼけるつもりが、思わず本当のことを言ってしまったことになって、僕はすぐに口をつぐんだ。

「父親のほかに、だ」

ふう、幸いなことにクォン大佐は僕の心までは読めなかった。

「いくらとぼけても俺にはわかる。なぜかって？　君のそのぶざまな姿を見てみろ。髪の毛はぼさぼさに伸びて、喉仏はぐっと飛び出て、喉から出るのはかすれた声だ。脇と股には黒々とした毛が生えていることも、脱がせてみなくてもわかる。その卑猥《ひわい》なザマがな。双子の報告書を読まなくても、君が平凡な人間になっていくことは誰にでもわかる。それがどういう意味かわかるか？　君はもうこれ以上、人の考えを読むことができないってことだ。君の純粋さが失われるにつれ、君の超能力は消えていく。すべては愛のせいだ。ああ、くそったれの愛！」

クォン大佐はつらい初恋の思い出のある四十代の独身男のように言い放つと、決裁書類をぱっと机の上に投げつけて席を立った。そんな独身男の背景にはやはり、西の山に日が沈んだ暗い風景が最もしっくりくるだろう。

「この間、俺が君をさんざん探しまわった理由は、そんなことになるんじゃないかと心配したからだ。そうだ、小娘を愛する気持ちはどうだった? 転がり込んできた幸運を自ら蹴飛ばして、自分で自分の人生をダメにしていることも知らずに浮かれてたんだろうな。どこまでやったんだ。キスはしたのか」

「もしかして……妬《ねた》んでるんですか」

僕は呆れて聞き返した。するとクォン大佐は机から離れて、部屋の明かりをつけた。

「まったくまぬけなヤツだ。これは君が憎いからではなく、ただ人生の先輩として殴るんだ。気をしっかり持つようにとな。歯をくいしばれ。実施!」

そう言うと、僕が歯をくいしばる前に右の頬に二回ビンタを飛ばした。気をしっかり持つ前に、気を失うほど痛かった。涙がじんわり滲んできた。クォン大佐がこれほど妬み深い男だったとは。

「君は自分が世界一だと偉そうにしているが、君より優れた超能力を持つヤツらがごろごろいることを知らなくてはいけない。なかには引力を利用して月を地球に引き寄せてくるというヤツまでいた。そんなすごいヤツらも、その指より小さなチンコのなすがままに狂った犬のように飛び回って、結局はみんな平凡なヤツになっちまった。平凡になるということが、男にとって何を意味するのかわかるか？　それは力を失うこと、権力を失うってことだ。残りの人生は誰かの財布を満たすため奴隷のように働くことになるってことだ。ほら、イ・マンギを見ろ。チビだし、まだガキみたいな声だが、その小さな体にはバカにできない力が宿っていて、今じゃ捜査官でさえあの子の存在を無視できない。それに比べて君はもう何の使い道もない、ゴミ同然の、世界で一番つまらない人間になってしまった。時間が経てば心変わりしてしまう小娘など愛してしまって、その気まぐれな心がつかめず気を揉んでいるうちに、君の偉大な能力はすべて消えてしまった。もう君と呼ぶ価値もない、このまぬけ野郎め。それがどれほどの国家的損失なのか、わかるか？」

話しているうちに予期しなかった国家的損失に気づき、その無念さが募ってきたのか、また僕にビンタを飛ばそうとした。しかし今度は僕がその手を捉えた。

「人口を増やすことで祖国に恩返しします」

その言葉が気に入ったのか、でなければ僕に対する期待を完全になくしたのか、クォン大佐は手を下ろして机に戻った。

「もう消えろ。孤児のまま日雇い労働者になろうが、どこかの長屋で野たれ死のうが、もう君の好きにしろ。国家の温情を蹴飛ばして出て行ったのは自分自身だということを忘れず、残りの人生は自分の軽率さを反省しながら生きていくんだな」

しかし僕は動かなかった。クォン大佐が僕を見た。

「まだ聞きたいことがあるのか」

「あります。父の手帳を返してください」

「ああ、手帳な。そうだった、父親の手帳を受け取りにいらしてたんだよな。どこにあったっけな」

クォン大佐が引き出しを探り、黄色い輪ゴムでくくられた父の手帳を取り出した。

「知ってのとおり職場の移動があったもんで失くしてしまって、残ったのはこれだけだ。誤解しないでくれ。とにかく俺は全部読んだから、知りたいことがあれば思い出してみる。これしかないが、持っていきたいなら持っていけ。そうだ、この手紙は……」

クォン大佐が手帳の中から一通の手紙を取り出した。そして僕の目の前でライターを取り出し、手紙に火をつけた。僕はびっくりして飛びかかったが、クォン大佐に振り飛ばされた。床に倒れて顔を上げたとき、手紙はすでに灰になっていた。

「君の母親が書いた手紙のようだが、ご覧のように俺がうっかり燃やしてしまった。本当に申し訳ない。最近、なかなか忙しくてな」

クォン大佐は僕に手帳を投げつけると、インターホンを押して人を呼んだ。僕は床に落ちた父の手帳を見つめた。端がこすれて、真ん中が厚く膨らんだ手帳を。

頭の中に叙情詩のような静寂が訪れた

沈黙までを含め二十五行の詩

ふたたび、
静かな午後が戻ってきた。

露店や行き交う人々で溢れる鍾路の街で

バッテリーを外されたラジオのように
僕は突っ立っていた。

クォン大佐が母の手紙を燃やした。
クォン大佐が母の手紙を燃やした。
クォン大佐が母の手紙を燃やした。

僕は怖かった。
僕は疲れていた。
誰の考えも読みとれなかった。
僕は平凡になった。

猿、木の枝にぶらさがって

「君に人の本心がわからないように、彼らも君の胸の内がわからない。たとえ君が、行き交う人で混み合う普信閣の交差点に立っていたとしても、君に注目する者など誰一人いない。君は誰ともつながっていない一人ぼっちの存在だから。そこがどこであれ、君がいる場所こそが地の果てだから。君はもう孤児だから。今後、君が選べる道は二つだ。みんなと一緒に笑うか、それとも一人で泣くか」

それで……

金浦《キンポ》空港で時限爆弾が爆発して五人の犠牲者が出たときも、
金剛山《クムガンサン》ダムが決壊すれば国会議事堂が完全に水没するというニュースが報道されたときも、
われらの国是は反共ではなく統一だと発言した国会議員が逮捕されたときも、
建国《コングク》大学で座り込みをしていた大学生一二八九人が拘束されたときも、

金日成《キムイルソン》が銃撃により死亡したという風説で号外が出たときも、

僕は笑った。

みんなが深刻な表情を見せるときにも、僕は一人で笑った。

なぜなら、

一人で泣くわけにはいかないから。

言えないことを言えないとも言えず

唯一無二の一回限りの秋、十七歳の秋が訪れた。僕はしばしば空を見上げた。秋の空はさまざまな顔をしていた。しみるほど青い空もあれば、高く敷きつめられた雲で真っ白な空もあった。屋根と屋根の間にある手のひらサイズの空があり、渡り鳥が群れをなして飛んで行ったばかりの空っぽの空があった。なかでも僕は、今にも雨をこぼしそうな低い空が好きだった。雨が降れば、その雨音が聞けるから。雨脚のなかに立って目を閉じて聞く雨音もあれば、床に寝そべって近くで聞く雨音もあり、一人眠りから目を覚まして聞く雨音もあった。それらが初めて聞く音のように生き生きと感じられる瞬間、この世に美しくないものは何一つなかった。割れたガラスのように鋭利で、細密画のように鮮明で、太陽と月のように唯一無二で、目と鼻と口と耳と体に触れるすべてのものが美しかった。平凡な少年に戻って、僕は世界がどれほど美しいものであるかに気づくようになった。そしてその美しさは、僕を孤独で貧しい少年にした。

夏の夜の散歩は秋へと続いた。赤とんぼのように、僕はあいかわらず同じ場所をぐるぐる歩き回った。普信閣の横のパイロット社のビルを出発して、鍾路四街の世運商街《セウンサンガ》の入口まで歩き、道を渡ってふたたび鍾路二街のＹＭＣＡの前まで。秋の夜にすれ違う人々は、前の季節の人々より口数が少なくて内省的に見えた。まるで赤道近くの国から少し緯度の高い国へと移住してきたかのようだった。パゴダ公園の前でしばらく立ち止まるのもあいかわらずだった。イチョウの木を見上げていると、心の中でさまざまな決意を叫んだ夏の夜の記憶が薄れてきた。そして今僕は、イチョウの木に質問を投げかけている。父さんは今頃どこにいるのだろう。僕ほどに父さんも僕のことを考えているのだろうか。母さんと僕は本当に同じ宇宙にいるのだろうか。来年、僕はどこで何をしているのだろう。十年後は？　そして二十年後は？　果たして二十一世紀は僕たちに訪れるだろうか。カント兄はどうしてもっと出版社に顔を出してくれないんだろう。彼女は僕のことを考えているのだろうか。考えているとしたら、どんなふうに？　プンシンとは何だろう。カント兄は、どうして僕にプンシンというのをしてほしいんだろう。彼女は本当にジェジンおじさんを愛しているのだろうか。あなたのことが大好きです、と告白したら、なんて言うだろう。自分の中に女のようなものはない、とでも言うだろうか。高卒認定試験に受かれば大学に行けるだろうか。果たして僕はどんな人間になるんだろう。僕の質問が手に負えなくなったのか、気になることを問いかけるたびに、イチョウは黄色く染まっていった。

パゴダ公園のイチョウの葉が黄色く染まる間、僕は時間があると父の手帳に目を通した。クォン大佐から渡された手帳は全部で五冊だった。一九六七年の軍隊除隊直後から一九七一年まで、数日または数ヶ月飛ばしながらも日記は続いていた。記録の古いものから順に四冊の手帳は最初から最後まで、最後の一冊は最初の十ページほどしか書かれていなかった。新年のまっさらの手帳に日記を書くときは誰もがそうであるように、最初は丁寧に一日の出来事や金銭出納《すいとう》の記録が細かくつけてあったが、時間の経過とともに内容は薄くなり、最後はこれといった記述もなくただ名前や数字の羅列になっていた。その手帳を年度順に読み進め、僕は父の隠れた過去を少しずつ知るようになった。いちばん衝撃的だったのは、若い頃の父が密猟者だったことだ。そのあたりを読んだとき、ソウル大公園でオランウータン同士が争って、うち一頭が溝に落ちて死んだという新聞記事を思い出した。あのとき、父はまるで自分がオランウータンでもあるかのように悲しそうな顔をしていたが、その父が密猟者だったとは。「先任のキム・サンヒョク兵長に電話」「キム・サンヒョク兵長の紹介で」「キム・サンヒョク兵長に誘われて」といった文章を総合すると、祖父の死によって依家事除隊[*1]した父は、大学に復学するのを諦め、軍隊で知り合った「キム・サンヒョク兵長」というプロの密猟者に誘われて、密猟の世界に足を踏み入れるようになったということだろう。二人は服務期間中、捕えたキジやヘビを分け合って食べるほど親しい間柄だったようだ。そうしてキム・サンヒョク兵長の中古トラックに乗り、京畿道や江原道《カンウォンド》、忠清道の山奥を渡り歩くなかで経験したさまざまな冒険談（とは言ってもトラックが砂場にはまり込んだり、タイヤがパンクしたり、不審検問で引っかかり派出所で一夜を過ごした、という程度のことだが）が書いてあった。

*

十一月中旬、図書出版禅思想は朝鮮戦争の遺族の苦しみを記した証言集『今でも言えない』を出版したことで、出版社登録の取り消しに遭った。ジェジン氏はソウル市を相手に、登録取り消し処分の撤回を求める行政審判請求書を提出した。その書類に添えた審判請求の理由の趣旨として、書籍『今でも言えない』は、朝鮮戦争時に虐殺された被害者遺族の肉声をそのまま盛り込んだ証言集であり、（1）依然として南北間の暴圧的なイデオロギーの対立が残っていて、遺族のほとんどが当時の詳しい状況について証言することをはばかり、「わたしゃそもそも記憶力がまったくない」「私は一言も言ってない」「そんなこと、どんな言葉をもってして語れるか」というような証言を繰り返しただけだ。（2）今回、登録取り消しの要因となった『今でも言えない』は、そうした証言をいかなる歪曲や加工なしに、そのまま収録し編集したものだ。（3）『今でも言えない』は、「言えないことだから言えない」という話を聞いて、それをそのまま「言えないことだから言えない」という言葉だけを出版したにすぎない。（4）にもかかわらず、何の内容もないこの本を利敵表現物だと指摘するのは、事実関係の誤認による裁量権の濫用にあたる、と主張した。これについてソウル市からなんらかの回答があったわけではないが、ジェジン氏が別ルートで伝え聞いた話によると、当局者は言えないことがあると言うこと自体が利敵表現に当たるという主旨だったらしい。どうであれその結果、僕は初めての職場からたった四ヶ月で解雇される不運に見舞われただけではなく、早急に新しい住みかを探さなくてはならない切迫した状況に陥った。

出版社の最後の日、ジェジン氏を元気づけるために多くの後輩が夜遅くまで会社に出入りした。事情を知らない隣の事務所の人からは、新しく出した本が大当たりしたのかと尋ねられた。酒が切れたのでマッコリを買って戻ってきたら、ソンジェ兄が来ていた。

「ワンダーボーイ！　門前の小僧が〈長寿万歳〉[*2]に出ると言うけど、本当に大きくなったな。おい、身長を計ってみようぜ」

そう言ってソンジェ兄は僕を抱きしめた。すでに飲んできたのか酒くさかった。

「お兄さんは元気だったんですか」

ソンジェ兄が腕を解いて僕の顔を見つめた。しばらく見つめてから僕に言った。

「えっ、わからないのか？　もう僕の言葉が聞こえないのか？　これは……言えないことを言えないとも言えないし。友人と一緒に、建国大学に行って捕まってたんだけど[*3]、そこで偶然クォン大佐に会ったんだ。お前の話をしてたよ」

僕は近くにカント兄がいないかを確認して、ソンジェ兄の手を引っぱった。僕の超能力が消えたことが彼女の耳に入るのではないかと心配だったのだ。幸いなことにカント兄はジェジン氏と話し込んでいて、こちらには気づいていなかった。

「クォン大佐は何と言ってたんですか」

僕は声を低くして聞いた。

「お前にもう子どもができたみたいだってさ。ご愁傷さま」

「は？」

「人口を増やすことで国家に恩返しをすると言ったんだってな。検事が反省文を書いたら釈放してやるって言うんで、僕もお前の言葉をそのまま書き写して出てきたよ。僕たち、今こんなことをしている場合じゃないんだ。早く人口を増やしにいこうぜ」

「まったく」

僕はソンジェ兄に一発くらわした。

*

夜が更けると、事務所はソンジェ兄とカント兄と僕だけになった。僕は雑用をしていたが、「お前もこっちに来て喉を潤すんだ。そんな雑用なんかザッツヨー！」みたいなダジャレを連発するソンジェ兄に酒を勧められ飲んでみたら、これがおいしかった。僕はあの父の息子だ。口に合わない酒なんてないさ！　注がれるままに飲み続けたら、ついには酔っぱらってしまった。僕の向かいに座っているソンジェ兄の顔が三つに分かれてくるくると回りはじめた。

「今、ソンジェ兄が三人になった！　ここに一人！　あそこに一人！　またここにも一人！　アッハッハ」

「僕が三位一体になったのか。焼酎とビールとマッコリの御名《みな》によってアーメンだな。こいつは傑作だ」

「僕は何人に見える？　僕も三人？」

「いや、お前はまだ一人だよ」

「あれ、お兄さんはプンシンしたのに、僕はまだなんだ」

「ふん。だけど、何でそんな恐ろしいことを？　何で僕がプンシンするんだ？」

「ソンジェ兄が三人になったからプンシンでしょう」

「ああ、そのプンシンか」

「じゃ、他にもプンシンがあるんですか？　カント兄もプンシンしたいみたいけど」

「カント兄が、なんだって？」

ソンジェ兄が眠そうな目をこすりながら聞き返した。

「そんな話はもうやめたら？」

黙ってタバコを吸っていたカント兄が口を挟んだ。タバコも三つ、煙も三本、カント兄も三人だ。

「君は作家になる」

突然、カント兄が言った。ソンジェ兄が席を立ち、さっきからうとうとしているジェジン氏を黒いソファに横たえた。

「君は苦しんでいる人々の人生に完璧に共感する能力を持ってるから、すでに半分は作家みたいなもの。しかし、それよりもっと大事なのは自分が見て聞いたこと、味わって経験したことを読者にありのままに伝えられる才能だ。君はそれを持っている」

僕は首を横に振った。

「僕はそんなの持ってないです」

「いや、持っている」

カント兄が言った。違うんです。僕の面倒をみてくれてたのは超能力があるからなのに、もうプンシンもできない平凡な少年だとしたら、用なしと言われても仕方ありません。以前はそんな才能があったかもしれませんが、今はただの孤独で平凡で貧しい少年にすぎません。僕はそう言おうとしたが、ソンジェ兄が先に口を開いた。

「そもそも作家に必要なのは〝多商量《タサンニャン》〟[4]と言うけど、ワンダーボーイはやさしい《サンニャン》もんな。それに、秋には手紙を書きます、という詩があるが、〝誰でもあなたになってこのワンダーボーイの手紙を読んでくれたまえ〟」

ソンジェ兄が大きな声で手紙を朗読しはじめた。

「秋が季節の舞台から降りると、幕間劇に出てくるピエロのように表情のない十一月がやってきました。明け方起きて、白い息を吐きながら裏山に登ると、舞台の裾まで下ろされたカーテンのように、厚い霧が渓谷沿いの家々を覆っているのが見えます。冬が訪れる前に生を終えるコオロギのように、突然後ろ姿を見せる秋がこのうえなく名残惜しいです。あなたがここにいないから、葉を落としてしまった十一月の木々のように、そうして緑をなくした山々のように、夕闇が迫る頃に農家の煙突から吐き出される一筋の煙のように、心の一番深いところにある懐かしさに辿り着くまでの、途方もない距離を思うと寂しくなります。枯れゆく川のように、私は次第に無口になっていきます。私の貧しい言葉の財産目録には会いたいという言葉、ただ会いたいという言葉だけが残されています。今日も夕焼けに染まる空に鳥たちを放ちます。あなたがいないのに、鳥を捕まえて何になるでしょう。早く帰ってきてください。漣川で待っています」

「あの手紙、君が書いたの？」

カント兄が聞いた。僕は戸惑い、どうすればいいのかわからなかった。ソンジェ兄が手紙を朗読している間、どんなに努力しても父の顔が思い出せなかったからだ。どんな顔をしていたのか、まったく思い出せなかった。父の顔を思い出せず、父の言葉だけを思い出した。ある顔を忘れるために酒を飲むんだと言っていた父の言葉。それは本当だったんだ。

＊

その手紙は僕が書いたものではない。誰が書いたのかを知るためには、父の手帳を読み返さなければならない。キム・サンヒョク兵長は鳥の居場所を自分の手のひらを覗くように知りつくしていたので、トラックで移動したあと同じ場所に何日も泊まり込み、根こそぎ鳥を捕まえたと、父の手帳にはあった。キジ、カモ、キジバト、エゾ雷鳥、タゲリなどの食用になる鳥はもちろんのこと、カケス、シメ、ヒヨドリ、キセキレイ、ハチジョウツグミ、ホオジロといった、たいした金にならない小さな鳥も、さらには丹頂鶴のような天然記念物に至るまで片っ端から捕らえ、鍾路五街や崇仁洞《スンインドン》などにある密売業者に麻袋ごと売り払った。キム兵長は鳥狩りが専門で、銃ではなく網と毒だけを使って狩りをした。父は彼について熱心に技術を習得し、たった一年で野鳥密猟の世界に開眼してしまった。「重要なのは正確な捕獲地点と忍耐。ひたすら忍耐なのだ」と父は手帳に書きとめている。ご立派なことだ。当時ちゃんと手帳に書きとめたのは、それほど忍耐力を発揮する機会が多かったからだろう。

しかし、父の取り分はそれほど多くなかったため（父の記録によれば、見習いという立場だったため、その比率は二対八だった）、時間が経つにつれて二人はたびたび配分をめぐって言い争うようになった。不法行為を生業《なりわい》とする者にありがちだが、解決には口よりも先に手が出るもので、いつも軍隊の先任であり仕事を教える側でもあったキム兵長がこぶしを振り回すことで決着がついた。しかし一年も経たないうちに、装備を保管するアジトであり二人が寝泊まりしていた楊坪《ヤンピョン》のビニールハウスで、父は問題を蒸し返し、やはりこぶしで解決しようとしたキム兵長の頭にバケツを振り下ろし、気絶させてしまった。そして、そのまま現金三万七六五〇ウォンと一番いい網と毒の入った瓶をかっさらって逃げることで、父は密猟界での独立に成功した。

話がおかしくなるのはその頃からだ。つまり一九六八年九月以降の日記だ。父の抱える最大の問題は、いくら鳥を捕まえてもそれをソウルの密売業者に運ぶ手段がないことだった。一年間まともな取り分ももらえず作男のように黙々と働いたので、退職金代わりにトラックくらい持ってくれればよかったのに。それで仕方なく全国を回って、少しずつ鳥を捕まえては近隣の市場の商人や酒場に売ることにした。需要が限られていたため、たいした儲けにはならず、その日暮らしの生活に過ぎなかった。そのくせ父は「徒手空拳《としゅくうけん》の青春だが、男の抱負は空を覆ってあり余る。今日とは違う明日がやってくることを願いながら、命尽きるその日まで頑張るぞ」と手帳に書きつけていた。そのうち鳥狩りの事業が飛躍的に拡張したのは、漣川郡全谷《チョンゴク》邑にある喫茶店で一人の女性に出会ってからだ。

臨津江《イムジンガン》と非武装地帯に近いその一帯は、警戒中の軍人が多く、密猟の最中に捕まったり地雷などの爆発物でケガをするリスクも高いぶん、人が寄りつかず、めったにお目にかかれない貴重な鳥を捕まえることができた。ある日、父が喫茶店でコーヒーを飲んでいたら、野鳥専門の密猟者についてウエイトレスに尋ねている、整った顔立ちの若い女性がいた。「警察にしてはかわいかったし、たとえ警察だとしても、とりあえず声だけでもかけてみようと思って」と、父は韓国で一番有名な鳥狩りを知っていると、そこに割って入った。いざとなったらキム兵長を紹介するつもりだったが、その女性はとても喜び、困ったことになっていて助けが必要なので、その方を紹介してほしいと父に頼んできた。その澄んだ瞳に一目ぼれした父は、つい自分がその本人だと言ってしまった。「澄みきった人、明るくて澄んだ人……」。その日の日記の最後の一節だ。明るくて澄んだ人。ある女の人。

その女性に出会ってから、父はとても几帳面になった。例えば一九六八年九月十九日。二人が一日で捕まえた鳥の種類と数は次のとおりだ。タイリクハクセキレイ一五三羽、ツバメ二〇三羽、シマノジコ三一羽、ホオジロ二五一羽、シロハラホオジロ五一羽など。違法の狩りゆえ、それまではそんなものは書き留めたくなかったのだろう。しかし彼女に出会ってから、父は誠実な密猟者になったが、その理由など明かしてどうするのだろう。日記に記されていた一日分だけでそれぐらいの数だから、その日から二十日あまり、父が手帳に書いた鳥の数は全部で一万羽を超えるだろう。休戦ラインを行き来しながら、民間人の出入りを統制する地域で平和を満喫していた留鳥《りゅうちょう》と渡り鳥にとっては、戦争よりもひどい青天の霹靂だったわけだ。徒手空拳の青春だが、男の抱負は空を覆ってあり余ると言っていたのに、その抱負を広げて鳥というすべての鳥を捕まえたようだった。

そして十月、女性はソウルに戻った。鳥の種類と数を書き記した手帳の余白には、後で足したと思われる文章が記されている。「人生で一番幸せな時を過ごしていることを、あのとき知っていたら」。そして手帳の間には女性に送ることのできなかった手紙が挟まれていた。その手紙を読みながら涙を抑えられないのは、どうしようもなかった。こんなこと知らずに生きていけばよかった。クォン大佐が恨めしかった。こんな内容の手帳なんか、母の手紙と一緒に燃やしてくれればよかった。あのとき僕も鳥のように、病院で毒を飲んで死んでしまえばよかった。そうすれば、こんな裏話など知らずにすんだのに。四六時中、夢の中でも恋しく思っていた母なのに、その母と父が密猟者だったなんて。

＊1【依家事除隊】扶養家族の死亡などの家庭事情により、途中で軍隊を除隊すること。

＊2【長寿万歳】一九七〇年代から八〇年代、人気のあったテレビ番組。

＊3　建国大学事件を指す。韓国の安田講堂事件と言われる。一九八六年十月二十八日、全国から独裁反対のデモのため集まった学生に対し、当局は北朝鮮の主張に同調する者と全員拘束を発表し対置。三十一日は警察ヘリまでを動員、一二八九名を拘束した。

＊4【多商量】文章修行の「三多の法則」（多読、多作、多商量）の一つ。多商量とは、よく考えること。

いかに鳥は集団虐殺を逃れ、
あの空を自由に飛び回るようになったのか

冬の入り口、ソウルの朝はその冷たい空気のぶんだけ、僕に鮮やかな印象を残している。息で曇ったバスの窓、信号が変わるのを待つサラリーマン、似たり寄ったりの見出しを掲《かか》げておとなしく売店に並ぶ朝刊、トーストと卵を焼く鉄板からもうもうと白い湯気が立ちのぼる露店、ときおり真っ青な空を横切って飛んでいく黒い鳥たち……その風景の記憶がかすんだり薄れたりすることは、ただの一度もなかった。いろんなことを考えているうちに、下着姿の父が歯を磨きながら何かもごもごと怒鳴りつけて眠りこけている僕を起こす、平凡な十二月の朝を思い出した。今の僕には、あのとき父が歯ブラシを口に入れたまま言った言葉がとても気になる。きっとたいしたことではなかっただろう。おそらく怠けるなとか、このままじゃ遅刻するぞとか、そんな言葉ではなかっただろうか。あるいは俺は明け方から働いているというのに、うちの息子さんときたらこんなにぐうぐう寝てるのか、とか。わからない。またあのときに戻れるのなら、さっさと起きて父の手から歯ブラシを奪い、ちゃんと話してよ、と言ってしまいそうだ。そんなささいなことまでがこんなに心残りになることを知っていたなら。

「それは君が文章を読めないからだろう」

カント兄のアドバイスに従って父の手帳をジェジン氏に見せると、彼は五冊の手帳を速読し、言いたいことはわかるといった表情を見せてから、君と一緒に行くところがあると言った。横断歩道の前で信号が変わるのを待ちながら、急にあのときの言葉を思い出した。それは僕の父の手帳なのに、なぜおじさんのようにすべてがはっきりしないのかと聞いたところ、返ってきた言葉だ。

「解雇されるのには、それなりの理由があったんですね。どうしてもっとちゃんと説明してくれないんですか。スペイン語でもメキシコ語でもないのに、なぜ僕が文章を読めないと言うんですか」

「同じ言葉だ。スペイン語もメキシコ語も」

「僕が聞きたいのは、なぜ僕が読めないと言われたのかです」

「韓国語だからといって、言葉の意味が全部わかるわけではない。それは君の方がよく知ってるはずだが。人の心が見えるからといって、その人が何を望んでいるのかまではわからないってこと。その理由は、ほとんどの人は自分が何を望んでいるのかも知らずに生きているからだ。まずは、俺に本を読む方法から学んだ方がいい。そのためには俺の下で十年は下働きをしてもらわなければならないが、今の君は両親を恨むほど不遇な境遇にいるようだから、特別に超スピードコースで教えてやろう。これは俺が一生を捧げて得た秘法だ」

信号が変わり、道路を渡りながらジェジン氏が言った。

「僕はそんなの嫌です……一生を捧げるなんて。二、三年ならいいかもしれませんが、一生だなんて嫌にならないんですか」

「好きなものが一つあれば、一生涯でも短いものだ」

「変だな。好きなものがたくさんあった方が、人生は短いんじゃないですか？　一つだけなら退屈するほど長いと思いますが」

「だから君は一を識《し》りて二を知らずというように、韓国語でも何の話かわからないんだ。とにかく、今日これからやらなければならないことと関係があるから、しばらく俺の話を聞くように。本をちゃんと読む第一の方法。それは、本を読む前に、自分が知っていることと知らないことが何かを知ることだ」

ジェジン氏が寒さに震えながら右手の人指し指を上げて見せた。

「知っていることを知ることは朝飯前だけど、知らないことを知るって、へそで茶を沸かすような話ですね」

「食べ物のたとえばかり出るところを見ると、今、腹が減っているようだな。少しだけ待ちなさい。ソウルで一番おいしいスンデクッパ[*1]を食べさせてやろう。さっきの話の続きだが、本をちゃんと読むためには、本を読む前に、少なくとも自分が知らないことは何かを知っておくことだ。それが普通のレベルなんだよ。さて、ここに人がいるとしよう。バカと優等生と天才の三人だ」

「ということは、ソンジェ兄とおじさんと天才的な僕」

「そこはどうでもいい。本を読むとき、バカは自分が知っていることだけを読み、優等生は自分が知らないことまで読む。そして天才は……」

「読まなくてもわかるから、その時間に寝る」

僕がたびたび茶々を入れても、ジェジン氏は怒ることなく話を続けた。

「著者が書かなかったことまで読みとる。見えないものを見て、語られなかったことを聞く」

「もう、おじさんとカント兄は超能力に関心がありすぎるんだから。〈六〇〇万ドルの男〉とか〈地上最強の美女バイオニック・ジェミー〉みたいに」

「そういう話じゃない。読書の方法について話をしてるんだ。本を持っているなら、まずはその本を触ってみるんだ。くんくん匂いをかいでみたり、ページの耳をちぎってかじってみたり。するとどんな本なのか、少しはピンとくるだろう？　次に本を開いて、著者の言葉と目次を読んでみる。ほとんどの本にはカバーの表と裏に何か書いてあるが、それを読めばどんな内容なのか九十パーセント察しがつく。次は本を閉じて想像することだ。その本のテーマについて、自分は何を知っていて、何を知らないのか。もし自分が同じ構成で本を書くとしたら、どんな内容でページを埋めていくのか。そんなことを考えてから本を読むと、自分が知らなかったことが何なのか、よりはっきりするだろう。そういう点で、本を読む一次的な目的は自分が何を知らないのかをはっきり自覚することだ」

盾を構えて立っている戦闘警察[*2]の間を通り抜けると、ジェジン氏は話を中断して道路を見回した。そして大通りの一角の路地に入った。

「それからは自分が知らなかった箇所を繰り返し読むんだ。一字一句見逃さずに、完全に理解できるまで。ここまでが優等生の読み方だ。ところが、こうした方法が当てはまらない偉大な本がある。それは文学作品だ。だから、どんな本を書いたとしても文学作品が書けなかった物書きは、作家としては失敗だという言葉もあるぐらいなんだ。その次の段階に進めば、そうした文学作品も問題なく理解できる。つまり天才の読み方だ。天才的に読むためには、作家が書かなかった文章を読まなければならない。書いたものの消してしまったとか、書こうとしたが力不足で書けなかったとか、最初から書かないと決めて外したとか、そういったことを。そこまで読めたら、ようやく本を読み終えたことになる。本を一冊読み終えるには一日あれば十分だが、一生読んでも読みきれない本がこの世に溢れているのはそのためなんだ」

「じゃ、『今でも言えない』は天才的な本になるんですね」

「やっと少しは話が通じるようになったな」

路地をしばらく歩くと、ジェジン氏は鍾路区庁にある古びた食堂に僕を連れて行った。スンデクッパとチヂミがメインの店だった。早めの昼食にやってきたサラリーマンがすでにシワの寄ったネクタイのように上体を曲げて座り、新聞を読んだりラジオに耳を傾けたりしていた。ジェジン氏がスンデクッパを二つ注文した。

「じゃ、それでは君のお父さんの手帳を読んでみよう。一九六八年のやつを見せてくれ」

僕が手帳を渡すと、ジェジン氏はその真ん中あたりを開いた。

「まず、俺はバカの方法でこの箇所を読んでみよう。ここ、「シマノジコ三一羽HONGKONG C7655」の「HONGKONG C7655」というところだ。これはどういう意味だと思う?」

「ひょっとしてその鳥を捕まえて香港に売ったということですか」

「聞いた話では、香港では売らないものはないそうだが、それでもシマノジコを韓国から輸入するほどではないだろう」

「じゃ、何? 香港飯店みたいなところにこっそり売り払った? とにかく父は何でも売ってたから。それについては僕がよく知ってます」

僕の話にジェジン氏が吹き出した。

「これについては俺が知っている。これはアルミの足環のことだ」

「アルミの足環? それって何ですか」

「要は、渡り鳥の住民票とでも言おうか。学者たちは鳥の移動経路を研究するために、渡り鳥の足にアルミの足環をつけるんだ。君はどこから来てどこへ行くんだ、と渡り鳥に聞くわけにはいかないだろう？　そこで足環をつけておけば、季節が変わって鳥がどこかへ移動してもその経路を追跡できるんだよ。鳥類学者が観察中に足環をつけた渡り鳥を見つけた場合、その鳥がどこまで飛んできたかを足環をつけた人に知らせてくれるんだ。HONGKONGという表示があったとすれば、それは一九六〇年代後半に韓国でつけられた足環だ。共産圏の学者たちとスムーズに交流するため、当時は香港に足環を回収する私書箱を置いていたから。だから君のお父さんは、君がお母さんだと思っているその女性と一緒に密猟をしていたのでなく、渡り鳥を捕獲して足環をつける仕事をしていたということになる。ここまでがバカの読み方だ。あ、飯がきたぞ」

「それがバカの読み方なら、優等生と天才はいったいどんな読み方をするんですか」

僕は目を丸くして聞いた。僕の目の前に数千数万羽の鳥が、足環をつけたタイリクハクセキレイ、ツバメ、シマノジコ、ホオジロ、セジロタヒバリ、オガワコマドリが大地を蹴って空高く飛び上がる光景が、そしてその鳥たちの下に二人が、ずっと前から会うことになっていた若い男と女が立っているのが見えた。

「まずは腹を満たしてから優等生と天才のステップに移ることにしよう」

「本当にすごいですね！」

あのときジェジン氏が何を言おうと、僕はそう言っただろう。本当にすごいですね。

＊

その年も間違いなく春が訪れ、桜の花が満開になった。いや、満開になったのだろう。ソロアルバムの準備をしていたポール・マッカートニーがビートルズの解散を正式発表し、その翌日には、アポロ十三号がケネディ宇宙センターから月へと出発した。恐ろしい宇宙船の事故が起こることも知らずに。まだ他に何があったっけ？　そうだ、イスラエルの戦闘機がスエズ運河近くの小学校を爆撃したんだ。それに日本統治時代にセブランス病院に招聘《しょうへい》されてきて、生涯を韓国に捧げたカナダ人医師フランク・スコフィールド博士が亡くなった。世の中でそんなことが起きている間、僕は母のお腹の中であっちこっち体をよじらせながら安らかな日々を送り、ついにこの世界に出てきて、喉いっぱいの母の羊水を吐き出して最初の産声を上げた。そして僕の体は神秘的な地球の空気で満たされただろう。その途方もない生命の気運で。そのなかに含まれた窒素や酸素や二酸化炭素といったものが、原子や分子の形で僕の口に押し寄せてきたのだろう。当然ながら僕はその最初の空気の味を覚えていない。最初の涙と最初の笑みを、そして初めて見た母の顔を覚えていないように。

あのとき、僕はあるスタジアムのことを考えていた。そのスタジアムは大きいはずだ。とんでもなく巨大なはずだ。その堂々たる柱は威厳に溢れ、天井は空まで届く。地球ほど巨大なそのスタジアムの観覧席には、これまで地球上に生まれて死んだすべての生命体が座って競技を観戦している。スタジアムでは、今生きているすべての人が集まって、リレーを行っているところだ。僕はまさに最初の空気を吸い込んだばかりの子どもたちの間に立っている。僕の隣に立っている子に向かって走ってくる人の韓国名は石虎弼《ソクホピル》、そう、僕が生まれる頃に亡くなったあのカナダ人医師だ。八十一歳になった彼の体は、人生の喜びと悲しみと幸せと苦しみをすべて通過して、よりいっそう静かで穏やかになっていた。僕は首を伸ばして僕にバトンを渡してくれる選手は誰なのか、自分に人生の喜びと悲しみと幸せと苦しみを伝えてくれる人が誰なのかを探す。ああ、早く早く早く。早く来て。僕は叫ぶ。そしてずっと遠くから、泣いているような笑っているような変な表情の人が近づいてくる。僕の顔がついに見えたのが嬉しくて、しかしそれが今回の生涯で見る最後の顔であることに気づき、その苦痛に打ちのめされたまま。母さんが。僕の母さんが。

「ダメ！」

首を振りながら大声を上げた僕を、隣に座っていたジェジン氏がびっくりして見つめた。僕たちは新聞社の資料室に来ていて、僕が生まれた頃に発行された新聞や雑誌に目を通していた。

ジェジン氏の話によれば、こういうのが優等生の読み方だそうだ。優等生に一番似合うスタイルがなぜ分厚いレンズのメガネなのか、はっきりとわかった瞬間だった。両眼が二・〇の僕が優等生になることなど絶対になさそうだが、僕は優等生のステップを省略して、そのまま天才の読み方へとステップアップしようとしていた。つまり父が手帳に書いたが消したり、書こうとしたけれど力不足で書けなかったり、最初から書かないつもりで外したことを読みとること。全人類が集まってリレーをするスタジアムのような、夢の中だけで読むことができて、心だけで聞くことができる話。昼にジェジン氏のぶんのスンデまで平らげ、漢字だらけの昔の新聞を読んでいた僕は、こんなふうに天才の読み方を実践していた。

「寝不足のようだな」

「そうじゃなくて……」

気まずくなった僕はあくびをしながら、唾のついた新聞を指さした。

「ここ、イスラエルの戦闘機がエジプトの小学校を爆撃したとあるでしょう。優等生の読み方が、すでに知っている答えに対して問いを見つけることだとしたら、これはいったいどんな質問に対する答えなのでしょう。ご意見をお聞かせください、優等生のおじさん」

「うん、それはだな、われわれが生きている世界がいくつなのかに対する答えだ。ある日、俺たちの頭の上に戦闘機が飛んできて爆撃したとすれば、それで俺たちの家族や友人が死ぬのを目撃したとすれば、初めてその質問に対する答えを知ることになる。俺たちが生きている世界はただ一つだけだということを。他の世界があるだろうというのは幻に過ぎない。われわれにはこの世界しかないんだ」

「頭が痛くなってきました……」

「寝てるうちに頭痛を起こしたようだな。俺はそもそも超能力のようなものを信じないんだ。テレビで見た君のことをカントから聞いたときも、俺はなぜ死の間際まで行った人は共通した感覚の変化を体験するのかが気になっただけだ。後天的に視力を失った人の事例をみると、完全に視力を失った後も、ずっと何かを見ているそうだ。感覚を司《つかさど》る器官はなくなっても、感覚を受け入れる能力は生きているからなんだ。口を塞がれても、われわれはずっと何かを話すだろう？　同じことだ。例えばショスタコーヴィチという作曲家は、左の側脳室近くに弾丸の破片があって、頭を片方に傾けるといつも音楽が聞こえたそうだ。彼はその音楽を聞きながら珠玉のような曲を作りだしたんだ」

ジェジン氏が分厚いレンズのメガネを持ち上げながら言った。

「本当に頭が割れそう」

「人が君について話すことも何度も聞いている。それは超感覚というものだ。いくつもの段階を飛び越えた感覚だ。口を介さずに話す声が、耳を介さずに聞こえるようなもの。感覚器官を介さずに感じるものだよ。人はみな、すごい能力だと言うが、それは場合によっては誰もが持てる能力でもある。暗い夜に一人で共同墓地に行けば、誰でも必ず何かを見たり聞いたりする。恐怖のせいで麻痺した感覚器官がめちゃくちゃに働くから。しかし、この世界が一つだけしかないということを経験すると、そんな幻想の感覚から抜け出すことができる」

「しかし、おじさんは出席簿なんかで頭をぶん殴らなくても、こんなに僕の頭を割れそうにする能力を持ってるじゃないですか。この苦痛も幻想だと言うんですか」

「まだ君の超能力を科学的に明らかにする理論など、一つも説明してないんだけど」

「僕が悪かったです。この新聞を一字も漏らさず読むほうがマシです」

「いいだろう。だったら今度説明することにしよう。それはさておき、君がなぜこの世に生まれたのかについての質問は見つかったのか」

ジェジン氏が尋ねた。スンデクッパからスンデを取り出しながら、彼は優等生の読み方とは答えでなく質問を見つけることだと言っていた。全国の十七歳諸君よ、訳のわからないことを言うなと僕を責めないでくれ。だからといって、ジェジン氏にどういう意味か詳しく説明してほしいと言ったら、みんなも頭が割れるほどの苦痛を味わうことになるだろう。ジェジン氏の言葉をそのまま書き写すと、次のようになる。「正解は、世の中に散らばっているじゃないか。君のお父さんの日記にも全部書いてあるし。一九六八年にお父さんとお母さんが出会い、そして君が生まれた。それが正解なんだ。俺たちが知らないのは、その正解に対する質問だ。君が生まれたのが答えだとすれば、そもそも質問は何だと思う？　世の中のすべての秘密は、こんなふうに遡ってこそ明かすことができるんだ」。正解が世の中に散らばっているって？　それじゃ、あのたくさんの試験問題はいったい何だ。そうでなくとも、決して短くない僕の十七年間の人生に立ちはだかった、あの多くの問題はいったい何なのか。国家と民族のために自分の財産を増やしていくクォン大佐と、いつもステレオサウンドで話さなければならない黒いスーツの双子、あるいはアメリカに留学できないのは自分の英語力が足りないせいだと今でも固く信じているイ・マンギは。そして自分の中に女などいないと言いながらも、ますますきれいになっていくカント兄の存在は。それにソウルで一番おいしいスンデクッパ屋に入って、スンデを僕にくれてスープだけを飲むこのおじさんの正体はいったい何だろう。そして何よりも僕には全人類の知恵を総動員しても解けない最大の問題、つまり母さんは誰なのかという質問が残っているではないか。これらの質問をすべて避けるとしても、最後の質問は残っていた。いったい僕はなぜこの世に生まれたのか。それは答えではなく質問なのだ。チクショウ。

「僕が生まれたことが答えになる質問なら、とても簡単ですよ」

「それは何だ？」

「めちゃくちゃかわいい女の子が集まって、こう叫ぶんです。あたしが愛する未来の男性は誰ですか？　答えはちょうど生まれたばかりの僕」

「ふん。君が生まれたことが正解ならば、もともとの質問は何だったかを推論することは決して超能力などではないが、それは君の超感覚のように語られなかった声を、耳ではなく頭で聞くことと変わらないが……」

「ああ、本当に本当にすみません、すみません。冗談のつもりだったんです。僕が本当に考えた質問はこれです。母さんと父さんの人生が不幸になった理由は？」

僕は言い直した。

「君という愛の実が生まれたためだというのか？」

「ぷっ、愛の実。それなら悲しくて憂鬱な実ですね。こんなふうになるために生まれる赤ちゃんなんかいないだろうから」

「こんなことというのは、どんなことだ」

僕はジェジン氏に今にも泣きそうな顔をして見せた。

「生まれてすぐ母さんが死んで、酒に酔うと鳥用の毒を息子の前で振りかざして母のところに行くと叫んでた父とたかだか十四年間暮らして、まだ青いというのに木からぼたっと落ちてしまった実のことです」

「だったら、それは正解ではないな。将来青い実になると思って子どもを産む母親などいないから」

「そうなんです。僕の人生は間違いだらけです。テストのたびに身にしみるほど感じたことです」

「それは答えを間違ったのでなく、質問が間違っていたんだろう」

「だったら優等生のおじさんは、どんな質問を考えたんですか」

「ちょうど今、探していた記事を読んでいたんだ。ずっと前の記事だから記憶が曖昧だったが、俺の記憶は確かだった。この記事によれば、正しい質問はこれだ。桜の花はなぜ咲くのだろう」

読んでいた雑誌を指しながらジェジン氏が言った。

「桜の花はなぜ咲くのだろう？　僕が生まれることを知っていたから……なんてことですか？　やはり優等生の精神世界は想像を超えてますね」

と僕は言ったが……

＊

桜の花は、なぜあれほどまでに美しく咲くのだろう。その質問に対する答えを見つけるためには、次のような事実を知っていなければならない。春の風に乗って白い花びらが一枚二枚と雪のように散ると、森は緑の季節になる。その緑の陰の下では、多くの生き物が初めて息を吸い込む。その一つが、夏を北国で過ごすシベリアムクドリだ。遠い南の海を渡り韓国にやってきたシベリアムクドリは、五月中旬になると、雄と雌が共に作った巣に卵を産む。欠けた月がやがて満ちる、それぐらいの期間、母鳥が卵を温めると、雛が一羽二羽とこの世界に顔を出す。雌と雄は力を合わせて十八日ほど雛を育てる。そうしているうちにカレンダーが一枚めくられ、時は六月に入り、涼しい雨と熱い日差しとが代わるがわる大小の草木を育てる季節が訪れる。

しかしシベリアムクドリの雛を育てるのは、あくまでも母鳥の役目だ。母鳥はニカメイガの幼虫などの昆虫を運んできて、お腹が空いたとねだる雛にやる。もしも雛がどれほど大きくなったのか知りたくて木に登る人がいたなら、引きずり下ろして桜の木を見るようアドバイスすればいい。さくらんぼが赤く熟していたら、それはそろそろ雛が巣立つほどに大きくなったという合図だから。その頃になると母鳥は、雛が自力で見つけなければならない餌であるさくらんぼを運んでくるようになる。腹を空かした雛は、黄色いクチバシを広げて早く餌を渡すよう大きな鳴き声でせがむが、餌を利用して雛を巣から出そうとする母鳥の努力が失敗することはほとんどない。そんなふうにしてシベリアムクドリの雛は初めて羽ばたき、巣から飛びたつ。そして今度はさくらんぼを自分で見つける方法を学び、母鳥のように南の海を渡る準備が整うのだ。

春に美しく咲いては散る桜の花の実を食べて。

　桜の花があれほどまでに美しく咲く理由は、夏のシベリアムクドリの雛を海を渡れるほど丈夫に育てるためだと教えてくれたのは、ジェジン氏ではなく、彼が思い出した記事のなか、つまり薄い網点の白黒写真に写っていたある大学院生、だから一九六八年頃、漣川郡付近でシベリアムクドリをはじめ、数多くの渡り鳥に足環をつける作業をしていた若い女性だった。僕は何の心の準備もなく、ジェジン氏に差し出された写真と対面することになった。写真のなかの女性は、巣から出したシベリアムクドリの雛三羽を両手に載せてはにかんだ笑顔をカメラレンズに向けていた。雛は目を閉じたまま空を見上げてクチバシを広げていた。その女性の頭上には、おそらく母鳥がそばを離れず鳴いていたことだろう。僕はその写真をじっと見つめた。まるで僕の目の前にその顔があるかのように、指先で写真に触れてみた。そして三度も、一文字たりとも、句読点一つ漏らさず記事を読み返した。そして無言のまま席を立って外に出た。まだ電気のついていない廊下は薄暗く、その先の窓際には外を眺めながらタバコを吸っている人がいた。僕は左右を見回して、非常口のドアを開けて廊下の外に出た。階段から冷たい風が吹いてきた。僕は階段に座り込み、膝をかかえて顔をうずめた。ときおり階段の下から上から誰かが現れ、階段を上がったり降りたりする足音が聞こえ、ふたたびドアの閉まる音がした。見えないヒモでつながっているみたいに、ドアが開閉されるたびに僕が開けて出てきたドアもガタガタ音を立てた。風の通った跡に沿って音も動いた。それらの音を聞きながら、そしてかすかに消えていくのを聞き届けながら、僕はうつむいたまま、頭の中を舞い散る白い花びらについて考えた。ジェジン氏がドアを開けて、やがて僕を見つけるまで。

「お手数をかけましたが、僕とは全然似てないです。僕はあんな笑い方などできません。僕はよく泣くけど、あまり笑わないから。それに鳥といえば、チキン以外はぜんぜんダメです」

僕は顔を上げて言ったが、声がうまく出なかった。

「それでもおじさんは、その人が僕の母さんだと言いたくて仕方ないんでしょう?」

「とりあえず、これ」

ジェジン氏がズボンの後ろポケットから出したハンカチを差し出した。僕はそれで顔を拭いた。ハンカチから汗の臭いがした。

「今の段階では、俺も彼女が君のお母さんだと主張するつもりはないんだ。ただ、以前君が見せてくれたものと同じフィールドスコープを持っていた人のことを知っているだけ。君のお父さんの手帳を読んで、当時読んだこの記事のことを思い出したんだ。彼女には学生時代に一度だけ会ったことがあるんだ」

僕はもう何も言えなかった。言いたいことがないからではなく、この状況で僕にできる質問は一つしかなかったから。そしてその質問が、僕には耐えられないほど圧倒的なものだったから。

「学校は違ったけど、当時、俺も大学生で鳥類図鑑を作るのに参加していたんだ。俺たちの手で作る初めての韓国鳥類図鑑だったからいい本にしようと、みんな意気込みがすごかった。他の学生のことはあまり思い出せないが、あの人のことははっきりと覚えている。ドイツ製のフィールドスコープを持っていたから。鳥を追う人ならどうしても手に入れたい装備だったというか。俺はその後教師になって、一年間お金を貯めてやっと似たようなフィールドスコープが買えたんだ。しばらくは週末になると、毎週のように市外バスに乗って鳥を撮りに行ってた。茂みの中にテントを張ってフィールドスコープで野鳥を観察していると、時間が経つのも忘れたよ」

僕が黙ったままだったので、ジェジン氏は一人で話を続けた。リュックサックにフィールドスコープを入れていたために、検問で憲兵にスパイと誤解されて丸一日拘束されたこと。やっとのことで撮れたヘラサギの写真が、写真館のミスですべて白くプリントされたときは思わず涙が出たこと、あるいはアルバムを種類別に分類して自分だけの鳥類図鑑を作った平日の宿直室のことを。僕はただ黙って聞いていたが、ようやく口を開いた。

「どんな声だったんですか」

「声？」

僕の質問にジェジン氏はしばらく困った顔をした。

「何というか……普通に話していても歌っているような。少しトーンが高めで」

僕はジェジン氏の目を見つめた。

「声はよく思い出せないんだ。すまない。これがすまないことなのかどうかもわからないが。とにかく、あの人が君のお母さんかどうかは俺にもわからない。しかし幸い確認できる方法がある。俺たちはあの記事の女性の名前を知っているから。それに君のお母さんとお父さんが力を合わせて、たとえかなりの歳月が経った後でも君がちゃんと見つけられるよう、暗号を残しているから」

「暗号？　どんな暗号が残っているんですか」

「HONGKONG C7655. シマノジコの足環につけられた認識票だ。渡り鳥の足環の認識票は、その移動経路を把握するために国際鳥類保護学会に登録することになっている。その際、足環をつけた人の名前も登録するから、登録した人の名前と記事の彼女の名前が同じだったら、二人は同一人物ということになる」

ジェジン氏がそんな話をしている間にも僕の頭の中は、ただ白く散っていく花びら、花びらだけだった。

白い花びらの話は続く。その人が母さんであろうがなかろうが、シベリアムクドリの雛を手のひらに載せてはにかんだ笑みを浮かべている写真の顔を見てから、僕はぐっと寂しくなった。僕には目と耳と鼻と口があるから寂しいのだ。出版社を閉めたジェジン氏の事務所は、すぐにある翻訳業者と新たな賃貸契約がなされたので、十二月二十日までには出て行かなければならなくなった。僕はその後、カント兄の紹介で「ペテロの家」というところへ入ることになった。カント兄の話によると、僕みたいな家のない少年が集まって生活する共同体だそうだ。それまでは別にやることもなかったので、昼間はジェジン氏と一緒に机に座り、本を読んだり勉強したりした。出版社はＹＭＣＡビルの脇の道を少し入り、そこから右につながっている狭い路地の中ほどにあった。その路地には飲食店が並んでいて、いつもサバの塩焼きや豚カルビ、サムギョプサルや緑豆チヂミなどを焼く臭いが漂っていた。午後五時になると決まって口の中に唾が溜まり、ぐうぐう腹も鳴った。しかしジェジン氏にねだっていざ食堂の席に座ると、強烈だった食欲は消えて途中でスプーンを下ろし、それでなくても金で苦労しているジェジン氏を気落ちさせた。

＊

そんな夜は事務所に隠してあるジェジン氏のウイスキーを盗み飲みながら、父の言葉を思い出した。ある人の顔を忘れたくて酒を飲むと言っていた父。父があんなに忘れようとした顔は、あの女性の顔だったのだろうか。消えない顔のことを考えて、息子が足に抱きついても、死んでやると大声を上げていた父の気持ちが百万分の一くらいは理解できそうだと思うこと自体が、僕には苦痛だった。すべては写真のなかのその笑顔のせいだ。その写真を見てから、僕が生きていく世界ははるかに明確で鮮やかになり、僕の感覚は冷たい水に手を浸けたように鋭くなった。路地を歩いていると、僕の鼻を刺激する食べ物の匂いのように、黒い屋根の間から胸にしみるほど冷たい冬の空がいっそう鮮やかに目に映り、夜ふとんに入ると、隙間風を防ぐため窓に貼られたビニールの泣き声がはっきりと聞こえてきた。そんなとき僕は、その窓の向こうの龍宮スタンドバーの看板が点滅するのをぼんやり眺めながら、その泣き声を聞いた。そんな状態が少し続くと、まもなくその風景と音は遠ざかり、やがてある人の顔がはっきりと浮かんでくるのだった。

新聞社に行った後、ジェジン氏と僕は数日かけて国際鳥類保護協会に送る英文の手紙を書いた。僕たちが調べた国際鳥類保護協会の英文名は〈Bird Life International〉だった。〈鳥の人生〉までは僕にもわかったが、そのあとの〈International〉がわからなくてジェジン氏に聞くと、〈国際〉つまり色々な国という意味の単語だと教えてくれた。僕は勝手にその名前を〈いろんな国を飛び回る鳥の人生〉と考えることにした。かっこいい。そう思った。国境もなくいろんな国を行き来する鳥の人生。英語で文章を作ることなど、僕には木で自動車を作るようなものだったが、いつもは博学な知識を誇るジェジン氏があんなに英語ができないとは思わなかった。最初は丁重で切迫した手紙を書くつもりだったが、いざ出来上がった文面は簡単明瞭そのものだった。机の前で頭をひねり、便箋につたないアルファベットを書いていたジェジン氏が不満を漏らした。

「いざというときに限っていないんだから」

「誰がですか」

僕は尋ねた。

「ヒソンだよ。ネイティブ並みに英語ができるのに」

「ネイティブって何ですか」

「うん？　所育ち」

ネイティブも、所育ちも、僕には馴染みのない言葉だった。

「それじゃ、その手紙はまったく所育ちじゃない人が書くようなものですか？　まったく所育ちじゃない人って何だろう。異邦人？　流れ者？」

「ET」

自分でもおもしろいことを言ったと思ったのか、ジェジン氏がくっくっと笑った。

「ま、おじさんも頭が大きいし。だけど、今、ヒソンって言ったでしょ？　そうでしょう？」

「しまった、そう言ったっけ？　カントのことだよ」

「知ってます」

「そうか」

ジェジン氏はそっけなく言った。

ジェジン氏が英文を作り、僕が書き写した手紙は次のとおりだ。

いろんな国を飛び回る鳥の人生　御中

ハーイ。

僕の名前はキム・ジョンフンです。僕は韓国の少年です。僕は十七歳です。僕の父は二年前に交通事故で亡くなりました。母はもっと前に亡くなったと僕は思っていました。父は母が僕を出産するときに亡くなったと言いました。しかし、最近僕は父の日記を偶然見つけました。その日記を通して、僕の母があなた方の〈いろんな国を飛び回る鳥の人生〉に足環を登録したかもしれないことを知りました。その番号は

HONGKONG C7655です。できるだけ早く、この番号を登録した人について知りたいです。（そこまで書くと、ジェジン氏は少しかわいそうに見せた方が早く返事をくれるだろうと意見した。もっとものように思えたので、僕たちは次のような文章を付け加えることにした）僕は孤児になりたくはありません。僕は母が生きていると信じています。僕はどうしても母を探しだしたいです。どうか僕を助けてください。できるだけ早くその番号を登録した人を教えてください。どうか返事をください。

あなたの忠実な、
キム・ジョンフン

ジェジン氏は〈ＰＳ〉のない英文の手紙は、デザートのないトンカツのようなものだと言い、手紙の最後に〈ＰＳ〉と〈十二月十五日以降の返信先〉としてソウル郊外にあるペテロの家の住所を書き添えた。翌日、僕たちは少しでも早く手紙が届くようにと中央郵便局まで行って、航空郵便の速達便で出した。郵便局の女性職員は手紙を秤《はかり》に載せて重さを測り、椅子の後ろにある箱に手紙を入れてから、僕たちに領収書を渡した。中央郵便局を出て乙支路に向かって歩きながら、縁《ふち》を赤と青の帯で交互にまとった封筒のことを思い出した。なぜ封筒にあんな帯を印刷しているのかと聞いたら、航空郵便用の封筒だからとジェジン氏が答えた。あんなふうな赤と青の縞模様の服が、航空衣装のようなものがあったらおもしろいのにと思った。その航空衣装を着さえすれば、僕たちも空を飛べるなら。海を渡ることができるなら。鳥のように、いろんな国を飛び回ることができるなら。そういうのが僕たちの人生なら。僕は空を見上げた。はるか遠いところから真っ白なものが迫ってきていた。

「あっ、雪だ！」

僕は大声で叫んだ。

「雪を初めて見る子犬のようだな」

「本当、本当ですね！　本当に初めて見る雪みたいです」

僕の顔に雪が落ちては解けた。雪の結晶が氷から水に変わる感触がそのまま伝わってきた。

「どっかで清酒の大杯《デポ》でも一杯やりたいな」

「ええっ、大砲《デポ》ですって！　清酒の大砲？」

その言葉がおかしくて一人げらげら笑いながらも、僕はずっと空を見上げてその白い雪を眺めた。降りてくる雪は次第に軽くなり、風が吹くとふたたび空へと舞い上がった。それは春の空から落ちてくる桜の花びらのようでもあり、初めて飛びたつ六月のシベリアムクドリの雛のようでもあり、あるいは遠く海を渡って〈いろんな国を飛び回る鳥の人生〉を訪ねて飛行する航空郵便のようでもあった。僕は白い息を吐きながら、感動してずっと空を見上げていた。ハーイ。僕の名前はキム・ジョンフンです。僕は韓国の少年です。僕は十七歳です。僕は雪の結晶一つひとつにそんな挨拶をした。僕は孤児になりたくありません。僕は母が生きていると信じています。僕はどうしても母を探し出したいです。どうか僕を助けてください。どうか。

＊1【スンデクッパ】スンデ（豚の腸に豚の血と野菜、肉などを詰め蒸したもの）のクッパ。
＊2【戦闘警察】徴兵によって集められた、準軍事組織。北朝鮮から侵入した武装ゲリラの殺害・拘束を目的とするが、軍事独裁政権時代にはデモ鎮圧の役を果たす。二〇一三年に廃止、警察官による機動隊が発足した。

目で見て、耳で聞いて、口で言う勇気

僕はこの世に絶対に必要な人間なのか

ペテロの家に入ることにしたのは土曜日だった。荷物といっても衣類、枕、フィールドスコープ、まだ読み終えてない『ベニスに死す』と記念に一冊もらった『今でも言えない』、そして参考書などが全部だった。ジェジン氏がくれたスーツケースに荷物をまとめ、ソファーに座ってカント兄を待った。家具や本などはすでに移したので、事務所はがらんとしていた。僕はソファーに寝ころんで窓の向こうの龍宮スタンドバーの看板を眺めた。昼間の看板は、まるで化粧を落とした酒場の女のすっぴんのように青白く、どこかくすんでいた。事務所で生活した五ヶ月間、毎晩、規則的に点滅するその看板を見ながら眠りについていたので、他の場所で、おそらく明かりのない真っ暗なところで、それも初めて会う子たちと一緒に眠れるか心配だった。龍宮スタンドバーという八つの文字が早くも懐かしかった。その明かりを眺めながら眠ることができた五ヶ月は、僕の人生においてどれほど美しい時間だったのか。美しい時間というものは、いつも思い出のなかでしか見つけられないようだ。そんなことを考えているうちに、うとうと寝入ってしまった。せいぜい五分くらいだったろうか、体を揺すられ目を開けたらカント兄が立っていた。いつものチノパンにぶかぶかのTシャツではなく、ジーンズに茶色のセーター、そして紺のハーフコートを着ていた。最後に会ったのが半月も前だったので、どこかよそよそしく、それがまた寂しかった。鍵を閉めて事務所を出ると、心にぽっかり穴が開いてしまったようだった。

「こんなことになるとわかっていたら、もっと会っておけばよかったです」

スーツケースを引っ張って路地を抜けながら僕は言った。

「こんなことになるとわかっていたらって、何のこと?」

「ペテロの家に入ったら、もう会うのは難しいでしょう? 本も完成したから、もう僕は要らないだろうし。僕たちの顔も似ていくどころか、ますます違ってきてるし。ついには僕がどんな顔だったのかも忘れてしまうんでしょうね」

カント兄が足を止め、両手で僕の肩をつかんだ。

「わたしは人をすぐ忘れたりはしない。生まれてから今まで出会った人すべてが、わたしには大切な人よ。誰のことも忘れたりはしない。君にもありがとう、と言いたい。わたし一人じゃないことを教えてくれたから」

「何がですか」

「愛する人を失って苦しんでいるのが。君には自分の心をそのまま人に伝えられる能力がある。君は必ず世の中に必要な人間になる。それは多くの人にとても役に立つはずよ。わたしがいなくても……ペテロの家に行って。そこなら大学生たちが勉強を教えている。彼らに学んで、ぜひ大学にも入って。それから他の人の心を感じることができるその能力で、この世界を変えるの。今とはまったく違う世の中を作るのよ」

僕はすでにそんな能力を失ってしまったが、だからどんな思いでカント兄がそんなことを言うのかわからなかったが、そうします、と答えた。彼が変えろと言った世の中がどんなものかもわからなかったが、今とは違う世の中という言葉に心惹かれた。それは父が言っていた他の宇宙、ここでは起こらないことが起きている、その他の宇宙のことのようだったから。だから違う世の中を作るということは、暗くて広大な空間を横切って、他の宇宙へと旅することに似ていたというか。

「男の格好をしていてよかったことが一つだけある。道を歩きながらタバコを吸っても、何も言われないこと。男の人は人の目など気にしないで道でタバコが吸えるから、世の中にそんな自由があるってこともわかっていないだろうね。最後にその自由を満喫してみようか」

路地を抜けて大通りに出たところでカント兄が言った。そしてタバコの箱を差し出した。僕たちは足を止めてタバコを吸った。

「もうふらつかないんだね」

「好きな人の前で弱い姿を見せるわけにはいかないから」

「やるわね。いつまでわたしのことを好きでいるのか、見ててあげる」

カント兄がタバコの煙を吐き出した。

「これは一九八六年にだけ味わえる自由よ。女性が鍾路のど真ん中でタバコを吸っても何も言われない日がまもなく来るから。君のこの自由もまもなく終わる。まもなく君は大人になるから。だからどれだけ年月が経っても、一九八六年にわたしたちが鍾路二街のYMCAビルの前でタバコを吸う自由を満喫したことを忘れてはいけないの」

「ぷっ、その気になればタバコなんかいつでも吸えます」

「とにかくわたしと吸うのはこれが最後だから」

「なんで、さっきから最後って言うんですか？　本当に僕とはもう会わないつもり？」

僕は聞いた。

「そうね、わたしはもう決めたから」

「何を決めたって言うんですか」

「わたし、ちょっと変わったと思わない？」

返事の代わりに、カント兄が聞いた。僕はカント兄を見つめた。

「よくわかりません」

カント兄が変わるということになぜか嫌な感じがして僕はそう答えた。しかし、確かにどこかが違っていた。

焦げた黒い十字架

駅に近づくにつれ、電車が徐々にスピードを落とした。すると車両にいた人が一斉にため息をついた。線路沿いの鉄柱の間から、絨毯《じゅうたん》爆撃されたかのように廃虚と化した町が見えた。ところどころで煙が立ちのぼり、戦場を彷彿とさせた。まともに立っているのは電柱だけだったが、そこからは切れた電線がごちゃごちゃに絡まり地面に垂れていた。カント兄は口を開けたままその光景を見つめていた。電車から降りると、列をなしている戦闘警察が僕たちをじっと見つめた。僕は石ころだらけの車道をスーツケースを引きずりながらカント兄の後をついていった。しばらく歩いていると無線機を持った警察が、そこのお嬢さん、どこに行くんだ？と声を上げた。カント兄が足を止めて警察官の方を見つめた。彼の言うお嬢さんとはカント兄のことだった。ペテロの家に行きます、とカント兄が答えた。そこの人たちはみんな立ち退《の》いたよ、と警察官が言った。数日前には来年の春まではいると言ってたんですけど、とカント兄が言い返す。来年の春までだと？　と警察官が首を横に振りながら言い放った。ここで年を越して撤去反対などやりたがるヤツは赤しかいない。それでは、ペテロの家の子たちはどこに行ったんですか？　カント兄が聞いた。そんなの知るか。出て行かないと言い張っているときは目についていたが、ここから出て行った孤児なんかどこへ行こうと俺たちの知ったことか。警察官が顎で僕を指しながら聞いてきた。こいつも孤児か？　僕はカント兄の方を見た。カント兄は聞こえなかったふりをして歩きはじめた。盾を持った戦闘警察が僕たちの前に立ちはだかった。どいてください。カント兄が大声で言った。戦闘警察はびくともしなかった。道を開けて。カント兄が繰り返した。無線機を持った警察官が行かせろと命じると、彼らは道を開けた。すると、掘削機の後ろにヘルメットをかぶった撤去班の作業員が立っているのが見えた。道の両側には粉々になったスレート、崩れ落ちた塀、破れたテント、ひっくり返ったテーブルや裂けたソファー、壊れた食卓、粉々に割れた鏡、ぼろぼろの衣類、割れた瓦の破片や甕《かめ》、マッコリと食用油のボトル、食べかけのラーメンなどが散乱していた。作業員のずっと向こうに柱のようなものがあった。近くまで行ってみると、墓のように山盛りに積み上がった瓦礫《がれき》の上に、焦げた垂木《たるき》で作られた十字架が立っていた。その十字架を見つめるように撤去作業員が立っていて、近づく僕たちの方を振り返った。ハンマーを手にした彼らが、今にも襲いかかってくるのではないかと怖かった。彼らの横で炎が上がっていた。作業員はただ僕たちをじっと見つめるだけだった。その日の仕事を終えたので、僕たちを放っておいたのだ。僕たちは十字架の横を通り過ぎた。十字架の向こうには、崩壊した廃虚の跡に二十あまりの簡易テントが張られていた。

私たちの上にはただ空が広がるだけ

「何か聞こえない?」

強制撤去に遭った避難者から情報を得て、ペテロの家にいた少年たちが避難しているという教会へ向かうところだった。カント兄が足を止めて言った。僕も足を止めて耳を傾けた。そこは避難者と撤去作業員が黒い十字架を挟んで対峙している町から地下鉄で一時間もかからないところだったが、まるで別世界のようだった。歳末の明洞《ミョンドン》通りはレコード店のスピーカーから大音量で流れるクリスマス・キャロルと、恋人たちや家族の関心を引くために負けじとばかりに声を上げる客引きの声と、ウサギやサルなどのぬいぐるみが屋台の上で小さなドラムをたたく音と、遠くから聞こえてくる合唱の声などで騒がしかった。

「あの歌声のこと?」

「ううん、違う。よく聞いてみて。電子音のようなメロディーが聞こえない?」

僕はふたたび耳を傾けた。すると本当にかすかな、電子音のようなものが聞こえた。少しでも別のことを考えたら、すぐに耳から消えてしまいそうな弱い音だった。そのメロディーは僕たちの左手にある、クリスマスカードや年賀状を並べたリヤカーの露店から聞こえてきた。僕たちは露店の方に行ってみた。リヤカーにはいろんな種類のカードが並べられていた。ひょうきんなサンタクロースと真っ赤な鼻のトナカイ、謹賀新年の文字と松や鶴の絵が描かれたありきたりなカードがほとんどだったが、カードを広げると大きなクリスマスツリーが飛び出す立体的なものや、左右に動かすとサンタクロースの乗ったソリを引くトナカイの足がちょこちょこ動くホログラムのカードもあった。メロディーは立てて陳列されているカードから流れていた。僕たちがそのカードを見ていると、耳あてつきの帽子をかぶった店の人がカードを閉じてみせた。するとメロディーが消えた。店の人がカードを広げると、ふたたびメロディーが流れた。

「最近人気のメロディーカードです。見てください」

カードを渡されたカント兄は、ぼんやりした表情でそのメロディーを聞いていた。僕も同じものを手にとった。カードの表には雪の積もったのどかな村の風景が描かれていた。三角屋根のレンガ造りの家の窓から黄色みを帯びた明かりが漏れている。大雪のなかを歩いている最中《さなか》にそんな家を発見したなら、誰もが幸せな気分になりそうな家だった。カードを広げると同じメロディーが流れた。秘密はカードの内部に組み込まれた電子音が流れる丸い装置にあった。すごいものを見つけたように カント兄の方に顔を上げた僕は、しかし何も言えずにその顔を見つめた。どこか変わってない？　と聞かれたが、どう変わったのかやっとわかった気がした。僕はその額と目を見つめた。この人はもうカント兄ではなかった。ヒソン氏に戻ったのだ。彼女は目のまわりをこすると、店の人にいくらかと尋ねた。そしてそのカードを二枚買って、僕に一枚渡した。しかし、カードを送る相手など僕にはいなかった。

「風が目にしみて」

聞いてもないのにヒソン氏が言った。

「誰か風に唐辛子の粉でもばら撒いたのかな？」

何のことかわからないみたいに僕はとぼけた。

「道路に催涙弾の臭いが染みついてるみたい。この歌、聞いたことある？」

ヒソン氏が聞いた。

「好きな歌なんですか」

「ジョン・レノンというイギリスの歌手の〈イマジン〉という歌よ。イマジン、想像してみて。この人、わたしが大学一年のときにニューヨークで暗殺されたの。ちょうど今頃の時期だった。家に帰る途中で、五発の銃弾を受けて愛する人の目の前で死んだの」

ヒソン氏に言われた通り、僕は想像してみた。ある男が愛する女性と家に帰る途中、五発の銃弾に撃たれる場面を。意識を失った男の耳元で愛していると、心から愛していると女性が語りかける場面を。

「君に想像してみてと言ってるんじゃなくて、〈Imagine〉というタイトルが〈想像してみて〉という意味なの。この人が死んだというニュースを聞いて、どれほど泣いたことか」

「知っている人だったんですか」

ヒソン氏がぼんやりと僕を見つめた。

「わたしは彼のことを知っているけど、彼がわたしのことを知っているわけがない。わたしもこの世にこんな人がいることは知っていたけど、彼のために泣くとは思わなかったの。ただまだ若いのに残念だなって思ってた。だけどその日の夕方、たまたまラジオの追悼番組から流れるこの歌を聞いたの。思わず一緒に歌ったわ。そしたら、突然涙が溢れた。この歌が言うように天国がなければ、わたしたちの上にはただ空が広がるだけ。あの人はどこへ行ったのだろうと思って。どこにもいない人になったんだって。死ぬというのはそういうことだったんだと。もう二度とその人に会えないことなんだと。そしてやっと、一人の人間が死ぬというのがどういうことかを実感したの。一九八〇年十二月のことよ」

「ああ、一九八〇年十二月なら……」

そこまで言って、僕は口をつぐんだ。一九八〇年は、取調室に連行されたジェジン氏とヒソン氏が初めて出会った年だ。ジョン・レノンが暗殺されたその年に、ヒソン氏の婚約者は西海岸の海辺で変死体となって発見された。それ以上は聞かなくてもわかる気がした。ヒソン氏の言う死が、そのイギリスの歌手の暗殺を意味するのではないことを。だからその日、ヒソン氏はそのニュースのせいで泣いたのではないことを。そしてしばらくはその歌を聞くたびに、今のように目頭を赤くしただろうことを。Imagine. そんなふうに一九八〇年十二月のヒソン氏の心を想像すること。おそらくジェジン氏が横にいたら、まさにそれが天才のやることだと言うだろう。ヒソン氏が〈イマジン〉を口ずさんだ。

「だけど君、顔が……」

ヒソン氏が僕の顔を見つめて言った。

「僕の顔が、どうしたんですか」

顔を触ってみると、涙が流れていた。僕は足を止めてショーウィンドーのガラスに自分の顔を映してみた。商店街の華やかな照明の間から涙に濡れた顔が見えた。苦しみもなく流れた涙。

「ハ、ハ、ハハハ……これは何だ？　僕、どうして泣いているんだ？」

笑いながら自問する間にも、涙はとめどなく溢れた。

もう一度パレードが通り過ぎた

僕の記憶は事実と違うかもしれない。僕はこんなふうに記憶している。その年の十二月は暖かかった。まったく冬らしくなかった。凍りついたところもなく、軒下にぶらさがるツララもなかった。アメリカやヨーロッパの有名ブランドのコピーバッグを冷たい風が吹く軒先にぶらさげた店。まぶしいほど明るい照明の下で、ヘアバンドやイヤリングといったアクセサリーの露店が立ち並ぶ路地。そしてその路地を埋めつくす女たち。ラップでくるんだ海苔巻きと砂糖まみれのドーナツを積み上げ、並んで座っているおばあさんたち。インスタントコーヒーに柚子茶、ハトムギ茶や魔法瓶などを積んだカートを引く音をでこぼこ道に響かせる露天商。ビニール窓が曇って中が見えないオレンジ色の屋台から立ちのぼる白い湯気。いつの日か暖かかった冬として記憶するだろう一九八六年十二月の街を、マスクをしたり帽子をかぶって歩く人々を眺めながら、僕は〈イマジン〉のメロディーを口ずさんだ。彼らにとっても、そして僕にとっても一九八六年の冬は人生で一度きりだが、今にして思えば、彼らはどうかわからないが、僕にとって一九八六年の冬は、むしろ暑かったと言っていい。キャラバンの長い列の最後尾で、目の前のラクダの尻を追いかけていた幼いラクダが初めて味わう、砂漠の熱気のようだったというか。とにかく少し浮ついていて、かげろうのようにもわもわと。幼いラクダが熱い砂漠を渡ることはこれから数えきれないほどあるだろうけれど、自分の外側の熱をもろに感じたのはそれが初めてだろうから。初めてという言葉は、最後と同じ意味だ。僕たちは二度と初めてと同じ感覚を味わうことができない。一九八六年十二月は、僕にとってそういう意味だ。僕には初めてで最後の冬。〈イマジン〉のメロディーを口ずさんでいたら、前方から歩いてくる人々が目に入った。それは沈黙の行列だった。声も、歌も、叫びもなかった。ただ、溢れ返る人で足の踏み場もない明洞のきらびやかな照明と騒音の間に、無言の影のように溶け込んでいた。最初は近づいているクリスマスを祝う教会の行事かと思った。司祭服姿の神父たちが先頭を歩いていたからだ。長い野原を流れてきた川のように行列が通りかかると、河口のように人々の間に道が開かれた。顔色が優れなくてみすぼらしい格好の人たちが神父とシスターの後に続いた。子どものように小さな体に顔や首はシワだらけのおじさんたち、白い喪服を着て憂いと心配に満ちた顔で歩いていくおばさんたち、お玉のように曲がった手で杖をついてガニ股でせかせかと歩くおばあさんたち、生まれたときですら泣かなかったかのような、表情のない視線で両側に立つ人をぼんやり眺めるだけの子どもたち、そして彼らの一番前を黒いリボンのついた遺影を持った、僕と同じ年頃の少年が、僕たちの前を通り過ぎた。写真の顔はそんなに大事な行進に自分だけ参加できないのが残念だと言いたげな硬い表情で前を見つめている。僕は以前にもこんな行列を見たことがあった。いつか高熱に冒されたとき、気を失って倒れたとき、父のことがあまりにも恋しかったとき、そして一度も見たことのない母の顔を想像したとき、あのとき、夢か現《うつつ》かもわからない朦朧《もうろう》とした状態で、ある幻影の熱気に包まれて、自分の目で見たものが信じられず、だからといって違うとも言えずただ眺めていた、彼らが完全に通り過ぎるまでぼんやり眺めているだけだったあのパレード、ジェンツーペンギンとオランウータンとシベリアムクドリとタイリクハクセキレイとヒヨドリとカケスとハチジョウツグミとシマノジコと……死んでいったすべての動物と、最後に父が通り過ぎたあのパレード。

そして僕はこのように聞いた

「イエスさまが水の上を歩いて弟子たちがいる舟へといらっしゃったのは明け方です。これ以上ない真っ暗な時でした。おそらく今みたいにすごく暗い時間だったと思います。わずかその数時間前に、五つのパンと二匹の魚で五千人を満腹にする奇跡をはっきりと自分たちの目で見たにもかかわらず、弟子たちはその姿を見て〝幽霊だ！〟と叫んでぶるぶる震えます。おそらく暗くてイエスさまかどうか、よく見えなかったのでしょう。すると、イエスさまはこうおっしゃいます。〝勇気を出しなさい。私だ。恐れるな。恐れてはならない〟。このお言葉は、イエスさまがペテロとヤコブと彼の弟ヨハネを連れて、高い山に登られたときにも出てきます。彼らの前でイエスさまはその姿を変えられました。顔は太陽のように輝き、衣は白く光っています。そのとき、モーセとエリヤが彼らの前に現れてイエスさまと語り合っていると、ペテロが立ち上がってイエスさまに言います。仮小屋を三つ建てましょう。一つはあなたのため、一つはモーセのため、もう一つはエリヤのためです、と。ペテロが話しているうちに、光り輝く雲が彼らを覆い、こんな声が聞こえてきます。〝これは私の愛する子、私の心に適う者。これに聞け〟。その声を聞いた弟子たちは顔を地につけてひれ伏し、とても恐れました。すると、イエスさまは彼らに近づき手を触れておっしゃいます。〝起きなさい。恐れることはない〟。恐れるというのは、いかなる行動もしないことを意味します。顔を地につけてひれ伏すことを意味します。目が見るのをやめ、耳が聞くのをやめ、口が話すのをやめるとき、私たちは恐れを感じます。ですから、恐れるなというのは、否定の言葉ではありません。それは行動せよ、という意味です。目で見ろということで、耳で聞けということで、口で話せということです。つまりは、勇気を出せという言葉なのです。立ち上がれという意味です。どんなに暗くて目の前が見えなくても、恐れてはなりません。少なくともわれわれは、その闇を見つめることはできます。闇の前で勇気を出してください。ただその場で、ぱっと立ち上がってください」

一九八〇年、わたしたちの記憶のソウル

時には、一つの文章がわたしたちの人生をガラリと変えることもある。獄中で見聞きしたことを記録した若い詩人の文章が、まさにそうだった。その詩人は刑務所で、国家を転覆し革命を夢見たという名目で捕まった人たちに会った。そこには教師も、記者も、事業家もいた。土曜日の午後に鍾路の街で出会える、そんな人たちだった。彼らは詩人に話したの。なぜここに連れてこられたのか、自分でもわからないと。殴られるとやってない罪も認めるようになったんだと。しかし、自分たちは無罪だと。マスコミはわれわれをぶち殺せと騒ぎたてるが、神さまだけは真実を知っていると。そして、拷問した者ら自身も知っていると。はらわたが体から飛び出しそうな拷問を受けたが、すぐに釈放してくれるという話も聞いたと。しかし彼らの思いとは裏腹に、最高裁判所は彼らに死刑を宣告し、翌日に執行された。学識のある人たちが、古今東西の正義を勉強し尽くしたという人たちが、憲法と法律に基づき、その良心に従い独立した審判を下すと誓った人たちが、そんな人たちが傍若無人にも権力者に代わって、ただ耳障りな話をしたという理由で人を殺した。

彼らが死んだ後、詩人は彼らのことが忘れ去られないように力を尽くした。彼は自分が聞いた話を完全に暗記するまで、何度も何度も反芻したの。そして労役先の印刷所で拾った紙くずに、自分が記憶することすべてを書きとった。何人かの人がその文書を外に持ち出そうとしたけど、結局は情報部に押収されてしまった。真実はそんなふうに埋もれてしまうのかと思ってた。ところがその文章が三日間にわたって、ある新聞に発表されるの。あまりにも不可解だと情報部は思ったの。押収された十三枚の文章は一度もコピーされたことも、情報部の外に漏れたこともなかったから。突然の騒動に情報部は監察室に調査を命じた。それで監察室が取り調べた人のなかに、内務部から派遣された理事官がいたの。調査内容はこんなものだった。

質問　先日、〇〇高校三年生のイ・スヒョン君が訪ねてきたそうだが、それは事実か。

回答　事実だ。

質問　イ・スヒョン君の訪問目的は何か。

回答　スヒョン君は大学の後輩の息子で、〇〇高校が誇る秀才だ。大学を卒業したら政府機関で働くのが夢だそうで、普段からときどき会って助言をしてきた。それで情報部についてもう少し教えてほしいと頼まれたので、一度私のところに来てもらって説明したことがある。

質問　具体的にはどんな説明をしたのか。

回答　私の記憶では、そのときすぐに事務室を出なければならない用事があって、よりによってこんなときに来たのか、と彼に言った。会いはしたが、十五分程度だった。何かを具体的に説明するような時間はなかった。情報部の仕事についての一般的な説明と給料について話をした。

質問 そのときのイ・スヒョン君の反応はどうだったか。

回答 反応？ そんなものはなかった。ただ黙って聞いていた。もともとそういう学生だ。人の話を熱心に聞く。

これといった容疑がなかったため、その理事官に対する調査はそのぐらいで終わった。何の成果も得られずに監察が終わろうとしていたんだけど、監視班の課長の一人が気になることがあると問題を提起したの。その詩人の文章に、なぜ初日の文章のはじめに誤植があるのか、ということで。写植工のミスで文字がひっくり返ったり誤植が発生したりすることはあるが、版を重ねても誤植が修正されなかったのはおかしい、というのが彼の主張だった。それも一理あったので、監察班はその理事官に対する査察も続けることにしたの。そしてある日、彼の家を急襲した。突然の捜索にもこれといったものは見つからないと思われたけど、意外な場所で妙なものが発見されたの。それは二階の娘の部屋にあった新聞記事。課長が注目した例のその新聞記事、つまり若い詩人が書いた文章だった。そのとき、課長は初めて三日間の連載で誤植があったのは一ヶ所ではないことを知ったの。なぜなら、その新聞記事の誤植に赤いサインペンでまるがつけられていたから。もともとの文章は「悪夢から今まさに目を覚まし、鳥肌が立つほどまぶしい白い壁を見つめたときのその奇妙な感覚」で始まるんだけど、新聞ではこの部分が「異夢から今まさに目を覚まし、鳥肌が立つほどまぶしい白い壁を見つめたときのその奇妙な感覚」となっていた。二つ目の誤植は「小さな草さえも揺れない呪詛《チョジュ》の地」が「チョスの地」となっていて、三つ目は「この地獄によくぞ来たな。きみの名前、きみのもう一つの故郷《コヒャン》」が「コヒョン」という誤植だった。最初は課長もそれが何を意味するのかわからなかった。ただその新聞記事を保管しているのを怪しく思って、娘を呼んでその理由を尋ねた。するとその娘が言ったの。

「こんなことするのって、幼稚なんだけど」

「何が幼稚なんだ?」

課長が聞き返した。

「それをつなげれば自分の名前になると、わたしに送ってくれたんです」

「誰が送ってきたんだ?」

課長はようやく気づいた。その誤植をつなげれば、イ・スヒョンという名前になることを。

「イ・スヒョン。イ・スヒョンって誰だ?」

そして思い出すの。イ・スヒョンは、理事官を訪ねてきたあの高校生だってことを。そう、もう正直に話すわ。その課長に誤植をつなげれば人の名前になると話した理事官の娘が、わたしなの。理事官はわたしの父で、イ・スヒョンは結局わたしが愛することになった男。あんなことがなかったら、今頃、わたしたちはどうなってたんだろう。自信満々だった彼の言葉どおりに結婚したのだろうか。子どもも産まれたのかな。その日以降、自分に数えきれないほど投げかけた質問よ。あの夏の終わりの夜、あなたの名前が新聞にでも載ればもう一度考えてみる、ということさえ言わなかったら。あの人が父の事務室で十五分で覚えた詩人の文章に手を加えることなく、そのまま記者だった彼のお父さんに伝えていたなら。でなければ、その記事について尋ねられたとき、この国の若者なら読むべき記事だから切り取っただけだと、赤いまるは誤字があったのでつけただけだと、何事もないように話していたなら。そうしたら、すべては変わっていただろうか。今となってはわからないことだけど。一度起きてしまったことは元には戻らないから。

その事件で一番恐ろしかったことが何だったかわかる？　それは彼の頭の中に入っている一九七四年の記憶のソウルだった。そこには彼とわたしの父親がやりとりした情報がそのまま残っていたから。反体制勢力に最高機密を提供していた政府内の役人名簿と彼らが流した情報、手配者の支援をしていた宗教家や資金を出した企業家の情報など、ものすごいものが彼の頭の中にそっくりそのまま入っていたの。イ・スヒョンが〈奨学クイズ〉の年間トップをとった記憶力の天才で、毎週土曜日に父に会うためわたしの家に来ていたことを知った課長は、彼を情報部に連行した。ときおり別の部屋から悲鳴が聞こえてくる、その恐ろしい部屋に彼は閉じ込められたわ。薄暗い明かりと何の模様もない白い壁。恐怖で彼は完全に凍りついた。取調室に彼を座らせて、課長は円周率を言ってみろと言ったの。彼は怯えて唇を動かすこともできなかった。課長はやさしい声で続けた。

「震えてないで、よく考えてみろよ」

「3・14159265358979」

そこまでは言えたけど、後は思い出せなかったそう。

「おい、お前は円周率をどこまで覚えてるんだ?」

課長が後ろに立っている捜査官に聞いた。捜査官は「円周率? 3・14のことですか」と答えた。

「ほら、俺たちは円周率と言っても3・14しかわからない。お前は千桁まで覚えられるそうじゃないか。なのに、どうした? 円周率を言えないからといって殴ったりはしないよ、よく考えてみろ。〈奨学クイズ〉に出たときみたいに。カメラの前でやったように」

「3・14159265358979」

けれども、その後の数字は思い出せなかった。すると課長が急に声を荒げた。

「この野郎、ちょっと大目に見てやったら人の話を無視するのか? 円周率を言ってみろ! 〈奨学クイズ〉のときみたいに! カメラの前でやったように! 早く言え、この赤野郎!」

彼は必死に考えた。何をかって？　詩を。あの詩を。世界でいちばん美しい円周率を。アトリの影がぼんやり潜む庭のシュロの木夜の声に漂う心よ昔森の道を通るときだれかが聞かせてくれたメランコリックな口笛に赤いまぶたをこすりながらいっとき暑かった夏のことを思い出したゆるりと小川へとにぎやかに集まるマガモらと瞳おぼろげに見上げるチョウゲンボウらと青黒い注目の時間深い夜の濃厚な周りを通り居眠りするかのように澄まして押し寄せてくる雲の最初の一言寛容ではない瞳を冷たく濡らしたまえばどうしようもない後悔だと過ぎ去った希望の跡だと心の地図に乱れ散っていた冷たい息づかい夏の公園のベンチで一人酔いしれて歌った歌昨日は雨が降り……

その取調室で、彼は自分が記憶していることすべてを打ち明けた。一九七四年の記憶のソウルに保存されていたすべての情報を、一つも漏らさずに。それはあまりにも恐ろしいことだったわ。多くの人が彼の言葉によって情報部に連れて行かれては、ひどい目に遭ったから。彼らが受けた苦痛がどれほど大きなものだったのか、わたしはよく知っている。なぜなら、その事件の中心にわたしの父がいたから。今でも父はテレビの娯楽番組を見ないの。歌も歌わない。いつも硬い表情のまま。どんなに嬉しいことがあっても、父は笑わないの。あのとき、情報部に連れて行かれたとき、父の一部はそこで死んだのよ。とはいっても、彼の苦痛に比べられる？

彼は一ヶ月後に釈放された。しかし彼を待っていたのは、お父さんが亡くなったという知らせだった。自分の友人や同僚が次々情報部に引っ立てられては拷問を受け、職を失ったり刑務所に送られるのを目の当たりにした彼のお父さんは、「皆に謝罪する」という遺書を残して自殺したの。彼は自分の記憶力を呪うようになった。一時は父の自慢だったその記憶力を。そして彼は、一九七四年の記憶のソウルを壊しはじめるの。光化門《クァンファムン》交差点から鍾路五街まで、建物一つ残すことなく全部。跡形もなく、すべてを壊してしまった。一九七四年の記憶のソウルは徐々に崩れ、ついに廃虚になったわ。彼は酒に酔ってその日その日を過ごしていた。すぐに誰とでもケンカになって、警察に捕まったりした。警察官に名前を尋ねられても思い出せないと言い張って。それで警察官に殴られると、少し正気に戻ったりした。そこはどこで、自分は誰なのか。

一九八〇年の春、わたしたちがふたたび会ったとき、わたしは廃虚になった彼の一九七四年の記憶のソウルに残っていた唯一の人間だった。情報部に連行される前に会った人のなかで、彼が忘れるまいと努力した唯一の人。ムガスベーカリーで額をくっつけ合って泣いた後、わたしはもう一度やってみましょうよと彼に言った。もう一度記憶のソウルを、今度はまったく新しい一九八〇年の記憶のソウルを作ろうと。彼はためらっていた。忘れないということ、記憶するということ、それ自体を恐れていた。今の人生に、忘却の人生に満足しているとも言ったわ。しかし、わたしは彼を説得した。違うと。このままの人生じゃダメだと。わたしにはその程度の男はダメだと。すべてのことを記憶するくらいの男じゃないと、わたしには釣り合わないと。彼はわたしの目を見つめた。いつの日か76、あの夏の涼しかった夜と同じように。

　わたしたちはその週末、光化門の交差点でまた会った。東亜《トンア》日報社からスタートして建物や看板の名前をしっかり見て、それらをノートに書きとめたの。光化門郵便局、スターダストホテル、ユジョンタコ屋、ルネサンス喫茶店、コン眼科、中小企業銀行、普信閣《ポシンガク》、ポシン韓服屋、ファインヒール・ギャラリー、宝石店、鍾路書籍、聖書会館といった鍾路五街までの建物を一つも漏らすことなく順番に。そしてわたしたちは一週間かけてメモの内容を覚えて、次の週末にはお互い覚えたことを確認し合った。シンシンデパートの向かい側にある交番までは二人ともしっかり覚えていたけど、そこから道路を渡って普信閣の前に行くと、こんがらがってしまったわ。土曜日の鍾閣《チョンガク》駅の近くはいつも人でいっぱいだったから。わたしたちは離れないように手をつないで人波をかき分けながら進んだ。君は愛って何だと思う？　あのとき、人混みをかき分けながらわたしたちが取り合った手、離れまいと力を込めていたその骨と筋肉と血管が、わたしが知っている愛のすべてなの。それ以外に何があるというのだろう。ただその手を離さないということ以外に。鍾路五街まで歩いたら、道路を渡ってふたたび光化門まで戻るの。帰りはいつも疲れてたから、看板を覚えることよりお互いのことをたくさん話したわ。パゴダ公園の前を通る頃は、一週間の嬉しかったことや悲しかったことを話して、自分の夢や行きたいところについても話をした。たぶんその頃だったと思う、夏になったら二人で江陵《カンヌン》に行こうと約束したのは。

あのことがなかったら、おそらく夏頃には一九八〇年の記憶のソウルが完成して、わたしたちは江陵に行ったんでしょうね。彼はふたたびすべてを記憶する男になって、それで小数点以下の千桁まで、いいえ、それよりもっと長い円周率を覚えただろうし、それで記憶力の天才として有名になって、新聞にも名前が載ることになったでしょう。その次の年に大統領選挙があって、金大中《キムデジュン》に金泳三《キムヨンサム》、金鍾泌《キムジョンピル》のうち、誰かが大統領になったでしょう。けれど、金大中が連行され、その翌々日か釈尊降誕日だったか、朝刊の一面に「光州一帯デモ事態」と、黒に八つの白抜き文字が印刷されていた。見出しの横に光州一帯で発生した騒動はまだ収拾がつかない状態だ、という戒厳司令部の発表があっただけで、いくら新聞をめくってみても、そこには帝王切開による分娩が増えているという記事やテレビのせいで子どもの遊ぶ時間が減っているという記事、南原《ナムウォン》では春香祭《チュニャン》の真っ最中だという記事しかなかった。週末になって、わたしは光化門に出かけたの。しかし、彼は現れなかった。その代わりに、人通りがぐんと減った鍾路の路地裏では、千人が死んだとか二千人が死んだとか、機関銃で撃たれたとか軍用ナイフで刺されたとか、恐ろしいうわさだけが飛び交っていた。一九八〇年、わたしたちの記憶のソウルで。

その後も彼には会えなかった。手紙を出しても返事がなかった。彼の学校にも行ってみたけど、学校内に進駐している戒厳軍と装甲車を少し離れたところからただ見つめて帰ってきただけ。わたしたちの縁はそこまでだったんだとも思った。彼に会えない土曜日にも、わたしはあいかわらず鍾路の街を歩いていたの。いつだったか、公坪洞《コンピョンドン》付近の再開発のために作業員が二階建てのビルを撤去している現場を通りかかったの。それを見て胸が詰まった。わたしたちが信じ、願い、愛しているものがどれほど脆いものか、君は知ってる？　それらはやがて消え去ることになっている。いつだって崩れて壊れて忘れられるだけ。一九七四年の記憶のソウルのように、毎週末にわたしたちが作ろうとした一九八〇年の記憶のソウルも、いつかは完全に崩れ廃虚になるでしょう。あの頃、わたしたちはどんな人間だったのか、何を恐れ、何を熱く望んでいたのか、人混みのなかでも離れないようにどれほど強く手を握りしめていたのか、そんな記憶さえも跡形もなく消えていくでしょう。そして残るのは、憂鬱とメランコリーだけ。新軍部が権力をにぎった一九八〇年五月以降の鍾路は、わたしにとって恐怖と歓喜と絶望と至福の瞬間がすべて消えた後のかすんだ空間、無彩色の憂鬱と不透明なメランコリーの空間だった。

ふたたびムガスベーカリーの話よ。七月、熱い日差しが街路樹の葉を真っ青に染めていた初夏、そのパン屋の前を通りかかったら、急いでバスから降りる彼を見つけたの。嬉しいというよりは憎かった。それでも無視できずに彼の腕をつかまえた。半分魂が抜けているみたいだった彼がわたしに気づいて、「話は後にして」と言いながらわたしの手を握った。そのとき、突然何かの奇跡のように空からチラシが舞い落ちてきたの。それを見て彼は走りだした。憂鬱とメランコリーの街を。白い紙が舞い散る街を。まるで凱旋将軍のように。オリンピックの金メダリストのように。しばらく走ってある路地に飛び込むと、彼は両手でわたしの顔を包んでキスをした。わたしは心臓が止まるかと思った。たった一度のそのキスは決定的だった。その瞬間、完全にわたしは彼に溺れてしまったから。

「さっきのチラシは何？　一枚拾ってくればよかった」

すると彼は得意げな高校生のように自分の頭を指した。

「すべてはここに入っている。あれは僕たちがバスの屋根に置いてきたものさ。僕たちは黙っていない。何でもやる。じっとなんかしていない。僕たちは一人じゃないんだ」

彼はそう言った。その日、彼は歩きながら自分が覚えているものをわたしに聞かせたの。光州で起きたことを。苦しみと血と涙と死に関する話を。今でも鍾路の街を歩くと、あのときの憂鬱とメランコリーを、そして熱に浮かされるように、自分が聞いた話を助詞一つ間違わずにそのままわたしに聞かせた彼の声を思い出す。暑い夏だった。わたしも何かにとりつかれたように彼の話を聞いた。あのとき、わたしは熱い夏のなかにいた。あのとき、わたしは永遠について考えていた。空や海のようなもの、あるいは時間や空間、宇宙のようなもの。もしかしたら愛のようなものを。

心臓からわずか数センチの涙

「今日、ペテロの家に行ってみたら、町全体を取り囲んでいるフォークレーン、それに撤去班の作業員と警察の姿がありました。家が壊され町はすでに廃虚になっていて、住民たちは瓦礫の中から見つけた柱と垂木で骨組みを立て、その周りをビニールシートで覆ったテントの中でうずくまっていました。そのテントをまた壊そうとヘルメットをかぶった作業員と盾を持った戦闘警察が隊列を組んでいました」

ヒソン氏が言った。

「それで今、神父とシスターたちが彼らの前に立ちはだかっている。彼らは自分の目がくらんでいることもわからず、自分たちがやっていることを誰も見てないと思っているからね」

神父が言った。

「実際、わたしたちは見ることができません。テレビも新聞も、まったく報じませんから。地下鉄に乗ってここ明洞まで来たのですが、まるで別世界のようです。幸せはこんなにもはっきりと前面に現れるのに、苦しみは完全に覆い隠されています。殴って、壊して、閉じ込めて燃やしてしまう理由がそこにあります。闇の中に押し込んで隠せば、それで済みますから。わたしたちは今、冷たい真っ暗な闇の中にいます。目に見えないと、わたしたちはないものと考えます。だから彼らの苦しみもこの世には存在しないのです。神父さま、この苦しみははたして人々に見えるのでしょうか」

「あなたはすでにその答えを知っているようだけど……イエスさまは、汝《なんじ》の目は汝の体の灯《ともしび》だとおっしゃっている。見るってことは、すなわち、見えるということだ。私たちの目が澄んでいれば見えるでしょう」

神父はヒソン氏にそう答えてから、僕に視線を移した。

「まだ引っ越し先も決まってないのに、突然、強制撤去がなされてペテロの家の人は皆ここに来てるんだ。クリスマスが終わる頃には、場所も用意されそうだ。それまではテニスコートに張った大型テントで過ごさなければならないが、大丈夫か？」

「野営はもともと好きです」

ちらりとヒソン氏を見てから僕は言った。ヒソン氏は何か考え込んでいるようだった。

「そうか、若いときの苦労は買ってでもしろと言うからな。その気迫なら氷の上に竹の葉を敷いて寝ても問題なさそうだな。君の人生はあと七十年はあるだろうから、これからもこの教会に来る機会はたくさんあるだろう。そのたびに今日のことを思い出せば、できないことなどないだろう」

その話を聞いて、僕は十年ずつ足してみた。一九九六年、二〇〇六年、二〇一六年、二〇二六年、二〇三六年、二〇四六年、二〇五六年……そのとき、僕はどこで何をしているのだろう。僕はどんな気持ちで一九八六年の自分を思い出すのだろう。

「キム・ジョンフン君と言ったね」

考えにふけっていたら、神父がふたたび僕に声をかけた。

「はい」

「君にプレゼントがあるんだ。まだペテロの家が壊される前、最後に郵便配達員が来たんだが、そのなかにキム・ジョンフンという人宛ての国際郵便があった。うちの子どものなかにはそんな名前の子がいなかったから、間違って届いた手紙だと思って返送するつもりでいたんだが、いろんなことが起きてしまって、まだ私の手もとにある。さっき二人で手紙の話をしてたね？　考えてみたら、それは君に届いたもののようだ。司祭館に行って手紙を持ってくるから、ジョンフン君はまず、自分の荷物をテントに置いてきてくれないか」

「本当ですか！」

思わず手を合わせて聞き返した。僕はとりあえずスーツケースを持って外に出た。少し歩いて空を見上げた。明るい照明で彩られた明洞の空にも星が一つ輝いていた。僕はその星に向かって大声を叫んだ。「ハーイ！　僕の名前はキム・ジョンフンです。僕は韓国の少年です。僕は十七歳です」

僕の声が届くはずもなく、たとえ届いたとしても反応があるはずもないけれど、星は明るくなったり暗くなったりして輝き、まるで僕の話がわかるようだった。僕はテニスコートへと降りる階段に立っていた。そこから見ると、輝いているのは星だけではなかった。夜のソウルも光で輝いていた。僕は階段を降りて行った。

*

厚いビニールで覆われ、石油ストーブも置かれていたので、テントの中は思ったより寒くなかった。片隅にラーメンの入ったダンボール箱が積まれていて、その横には長い紐にかけられた洗濯物がぶらさがっていた。薄明かりの白熱灯の下、子どもたちはテレビを見たり宿題をしたりしていた。普段から出入りする人が多いのか、僕が入っても気にする人はいなかった。スーツケースをテントの片隅に置くと、外に出て文化館へと戻る階段を駆け上がった。階段の一番上に誰かが立っていた。最後の一段を上がりきって、それが誰かに気づいた。

「本当だったんだ。お前、ワンダーボーイじゃないか」

イ・マンギだった。僕はその声に驚いて、階段を後ずさりした。

「どうして僕がここにいることがわかった?」

僕は聞いた。

「おれたちにわからないことなどあるか?」

イ・マンギが教会の入口を指差した。二つの黒い影が見えた。思わずしゃっくりが出た。

「双子も一緒なのか？　ヒック」

僕のしゃっくりに今度はイ・マンギが後ずさりした。

「また吐くつもりか？　二度やられたが、三度目は絶対ないからな」

「違う、ちょっと寒くてしゃっくりが出ただけだ」

イ・マンギが僕に疑わしそうな目を向けた。

「実は他の用事で来てるんだけど、さっき〝僕の名前はキム・ジョンフンです〟って言う声が聞こえたから来てみたら、本当にお前だったよ。おれたちもまったく腐れ縁だな。久しぶりにおれに会ってみてどうだ？」

「夢に出てくるんじゃないかと恐ろしいよ」

「お前、変わってないな。おれ、どっか変わったと思わないか」

そう言われてみれば、どこかが少し違う。

「そうだ！　もうあの〝クソ〟も〝なぁ〟も言わなくなったんだ」

「もう子どもじゃないからな。ガキみたいにいつまでもそんなこと言ってられないだろう？　しっかりしなくちゃ。来年でおれも十七歳だ」

まるで来年で三十七歳ぐらいになるかのように、イ・マンギは無念そうに言った。

「前は僕と同じ歳だって言ってたくせに」

「一歳でも若い方がいいだろう？　歳をとりたきゃお前だけにしろ。おれは嫌だ。だけど、本当にわからないか？　おれのどこが変わったか」

「声も少し変わったな。声変わりしたんだな」

「こっちに上がってこい」

イ・マンギが僕を呼んだ。僕は階段を上がりきった。するとイ・マンギが僕に後ろを向くように言った。僕は少し不安だったが、彼に背を向けた。突然イ・マンギが自分の体を僕の背中にくっつけると、僕の後頭部をこづいた。僕は体をぱっと回転させた。

「もうほとんど同じだろう？」

イ・マンギが自分の身長を測った手を宙にしたまま言った。

「やっと背が伸びたのか。成長が遅いんだな」

「大器晩成と言うんだ。もう開発途上国から抜け出して、中進国の仲間入りをしたわけだ」

「だけど、なぜ急に背が伸びたんだ？　お前、ひょっとして最近女を愛したか？」

僕はクォン大佐の口調を真似て聞いた。

「おれはあの中にいるんだぜ。女となんかどこで会えるって言うんだよ」

イ・マンギが答えた。

「それもそうだ」

そしてハッと思い出した。

「お前、まさか。あそこにいる双子の姉を？」

僕は入口に立っている二つの影のうちの一つを指した。

「おいおい、拡声器でもつけたのか？　声がデカいぞ」

「いよいよ頭がおかしくなったな。こりゃ大変だ」

「お前、また人の心が読めるようになったのか？」

イ・マンギに聞かれ、僕はうなずいた。

「じゃ、今おれが何を考えているのかもわかってるんだな？」

「そうさ。だけど、そんな素振りなど見せないで、平凡に生きることにした」

僕が言った。

「それなら仕方ないな。とにかくそういうことなんだよ」

「クォン大佐に知れたら、しっかりしろとお前の顔にビンタを飛ばすぞ。あの人、若い頃に女の人によほど振られたみたいだよ。だから、打《ぶ》たれたくなかったら、こう言え。人口を増やすことで国家に報います、ってな」

人口を増やすことで国家に報います。イ・マンギがつぶやいた。

「よろしい。僕は忙しいからこれで失礼するよ。ところで、ここには何の用だ？」

「明日、この教会ですごいことをやるそうだ。よく見ておけ。そのためにおれたちが来たのさ」

「すごいことって？」

「明日、誰かがプンシンするという情報が入った」

その話に急に興味がわいた。

「うわー。本当にすごいことをやるんだな」

「すごいだろう」

イ・マンギが言った。

「ところで、それってどうやってやるんだ？」

僕は聞いた。

「何が？」

「プンシンだよ。それ、どうやってやるか知ってるか」

「なんでだ？　知ったら、お前もやってみるのか」

「ま、そうだな。方法がわかればな」

「ワンダーボーイだからって、何でもかんでもやろうとするのか」

イ・マンギが笑った。

＊

神父から受け取った十六折りほどの航空郵便の封筒には、次のような手紙が入っていた。

キム・ジョンフン様

こんにちは。

お問い合わせの、渡り鳥の移動経路観察用の足環〈HONGKONG C7655〉をシマノジコに着けたのは、イ・セインという韓国人で、返信先の住所は足環に表示されていた通り、香港の私書箱C7655となっています。

ところで、足環の登録台帳を調べている際、台帳に挟まれていた手紙が見つかりましたので一緒にお送りします。この手紙はイ・セインが国際鳥類協会に預けたもので、自分の身元を問い合わせる人がいた場合、その人にこの手紙を渡してほしいというメッセージがついていました。私たちは会議を開き、イ・セインの要請通りに、この手紙をあなたに送ることにしました。この手紙の内容につきましては、国際鳥類協会では何もわからないことをご了承ください。

どうか幸運を祈ります。

国際鳥類協会事務局長マルコ・ラムベルティニ博士

同封されていた小さな封筒を開けると、こんな手紙が入っていた。

恋しいお父さま

奇跡を望む気持ちでこの手紙を書いています。私はイ・セインと言います。独特な名前ですね。鳥のように自由な魂で生きるようにと、お父さんがつけてくださった名前です。覚えていらっしゃいますか。お母さんに、おばあさんに、叔母さんたちに、お父さんがどんなに立派な方だったのか聞かされて育ちました。官費奨学生として日本に留学したこと、帰国後は若くして教職についたこと、探鳥旅行に出かければ何週間も連絡が途絶えたことなど。五歳のときにお父さんがそばを離れてしまったから、私にはお父さんの記憶がそれほどありません。四十代の中年男性の顔だけがはっきりと浮かぶのですが、それが自分の目で見た顔なのか、それとも写真を見て想像した顔なのかよくわかりません。眉や目などはいつも同じような形をしていますが、例えば鼻などは思い描くたびに変わります。それでお母さんに「お父さんの鼻って、ちょっとわし鼻だったよね？」と尋ねると、お母さんは「そんなことを覚えているの？」と言います。けれども、その話を信じることができないのは、私が「お父さんって、鼻先が丸かったよね？」とふたたび尋ねると、「鼻は顔ほど格好よくなかったね」と言うのです。お母さんは私の質問に、無条件にそうだと答えるつもりのようですが、それはおそらくお父さんの顔を記憶しようとする私を励ます気持ちからではなく、母自身もお父さんの顔をだんだん忘れていっているからでしょう。お父さんは私たちの顔が思い出せますか。私たちはお父さんの顔を忘れつつあります。すぐ戻ってくると言ったのに、お父さんはもう二十一年も家に帰らないままです。

お父さんがいなくなった後も、千を超える鳥類標本は家に保管されていました。けれども戦争が起きて、ソウルは廃虚となりました。その渦中で標本はほとんどなくなったり捨てられたりしました。それでもいくつかは残っていて、その一つがコキンメフクロウです。その標本を覚えておられますか。台座には、一九四六年沙里院《サリウォン》で採集と記されています。コキンメフクロウのその黄色い瞳が、私の人生を照らしてくれたと私は思っています。お父さんのいない思春期は混乱の連続でした。なぜ自分だけがこのような不運に見舞われたのか、理解できませんでした。そういうとき、あの小さな黄色い瞳は私の慰めとなりました。私が高校を卒業する頃、上の兄が結婚し、下の兄は就職して、家の事情も少しはよくなりました。兄たちの強い薦めで大学にも進学することになりました。どんな勉強がしたいのかと聞かれたとき、何も考えずに鳥の勉強をしたいと答えましたが、それがもともと私の運命だったように思います。大学の入学式に来てくれた上の兄がこれから役に立つだろうと、お父さんが残したドイツ製のフィールドスコープをプレゼントしてくれました。お父さんの使い慣れたフィールドスコープを受け取ると、お父さんが入学式に来てくださったような気がして、涙が止まりませんでした。末娘がお父さんの跡を継いで鳥の研究をしていることを知ったなら、お父さんは誇らしく思われるのでしょうか。

このような手紙を書こうと思いたったのは、鳥類図鑑を作る仕事に参加してからです。私の指導教授はお父さんのことをよくご存じです。お父さんも先生をご存じでしょう？　先生の薦めで、私も図鑑を作るチームに入りました。図鑑のための写真撮影は各大学別に割り当てられ、私の学校は丹頂鶴をはじめとする渡り鳥を撮ることになりました。私はお父さんのフィールドスコープを持って出かけました。古いものでもドイツ製だということで、みんなに羨ましがられました。私たちは図鑑のための写真撮影とともに、渡り鳥に足環をつける仕事も一緒にしていました。渡り鳥の移動経路を把握するのに足環ほど効率的なものはないと学校では習いましたが、実際やったのは初めてでした。私は先生の指示に従って、足環別に放鳥場所、放鳥年月日、放鳥者、学名などを記録しました。クチバシで手の甲をつつかれながらも、渡り鳥がどれほど遠くからやってくるのかわかるようになるという期待を抱いて、空に鳥を放しました。休戦ラインの向こうへと飛んで行く鳥を見ながら、鳥のように自由な魂で生きるようにと、末娘の名前をセインとつけたお父さんのことを思いました。私が鳥のように自由なら、あの鳥の後を追って休戦ラインの向こうまで飛んで行ったでしょう。そしてお父さんを訪ねて行き、その胸に抱かれて泣いたことでしょう。

そうしているうちに、いいことを思いつきました。渡り鳥に足環をつける仕事を続けたらどうだろうというアイディアです。誰かが密かにお母さんに教えてくれた話の通り、お父さんが北朝鮮で生きておられるのなら、そしてそこで教鞭を取っておられるのなら、それはお父さんが今も鳥の研究をしておられるということでしょう？　それなら、いつか私が飛ばした鳥を捕獲する日が来るのではないでしょうか。そんな日はきっと来るでしょう。そしてその足環をつけたのがイ・セインであることを知ったら、お父さんはどんな気持ちでしょうか。ああ、私の娘だ！　と気づくのでしょうか、それとも単なる偶然だと、そのまま見過ごしてしまうのでしょうか。お父さんは一瞬で私のことだと気づかれたと確信しています。そうでなければ、今この手紙を読んではおられないでしょうから。一瞬で気づかれるということは、私のことを忘れていなかったということだから、とても嬉しいです。お父さん、私はお父さんのことを一度も忘れたことがありません。南北に分かれていて会うことはできませんが、いいえ、会うどころか電話や手紙のやりとりさえできませんが、今でもお父さんがお母さんや私たちのことを考えてくださっていることは、もう私にもわかります。なぜなら、私にも愛する人ができたからです。

夫は、何と言いましょうか、やはり私と似た仕事をしてきた人です。大学を出たわけではありませんが、鳥については私と変わらない知識を持っています。その人は自分よりもっと鳥のことを知っている人は別にいると言っていますが、それは謙遜でしょう。この一年はここ漣川で暮らしながら、彼は鳥を捕まえ、私はその鳥に足環をつけていました。彼と過ごしたこの一年は、私の人生で最も幸せな時間でした。毎晩、私たちは野原へ散歩に出かけて星を見上げました。そして星に願いごとをしました。

私の願いは南北統一だと言うと、その人は笑います。その人は願いなんてないと言います。少し前までは若い娘と熱い恋愛をしてみることだったそうですが、今では願いなどないと。今度は私が笑います。来年の春には私たちの子どもが生まれます。この子が生きる世界はどんな世の中でしょうか。ロケットが月まで行く時代ですから、今からは想像すらできない世界でしょう。この子が生きる世の中では、父と娘がこんなに近くにいながら手紙のやりとりさえできないことなど絶対にないでしょう。この子が育つ一九七〇年代が、今とはまったく違う世の中になることを切に願っています。

お父さん、この手紙を読まれたら、どうかお返事をください。どんなに遅くとも構いません。待つ人にとって返事はいつも遅く着くものだということぐらい、私もよくわかっています。私はいつまでもお父さんの返事を待っています。

お父さん、愛しています。

一九六九年十二月二十四日クリスマスイブに

もう一度奇跡を望み、

末娘　イ・セイン

＊

その日の夜、ヒソン氏は自分もテントで寝ると言いだした。もしも僕のためなら、そんな必要はないと僕は言った。ヒソン氏は僕とは関係のない他の用事があるのだと、気にしないでと言った。その夜、彼女の顔はずっと暗かった。他の用事って何ですかと僕が尋ねると、自分も野営するのが好きなのと彼女は言った。バカみたいに笑みがこぼれた。何ともないふりをしたが、しかしそれが何ともなくなかった。テントの明かりが消えてからも、僕はまったく眠れなかった。父と、母と、思い出せない母の顔と、これで最後だと言うヒソン氏と、イエスさまがおっしゃった澄んだ目と、それによって共に明るくなる体と……また、あらゆる考えが頭の中をよぎった。

翌日の明け方だった。夢の端っこをさまよっていたら、誰かの声が聞こえた。

「そっちじゃなくて、こっちよ！」

僕は顔のわからない誰かと自転車に乗っていた。その人が言う〈そっち〉とは華やかな明かりで輝く、しかしよく見ると街灯や家の窓からのものではなく、炎が上がっている都市だった。燃えているその都市は、僕が育った都市ソウルだ。そしてその人が言う〈こっち〉とは、闇の中にある黒い峰だった。僕がその黒い峰を怖がると、その人は微笑みながら言った。

「ただそこに下ろせばいいのよ」

何を下ろせというのだろう、と僕は思った。あなたのその心を。以前のようにその人の考えていることが読みとれた。その人は自転車のハンドルから両手を離して、まるで翼を広げるようにしゃんと伸ばした。両手をこう広げてごらん。あなたの体は紙のように軽くなるわ。その言葉通り、僕は両手を広げた。自転車が少しふらついた。目を閉じて、あなたを引き上げる巨大な力を感じるの。私たちの頭上数万メートルから吹いてくる宇宙の風を想像して。その風に乗って巨大な峰を越えていくと考えるのよ。僕たちの頭上数万メートルから吹いてくる宇宙の風に乗って……僕は目を閉じて繰り返した。そして僕は浮き上がった。僕が飛んでいるのではなく、僕の体が風にさらわれているかのように。よくできたわ。すべてはあなたの選択次第だということを忘れないで。自分が望む方向の風に乗ればいいの。絶対にあなた一人の力であの峰を越えようと考えてはダメよ。一人ではどこにも行けないってことを覚えておいて。あなたを動かすのは風よ。あなたはどの風に乗るのかを選択するだけ。遠く下の方で、僕が乗っていた自転車が転がって道端に倒れているのが見える。もう少し近づいてみると、黒い峰はただ黒いだけではなかった。そこにはあまりにもたくさんの色が隠されていた。燃えているあの都市は私たちの記憶が留まる場所、そしてこちらは私たちが一生登ることになる峰、いつか一度は越えなければならない黒い峰よ。そして、僕はそれが一度も聞いたことのない母の声であることに気づいた。僕は広げた両手で母の体を抱きしめた。母の体は岩のように丈夫で、綿のようにやわらかく、浜辺の砂のように温かかった。**手を広げるのよ。でなければ私たち二人とも落ちてしまうわ。**しかし僕は手をほどかなかった。僕は母をぎゅっと抱きしめた。絶対離さない。二度と母と離れたりしない。宇宙の向こうの果てで休むことなく僕のことを考えている母の心がそのままに伝わってきた。抱き合ったまま僕たちは下へ、燃え上がる僕の都市ソウルへと落ちてゆく。そして僕はまた、頭上数万メートルから吹いてくる宇宙の風を想像して、両手を広げた。するとまた母が僕から遠ざかり、僕はふたたび母をぎゅっと抱きしめた。母と僕はそんなふうに抱き合ったまま燃え上がるソウルと、黒いだけではない峰の間を漂った。そして目を開けたら、まだ日が昇っていないのか辺りはしらじらとしていた。夢の中で聞いた声は、テントの外の誰かの声だった。彼らの気配がだんだん遠ざかり、僕は徐々に眠りから目を覚ました。僕は夢の中で母を抱きしめていると思っていたが、それはヒソン氏だった。セーターに顔をうずめていたため、ちくちくする。その胸に抱かれて僕は泣いた。それは父の遺産ではない、完全に僕自身の涙だった。誰かの心臓からわずか数センチしか離れていないところで泣くのは、本当に久しぶりだった。おそらく十七年ぶりのことではないだろうか。

もう一度、僕の行動を論理的に説明するので、
よく聞いてください

まず、次のページの写真を見て正解を当ててみてください。

宇宙にはあれほどたくさんの星があるのに、僕たちの夜はなぜこんなにも暗いのでしょうか。

それは僕たちが地球という孤独な星で生きているからかもしれません。天文学者は、銀河にはおおよそ三千億個の星があると推定しています。そのなかで生命体が存在していると確認された星は、現在、地球だけです。だから地球は孤独なのです。この孤独は、三千億分の一の孤独です。このなかに生命体が存在する星が他にもう一つでもあるとすれば、この孤独は半分に減るでしょう。そして地球の夜は、今より二倍は明るくなるでしょう。しかし、今は地球一つだけなのです。どんなにたくさんの星があっても、地球が三千億分の一の孤独を抱えている限り、地球の夜は依然として暗いままでしょう。

中学一年のとき、僕は科学の先生が好きだった。赴任してまもない先生だった。遠くから歩いてくるそのスカート姿が見えると、胸がドキドキした。ところが後ろの列に座る子たちがスカートの下に鏡を差し入れ、その中を覗こうとしたことから、先生はズボンしかはかなくなった。僕はその子たちが憎らしかった。

赴任してまもなく、先生は討論式の授業をしようと頑張っていたが、生徒の反応はいまいちだった。質問してと先生が促しても、みんなふざけてばかりいた。それで僕が手を挙げた。

「今までに地球で生まれた人は、全部で何人ですか」

先生は言葉に詰まったのか、すぐに答えられなかった。

「いい質問ね。だけど、それは先生にもわからないわ」

先生が率直に答えると、みんなは机をたたきながら大声を上げた。先生が静かにして、と言っても誰も聞かなかった。しばらくしてようやく落ち着くと、先生が言った。

「次の時間までに調べてくるね」

二、三日後、本を借りに図書館に行ったら、その先生がいた。僕に気づいた先生が、近くに来るよう手招きした。先生は『惑星の地球』という本の、次の箇所を見せてくれた。

これまで地球上に存在したホモサピエンスの数は、1065000000000人と推定される。

僕は人差し指で後ろから数字を数えてみた。一、十、百、千、万、十万、百万、千万、億、十億、百億、千億。一〇六五億人だった。

「やっと見つけたわ。だけど、なんでこんなことが気になったの？」

先生が尋ねた。突然の質問に僕は慌てた。

「それは僕にもよくわかりません」

先生の表情が硬くなった。

「僕も次の時間までに……」

「もう、なんなの。先生をからかってるの？」

先生が僕の背中をたたいて笑った。笑うとちらりと八重歯が見えた。

「実は、将来、科学者になりたいです」

「そう？　それはいい考えね。どうせならノーベル賞を受賞する科学者になってほしいわ」

あのとき、初めて知った。

これまで地球には１０６５０００００００００人もの人が生まれたことを。

こんなにたくさんの人が生きていたことを。

だけど、僕にとって家族は父一人だけであることを。

そして今では、僕の隣には誰もいない。

僕は一人だ。

地球ほどではないが、
僕もやはりものすごく孤独だ。

一〇六五億分の一ぐらい孤独だ。

１を１０６５億で割ると、
０・００００００００００９３８９６７１３６１５０２３４７４１７８という数字になる。

０・００００００００００９３８９６７１３６１５０２３４７４１７８は０に等しい。

僕という存在は、ないことに等しいのだ。

だから僕の夜も、地球の夜のようにひたすら暗いだけだ。

しかしその孤独は、一瞬にして特別なものになった。
それは、僕が先生の八重歯の虜《とりこ》になったからだ。
ノーベル賞を受賞したら、僕は受賞の言葉で、そのすべての栄光を先生の八重歯に返すつもりだった。
科学者になりたいと言ったのは、その八重歯のためだったから。
僕は、地球上に存在した人間の八重歯は全部でいくつだろうかと考えた。
一人に一本ずつなら、少なくとも１０６５億本。
そのなかで僕が惚れた八重歯はそれが初めてだ。
それは少なくとも１０６５億本のなかから選ばれた、
と――――――――――――っても
特別な八重歯だった。
「紳士淑女の皆さん、僕がこの場に立っているのは、１０６５億本のなかから選ばれた、たった一本の八重歯のおかげです」
だから、１０６５億本のなかの一つというのは、
ないに等しいのではなく、
とても特別なことを意味する。

それなら、一人だという理由だけで地球の夜が暗いはずはない。
それは僕の夜も同じだ。

翌朝、目を覚ますと、ヒソン氏の姿が見当たらなかった。その日、教会で用事があると言っていたヒソン氏の言葉を思い出した。汝の目は汝の体の灯だ、というイエスさまの言葉も思い出した。明るく見えるとき、明るく見ることができると言った神父さまの言葉も。そして最後に、その日に誰かがプンシンするという情報が入ったというイ・マンギの言葉を思い出した。僕はジャンパーを着てテントの外へ飛び出した。ちょうど空が白む朝方で、空気は作りたてのように新鮮だった。どこかで号令をかけている声が聞こえてきた。清掃車が通っているのか「エリーゼのために」のメロディーも聞こえる。僕は階段を駆け上がって、教会前の庭へと急いだ。あたりを見回したが、どこにもヒソン氏の姿は見えなかった。僕は扉を開けて教会に入った。教会の中は暗かった。頭に白いベールをかぶって座っている人の姿が見える。僕は右側の通路を前に進みながら、その人たちの顔を確認した。彼女たちは両手を合わせて祈っていた。最前列まで行くと、ふたたび引き返した。どうか、と僕は祈った。プンシンがそんなことだったなんて知らなかった。僕は頭を叩きながら歩いた。どうか、お願いします、と何度も何度も祈りながら。

夜空が暗い理由について、科学者たちがこれまでに出した主張と反論は次のとおりです。

主張1　宇宙は有限であり、限られた数の星が非均質的に分布しているからだ。

反論　宇宙が有限なら、万有引力の法則により星は互いを引き寄せ合い、最終的には一地点に収縮するだろう。

主張2　地球と星の間には塵《ちり》が多すぎて、星の光が地球まで到達しないからだ。

反論　継続して光のエネルギーを吸収すると、塵の温度が上がり、結局は光を放つことになるので同じことだ。

主張3　星との距離が遠ければ遠いほど、その光がかすんで、よく見えないからだ。

反論　遠い星の光がかすかなことは事実だが、そのように範囲を広げれば、より多くの星が見えるので、結果的に光の強さは変わらない。

この問題を初めて解決した人は、米国の推理作家で詩人でもあるエドガー・アラン・ポーです。彼は死ぬ直前に『ユリイカ』というタイトルの散文詩集を出しましたが、そこにはこんなくだりがあります。

星が果てしなく並んでいるなら、夜空はまぶしく輝かなければならない。広大な宇宙空間で〈星が存在できない空間〉というのが別にある理由などないからだ。したがって、宇宙空間のほとんどが空いているように見えるのは、遠くにある天体から放たれる光が、まだ我らの目に届いていないからだと考えるしかない。

ポーのこの詩は、僕たちの夜が暗い理由を解く大きな糸口になりました。僕たちが今眺めているのは、現在の星の光ではなく、過去の星の光です。星の光は秒速三〇万キロメートルの速度で移動します。非常に速い速度ではありますが、無限に速い速度ではありません。今、一光年離れたところで新たな星が生まれたとすれば、その光は一年後に僕たちの目に映るでしょう。同じように宇宙の年齢が十歳だとすれば、十光年以上離れたところにある星の光は、まだ僕たちの目には見えないでしょう。

現在、宇宙の年齢は一三七億歳と知られています。一三七億光年よりさらに離れた星の光を見るには、一三七億歳という年齢はあまりにも若いです。それに僕たちの宇宙は、今なお成長しています。膨張する風船上の点と同じように、星はますます遠ざかっていきます。遠ざかる星はかすんできます。僕たちの夜は、まだ見えない光と遠ざかりかすんでいく光に満ちているため暗いのです。

ですから、結論は次のとおりです。

僕たちの夜が暗い理由は、僕たちの宇宙がまだ若くて、依然として成長し続けているからです。

朝日が射し込んでいない文化館のロビーは、まだかなり暗かった。ガラス扉の外から目の周りを両手で囲んで中を覗き見ると、薄暗いなかに人が立っているのが見えた。ヒソン氏が壁を見つめていた。彼女はポケットから何かを取り出した。そして火をつけた。ライターの明かりだった。僕は息が止まりそうだった。ドアを開け、ヒソン氏に向かって走って行った。彼女が僕の方を見た。僕は彼女を抱きしめた。こんなに熱いなんて。こんなにも熱いなんて。どうして人の体がこんなにも熱く感じられるのだろう。それはもしかしたら、あのとき、僕たちがまだ若く、依然として成長していたからかもしれない。

「どうしたの？」

ヒソン氏が僕に聞いた。

「ここで何してるんですか」

「この絵、この絵を見ようと」

ヒソン氏が指した壁に絵が飾ってあった。二人の男が胸の前で両手を合わせて、慌てた様子でどこかへ向かっている絵だった。ヒソン氏がふたたびライターをつけると、二人の男の後ろの黄金に輝く野原と空がぱっと明るく見えた。

「この二人は、イエスさまのお墓に行ってきたマリア・マグダレナから、死体が消えたという話を聞いたの。それで、イエスが復活したことなど想像もできないまま、心配で走って行く途中なの」

ヒソン氏はライターを上にあげ、左手で二人の男の額と頬を指し示した。

「これを見て、そしてここも」

彼らの顔も黄金の色だった。

「朝、この人たちは東の方へ、だから光に向かって走っている。それで顔がこんなに明るいの」

ペテロとヨハネは朝方の光に向かって走っている。二人とも今の僕みたいに息が切れていただろう。黄金の日差しを受けた二人の顔は明るかった。僕の顔も二人のように明るかっただろう。僕たちの顔はそういうふうに似ていたのだと思う。

そしてヒソン氏がライターを消した。

僕たちは明るい体でそこに立って、しばらく絵を見つめていた。

ソウル大公園のイルカショー

一九八七年、僕は多くのことを学んだ。
他の子どもたちのためにご飯の炊き方を学んだ。
ほうきを使って天井に壁紙を貼る方法を習った。
煉炭三個を重ねて、穴を合わせる方法を習った。

その年の四月、僕は十七回目の誕生日を迎え、高卒認定試験にパスした。公衆電話でヒソン氏に知らせたら、彼女はおめでとうと言いながら、何かお祝いをしたいと言った。僕はしばらく考えて、ソウル大公園のイルカショーを見に行きたいと言った。ヒソン氏は二つ返事でそうしようと答えた。僕たちに可能な日は日曜日だけだった。なぜなら、ジェジンおじさんが〈主婦の友〉という出版社を買い取って、猛烈な勢いで社会科学書を出していたからだ。五月の最初の日曜日、僕たちはイルカショーを見に行った。二人きりで仲良くイルカの愛くるしいショーを見に行くなど、最初から無理な話だった。ジェジンおじさんがついてきたからというより、その日は十万人もの人がソウル大公園に押し寄せていたからだ。人がイルカを見ているのか、イルカが人を見ているのかわからないほどだった。それでも僕は嬉しかった。とにかく、母さんと父さんと一緒にソウル大公園のイルカショーを見るという願いが叶ったから。たとえ僕の母と父ではなくとも、その年の一月に結婚したこの二人は、まもなく母親と父親になる。

そんなふうに夢見たことを一つ二つ実現していけば、僕は大人になるだろうと思った。今ではみんな大人になっているであろう、あの日、ソウル大公園に来ていた十万人の人にも挨拶をしたい。

そして一九八七年の夏、
ペテロの家で国語や数学、英語を教えていた大学生たちが僕らに言った。
これから私たちが生きる世の中は、まったく違うものになるだろうと。
二度と過去には戻らないと。
もし誰かがそんなことをしようとしたら、
私たちは黙っていないと。
何でもやると。
絶対じっとなんかしていないと。
私たちは一人ではないと。

●参考資料

＊『戦争未亡人、韓国現代史の沈黙を破る』イ・イムハ、本と共に

＊『「湖南《ホナム》地域の軍事作戦中に発生した民間人犠牲事件」――11師団20連隊作戦地域を中心に』真実・和解のための過去史整理委員会

＊「これ以上、行くところがありません」――サンゲ洞173番地撤去住民の叫びと訴え、『開かれた社会』一九八七年第一冊

＊『金芝河《キムジハ》全集Ⅲ――美学思想』金芝河、実践文学社

＊『鳥が生きる世界は美しい』ウォン・ビョンオ、ダウム

＊『超空間――平行宇宙』ミチオ・カク、パク・ビョンチョル訳、キムヨン社

＊聖堂でヒソンとジョンフンが一緒に見る絵は、ウジェーヌ・ビュルナン（Eugène Burnand, 1850–1921）の『復活の朝、墓へ急ぐペテロとヨハネ』。

本文の写真出処は、NASA/JPL-Caltech/2MASS/SSI/University of Wisconsin による。

著者のことば

その時、僕はソウルの都市高速道路である内部循環路で車を運転していました。ある大学で小説の創作に関する講座を終えて家に帰るところでした。キャンパスを抜け出した頃には、何か甘いものが食べたいくらいに疲れていました。しかし、車の中には食べるものがなかったので、アイポッドをつなげて音楽を聞くことにしました。曲がとりとめなく次々に流れてきました。帰宅時間帯近くの内部循環路に車がどんどん押し寄せてきました。もっと混み合う前に内部循環路を抜け出して別の道路に入らなくてはと思っていた時、「Birthday Resistance」という曲が流れてきました。前田勝彦さんの一人バンド、ワールズ・エンド・ガールフレンドの曲で、日本語のタイトルは「誕生日抵抗日」です。

その曲を聞いていて、ふと、ある少年が宙に止まっている無数の雪片を見つめながら手を伸ばしている光景が浮んできました。前田さんがどんな理由で「誕生日抵抗日」というタイトルをつけたのか分かりませんが、僕が感じたのはそんなイメージでした。少年は、自分が夢を見ていると考えたのでしょう。それで、それを確かめるために手を伸ばすのです。宙に止まっている雪に触れた瞬間、少年は「冷たい」と感じます。そして、雪はあっという間に解けてしまいました。夢ではなかったのです。そんな想像をしている内に、いつの間にか曲は終わっていました。それでもう一度聞いてみました。いずれにせよ押し寄せる車の大群のため早く家に帰るのは難しくなったので。やはり、少年が現れて宙に浮かぶ雪に手を伸ばしています。また聞いてみました。同じです。大変だ、と思いました。早く帰って、これを小説に書かなければならないのに……事故にでも遭ったら大変じゃないか……。

幸い僕は無事に家に帰り、こうやって、皆さんにこの小説を手にとっていただくことができました。作品の背景は一九八〇年代の韓国ですが、作中に流れる時間も行きつ戻りつしていますので、必ずしもその時期の韓国でなくても構わないと思います。重要なのは、恋に落ちる瞬間、僕たちは不完全な存在になるということで、それはどの時代、どこで生きる人間においても避けられないことなのです。自分が不完全な人間であることを認めるのはとても大切なことです。それは自分だけでなく、他の人を理解するのにも大いに役立つでしょう。そんなことを話したくて書いた小説が、一曲の日本の音楽から始まった小説が、このように日本で出版されることを不思議に思います。今、次作の取材のため長崎に滞在していますが、前田さんが五島列島の出身であることを知り、ますます不思議な感じがします。この不思議な気持ちをずっと大切にしたいと思います。

二〇一六年三月、長崎にて

キム・ヨンス

訳者あとがき

「新しい韓国の文学」の第十巻『世界の果て、彼女』の作家キム・ヨンスの二〇一二年作だ。『世界の果て、彼女』はさまざまな年齢の主人公が今日を生きる姿を描いた短編で、本作は主人公である十五歳の少年が生きる一九八〇年代を舞台にした長編である。両方ともキム・ヨンス作品の大きなテーマである「共感」と「疎通」の可能性に対する思索的な作品といえる。

ある時代は、その時を生きた人びとや社会にとって、いつまでも忘れがたいものだったりする。激動の現代史を生きてきた韓国社会だが、一九八〇年代はまさにそうした時間だった。著者のことばには、そうした時代背景にとらわれずに読んでいただきたいとあるが、理解のために少しだけその時代に触れたいと思う。

韓国の一九八〇年は、贅沢とみなされ先延ばしにされていたテレビのカラー放送がはじまり、にわかに結成されたプロ野球や娯楽番組が人びとを釘付けにした。また、三十年以上続いた「夜間通行禁止令」が解除され、人びとの生活に大きな変化をもたらした。こうした変化は、十八年にわたる朴正熙の軍事独裁政権が彼の射殺事件により幕を下ろし、新たに政権を掌握した全斗煥の新軍部政権によるものだった。政治から人びとの関心を逸らさせるための、スポーツ、ショー、セックスのいわゆる「3S」と呼ばれる愚民化政策だ。そして、そうした光の政策の陰では、民主化を求める学生や市民に向けて戒厳軍が発砲する「光州事件」が起こり、言論統制や拷問が行われ、学生運動や焼身自殺など、抵抗と抑圧が繰りかえされた。

一九七〇年生まれのキム・ヨンスは、主人公ジョンフンとちょうど同じ年齢。大人でも子どもでもない視点でそうした時代を寓話的に描いている。韓国社会がどのようにして今のような形になったのか、若い読者に話したかったと執筆動機を述べている。

作品の最後に、韓国の民主化において大きな転換点を迎えることになった一九八七年の夏、ペテロの家で子どもたちに勉強を教えていた大学生たちは言う。「これから私たちが生きる世の中は、まったく違うものになるだろうと。二度と過去には戻らないと。もし誰かがそんなことをしようとしたら、私たちは黙っていないと。何でもやると。絶対じっとなんかしていないと。私たちは一人ではないと」。

そして今、世の中は果たしてあの時代とまったく違うものになっているのか、読者はいろんなことを考えさせられる。傷ついた者同士の悲しみと悲しみが重なり合い慰めになっていた時代、まったく違う世の中を夢見て行動していた時代、私たちは一人ではないと信じていた時代。権力の横暴と抑圧の時代だったが、信念と確信が持てる幸せな時代だったのかもしれない。

作中にはたくさんの宇宙や天体に関する数字や知識が随所で語られている。変わらない状況に絶望を覚えても、私たちが希望を捨てられない理由がここにある。「宇宙にあれほどたくさんの星があるのに、僕たちの夜が暗い理由は、僕たちの宇宙がまだ若くて、依然として成長し続けているからかもしれない」と主人公は言う。すべてが不確かで疑わしい時代、提示される数字は明確で納得させられる。著者は天文学者になるのが夢だったと度々語っているが、本作ではその知識が遺憾なく発揮され、数字の世界を情緒的なレベルへと導いてくれる。

闇の中にいると感じる時、たった一人だと感じる時、この作品があなたに差しのべられた温かい手となることを願う。

きむ　ふな

著者

キム・ヨンス（金衍洙）

1970年、慶尚北道生まれ。成均館大学英文科卒。93年、「文学世界」で詩人としてデビュー。翌年に長編小説「仮面を指して歩く」を発表し、高く評価されて小説家に転じる。『グッバイ、李箱』で東西文学賞（2001年）、『僕がまだ子どもの頃』で東仁文学賞（2003年）、『私は幽霊作家です』で大山文学賞（2005年）、短編小説「月に行ったコメディアン」で黄順元文学賞（2007年）を受賞し、新時代の作家として注目されてきた。2009年「散歩する人々の五つの楽しみ」で韓国で最も権威ある李箱文学賞を受賞。韓国文学を牽引すると同時に、若者たちを中心に熱烈な支持を得る人気作家である。小説のほかエッセイ『青春の文章』『旅行する権利』『私たちが一緒に過ごした瞬間』、作家・キム・ジュンヒョクとの共著『いつかそのうちハッピーエンド』なども多くの読者を獲得している。

訳者

きむ ふな

韓国生まれ。韓国の誠信女子大学、同大学院を卒業し、専修大学日本文学科で博士号を取得。日韓の文学作品の紹介と翻訳に携わっている。翻訳書に、ハン・ガン『菜食主義者』、キム・エラン『どきどき僕の人生』、津島佑子・申京淑の往復書簡『山のある家、井戸のある家』、孔枝泳『愛のあとにくるもの』、『いまは静かな時――韓国現代文学選集』（共訳）など、著書に『在日朝鮮人女性文学論』がある。韓国語訳書の津島佑子『笑いオオカミ』にて板雨翻訳賞を受賞。

ワンダーボーイ　新しい韓国の文学 14
2016 年 5 月 25 日　初版第 1 刷発行

著者　キム・ヨンス（金衍洙）
訳者　きむ ふな
編集　中川 美津帆
ブックデザイン　文平銀座＋鈴木千佳子
カバーイラストレーション　鈴木千佳子
ＤＴＰ　廣田稔明
進行管理　伊藤明恵

発行人　永田金司　金承福
発行所　株式会社クオン
〒 101-0051
東京都千代田区神田神保町 1-7 三光堂ビル 3 階
電話　03-5244-5426
FAX　03-5244-5428
URL　http://www.cuon.jp/

ISBN 978-4-904855-38-6　C0097

万一、落丁乱丁のある場合はお取替えいたします。小社までご連絡ください